Astrid Göpfrich

Herr Fliegenbein und die Suche nach der Stille

Astrid Göpfrich

Herr Fliegenbein und die Suche nach der Stille

Roman

PENDO

Mehr über unsere Autoren und Bücher:
www.pendo.de

Wenn Ihnen dieser Roman gefallen hat, schreiben Sie uns unter Nennung des Titels »Herr Fliegenbein und die Suche nach der Stille« an *empfehlungen@piper.de*, und wir empfehlen Ihnen gerne vergleichbare Bücher.

FSC
www.fsc.org
MIX
Papier aus verantwortungsvollen Quellen
FSC® C014496

ISBN 978-3-86612-474-5

Dieses Werk wurde vermittelt durch die Agentur Brauer.
Satz: Uhl + Massopust, Aalen
Gesetzt aus der Filosofia
Druck und Bindung: GGP Media GmbH, Pößneck
Printed in Germany

Der Lärm der Welt

Der Tag, an dem sich das Leben von Herrn Fliegenbein buchstäblich auf einen Schlag verändern sollte, war ein Montag. Wie immer war er am Morgen viel zu früh aufgestanden, um dem unerträglichen Schrillen seines Weckers zuvorzukommen, und hatte sich in seiner blassgelb gekachelten Küche ein bescheidenes Frühstück zubereitet.

Der Raum war nur spärlich eingerichtet: eine einfache Küchenzeile mit einer Spüle, einem alten Kühlschrank, der beständig vor sich hin brummte, und ein wenig benutzter und daher sehr blanker Herd. Den schlichten Holztisch, mit einer Wachstischdecke bekleidet, flankierten zwei Stühle, die Herr Fliegenbein in einem Secondhandkaufhaus erstanden hatte, falls doch einmal jemand zu Besuch käme. Aber natürlich kam niemand.

Über dem Tisch tickte seit Jahren die gleiche moosfarbene Keramik-Küchenuhr, die in einer Online-Auktion unter der Zuordnung *Vintage* sicher eine Menge Geld eingebracht hätte, wenn Herr Fliegenbein die Bedeutung dieses Wortes gekannt, geschweige denn zu Hause einen Computer gehabt hätte. Außerdem war die Küchenuhr immer etwas ihrer Zeit voraus, sodass er jeden Tag mühevoll auf einen der Küchenstühle klettern musste, um sie mit lang ausgestrecktem Arm vier Minuten zurückzustellen. Dabei wackelten die Stuhlbeine stets bedrohlich, sodass Herr Fliegenbein sich bereits am frühen Morgen der allergrößten Gefahr aussetzte, der er sich in seinem geordneten Dasein überhaupt auslieferte.

Zudem ging die Uhr am nächsten Morgen schon wieder vor. Doch er konnte keinesfalls darauf verzichten, die richtige Zeit einzustellen, da die Uhr ansonsten noch sehr viel mehr vorgegangen wäre. Unvorstellbar, dass sie dann innerhalb eines Monats eine Verfrühung von zwei vollen Sunden aufweisen würde, was auf das Jahr gerechnet einen Zeitverlust von einem ganzen Tag bedeutete!

Dennoch konnte er sich nicht dazu entschließen, eine neue Uhr zu kaufen, da sie ansonsten noch gut war. *Noch gut* bedeutete für Herrn Fliegenbein, dass sie keine abgeschlagenen Kanten aufwies, das Glas der Abdeckung intakt und die Zeiger der Uhr nicht verbogen waren. So etwas gab man nicht einfach in den Müll.

An diesem Morgen beschloss Herr Fliegenbein aber, das Zurückstellen der Uhr zu verschieben und zuerst zu frühstücken, was einer kleinen Revolution in seiner morgendlichen Routine gleichkam. Den Grund dafür hätte er später nicht mehr nennen können, vielleicht mochte das frische Glas Marmelade ihn dazu verleitet haben, das er am Samstagnachmittag gekauft hatte.

Ein frisches Glas Marmelade ist die Verheißung dafür, dass man etwas Neues beginnt, ging ihm, der Neues doch gar nicht schätzte, seltsamerweise durch den Kopf, als er das Glas auf den Tisch stellte.

Herr Fliegenbein öffnete den Deckel, versenkte seinen Löffel tief in den Fruchtaufstrich und belud die Scheibe Graubrot aus dem Discounter, die auf einem Melaninbrettchen lag, gerade so großzügig damit, dass die Butter darunter nicht mehr zu sehen war.

»Es geht nichts über selbst gemachtes Quittengelee«, sagte er in den Raum hinein und erschrak über seine Stimme, die ein wenig rostig klang, weil sie das ganze Wochenende über nicht benutzt worden war. »Wichtig ist nur, dass absolut keine Klümpchen darin sind. Man darf dazu nur den Saft der ausgekochten Früchte verwenden.«

Leider war sein Quittengelee nicht selbst gemacht, sondern stammte ebenfalls aus dem Discounter. Aber daran zu glauben, jemand habe sich die Mühe gemacht, für ihn reife Quitten zu pflücken, sie an einem Spätsommertag zu putzen und einzukochen und die Gläser auf einem Holzregal im Keller für den Winter aufzubewahren, sodass man ein wenig Staub wegpusten musste, wenn man es vom Brett nahm, täuschte ihn darüber hinweg, dass es in seiner Küche niemanden gab, der ihm das Marmeladenglas mit einem freudigen Lächeln über den Tisch zuschob. Es gab auch niemanden, der ihm das Glas grimmig herüberreichte, und niemanden, der überhaupt nichts von all dem tat, sondern einfach nur dasaß. Denn Herr Fliegenbein lebte allein. Er kannte es nicht anders.

»Diese Menschen mit ihrem eigentümlichen

Bedürfnis, sich zu versammeln«, spottete er manchmal, wenn er vor sich selbst vertuschen wollte, dass die Einsamkeit zuweilen über ihm zusammenbrach wie eine Welle, ihn mit sich riss und tagelang in einem Strudel der Melancholie gefangen hielt. Und tatsächlich wäre er vielleicht nach all den Jahren gar nicht mehr in der Lage gewesen, ein Gegenüber zu ertragen.

Zu seinem morgendlichen Quittengelee-Brot trank Herr Fliegenbein stets eine Tasse Verbenen-Tee, von dem es hieß, er habe einen beruhigenden Charakter. Ob sich dies tatsächlich vorteilhaft auf sein Gemüt auswirkte, konnte er allerdings nicht beurteilen, da er das Getränk noch nie weggelassen hatte und trotzdem stets aufs Äußerste angespannt war.

»Vielleicht wäre ich ohne den Tee noch viel anfälliger«, überzeugte er sich, wenn er selbst manchmal an der Wirkung des Getränks zweifelte. Also setzte er doch jeden Morgen aufs Neue eine Tasse davon an, die er gemächlich und ohne besonderen Genuss austrank.

Die Tageszeitung hatte Herr Fliegenbein schon vor ein paar Jahren abbestellt. Er fand es zunehmend erschöpfend, sich bereits bei Anbruch eines neuen Tages mit dem Schrecken der Welt zu befassen. Flugzeugabstürze, Terroranschläge, über Jahrzehnte andauernde Fehden zwischen zwei Völkern ohne jeglichen Fortschritt, ein weiterer havarierter Tanker, dessen auslaufendes Öl das Gefieder der Meeresvögel verklebte, Plastikmüll in der Tiefsee, bedrohliche Folgen des Klimawandels, die keinerlei Maßnahmen nach sich zogen, der verrückte amerikanische Präsident, der verrückte russische Präsident, die verrückten Präsidenten in allen entfernten Winkeln der Erde … Jeden Tag schien sich dieses Kaleidoskop des Schreckens einfach nur zu wiederholen, ohne dass jemand etwas Nennenswertes dagegen unternahm.

Er bewunderte die Menschen, die diesen Widerspruch scheinbar mühelos ertrugen, dabei einen so stabilen und heiteren Eindruck machten und zudem noch beschwingt in ihren Tag starteten. Nach der morgendlichen Lektüre derartiger Katastrophenmeldungen war er bereits so vernichtet gewesen, dass er kaum noch den Arbeitsweg bewältigt hatte. Also hatte er eines Tages bei der Zeitung angerufen und auf deren Lieferung aus ungenannten Gründen verzichtet.

Nach dem Frühstück wartete Herr Fliegenbein stets in seinem geblümten Wohnzimmersessel darauf, dass es Zeit wurde, zur Arbeit zu gehen, und betrachtete dabei das Bild an der gegenüberliegenden Wand. Das Wochenende lag in seiner Ereignislosigkeit hinter ihm wie ein Felsbrocken, an dem man auf einer langen Wanderung achtlos vorbeigeht, weil er in der hoch stehenden Mittagssonne kaum Schatten wirft und daher wenig Linderung verspricht.

Herr Fliegenbein freute sich dennoch nicht darauf, zur Arbeit gehen zu können, genauso wenig, wie er sich am Freitagnachmittag auf das Wochenende freute.

»Wann habe ich mich überhaupt zuletzt über etwas gefreut?«, erschrak Herr Fliegenbein auf einmal und wurde noch blasser, als er es ohnehin schon war.

Er zählte innerlich die wenigen Dinge auf, die ihm

dazu einfielen. Ein unverhoffter Sonnenstrahl, der an einem regenreichen Tag durch eine dicke Wolkenschicht geblinzelt hatte, ein Eichhörnchen, welches den Nussbaum hinter seinem Haus hinaufhuschte, um sich für seinen Wintervorrat an dessen Früchten zu bedienen, ein Stück Apfelkuchen, das er sich manchmal auf dem Nachhauseweg aus dem Café in der Planetenstraße mitnahm.

»Das ist doch immerhin etwas«, atmete Herr Fliegenbein erleichtert aus.

Wenn es sich irgendwie einrichten ließ, blieb er jedoch lieber in seiner Wohnung. Denn es gab da draußen eine kritische Angelegenheit, die für ihn tatsächlich noch unerträglicher war als all die Schreckensberichte in der Zeitung. Und dieses Problem konnte er nicht einfach abbestellen. Denn es handelte sich um etwas, das er nicht beeinflussen konnte: Und dieses Etwas war der Lärm.

Die kreischenden S-Bahnen, die johlenden Schulkinder, die quietschenden Autoreifen beim abrupten Abbremsen vor der Ampel, ungeduldig hupende Fahrer. Und warum konnten die Wartenden an den Bushaltestellen nicht einfach mal still sein?

Letzteres Lärmproblem hatte sich in den vergangenen Jahren etwas gebessert, musste er zugeben, da die Menschen mittlerweile einfach zu müde waren, um sich zu unterhalten, oder sich dankenswerterweise still in ihre Mobiltelefone versenkten. Dagegen hatten aber alle motorisierten Störenfriede deutlich hinzugewonnen.

Lange hatte Herr Fliegenbein noch viel mehr unter dem Lärm gelitten, bis er eines Tages an einer Baustelle vorbeigegangen war, auf der ein Bauarbeiter gerade mit einem Presslufthammer hantierte, und er so etwas wie eine Offenbarung erlebte.

Der Presslufthammer gab ein an sich vollkommen unerträgliches, bohrendes und ratterndes Geräusch von sich, dennoch blieb Herr Fliegenbein fasziniert stehen. Dem Bauarbeiter schien der Krach nämlich überhaupt nichts auszumachen. Mit einem unerschütterlichen Gleichmut ließ er sich gar von dem lärmenden Gerät durchrütteln, als ob es eine neu entwickelte Gesundheitsmethode wäre.

Der Grund für seine Gelassenheit war, wie Herr Fliegenbein auf Anhieb erkannte, ein riesiger knallgelber Gehörschutz, der seine Ohren komplett umschloss.

»Hallo, Sie da!«, rief Herr Fliegenbein elektrisiert, doch der Bauarbeiter konnte ihn aus zweierlei nachvollziehbaren Gründen nicht hören.

Herr Fliegenbein betrat entschlossen die Baustelle, ging zu dem Mann und zupfte am Ärmel seiner Arbeitsjacke. So nah an ihn und damit auch an sein Arbeitsgerät heranzugehen, war allerdings eine Qual. Herr Fliegenbein glaubte, sein Kopf müsse sogleich in zwei Teile zerspringen.

»Könnten Sie mal bitte das Gerät abstellen?«, fragte er dennoch sehr höflich in den Krach hinein.

Der Bauarbeiter schaltete den Presslufthammer aus und sah die seltsame Gestalt, die sich verbotenerweise auf seine Baustelle verirrt hatte, verwundert an.

»Wo bekommt man so einen?« Herr Fliegenbein deutete auf die gelben Ohrenschützer des Mannes, der aber weiterhin verständnislos dreinblickte.

»Sie hören immer noch nichts«, dämmerte es Herrn Fliegenbein, »kein Wort?«

Endlich nahm der Bauarbeiter seinen Gehörschutz ab und musterte ihn mürrisch: »Für den Lärm kann ich nichts. Wir machen auch nur unsere Arbeit.«

Herr Fliegenbein stutzte kurz und beeilte sich dann, den Sachverhalt richtigzustellen. »Nein, nein, ich möchte mich nicht beschweren. Ganz im Gegenteil!«

»Was wollen Sie dann?« Von der anderen Seite der Baustelle sah ein Blaumann-Kollege zu ihnen hinüber und machte ein fragendes Gesicht.

»Ich möchte Ihnen dieses Ding abkaufen«, sagte Herr Fliegenbein schnell, zeigte auf die Hand des Mannes und nahm sein Portemonnaie aus der Manteltasche. »Wie viel?«

Der Bauarbeiter erkannte möglicherweise, dass es der eigentümlichen Figur mit den zu kurzen Hosenbeinen absolut ernst damit war. Er witterte wohl die Chance, seinen am Monatsende stets etwas knappen Lohn aufzubessern, und nannte daher aufs Geratewohl einen Preis, den der Mann, ohne mit der Wimper zu zucken, bezahlte.

Seit diesem Tag war Herr Fliegenbein um unverschämte zweihundert Euro ärmer, aber sein Arbeitsweg war nun um einiges erträglicher.

Dass er mit seinen etwas unmodischen Anzügen (bei schlechtem Wetter durch einen ausgeblichenen Trenchcoat kaschiert), der Aktentasche und dem massiven gelben Gehörschutz auf dem gescheitelten, grauen Haar ein seltsames Gesamtbild abgab und die Menschen ihn fragend anstarrten und über ihn tuschelten, bemerkte Herr Fliegenbein kaum. Zu groß war die Erleichterung, nur noch zehn Prozent des Lärms wahrzunehmen, den er zuvor hatte erdulden müssen.

Außerdem trugen die jungen Leute selbst oft riesige Kopfhörer und kommentierten sein noch gewaltigeres Modell manchmal sogar mit einem anerkennenden Daumen-hoch-Zeichen: »Mega-Teil, Opa!«

Er konnte jedoch nicht richtig einordnen, ob dies positiv oder spöttisch gemeint war, da er die Codes der Jugend nicht beherrschte, und beantwortete sie daher stets mit einem scheuen Lächeln, das auch dann nicht ganz verkehrt war, wenn sie sich nur über ihn lustig machen wollten.

Wenn er nach dem mühsamen Arbeitsweg endlich im Gebäude der Versicherung angekommen war, in der er seit unzähligen Jahren arbeitete, wurde es einigermaßen erträglich. Die Firma hatte Herrn Fliegenbein nach einer Umstrukturierungsmaßnahme *vorübergehend* einen Raum zugewiesen, in dem zuvor das Druckerpapier und die Putzmittel für die Reinigungskolonne aufbewahrt worden waren.

»Da ist aber kein Fenster drin«, hatte er protestieren wollen, doch er war es nicht gewohnt, für sich selbst einzutreten, und schwieg also, während ein säuerlicher Geschmack seinen Hals emporstieg. Die Kollegen hatten alle feige zur Seite geblickt oder plötzlich nach etwas sehr Wichtigem in den untersten Schubfächern ihrer Schreibtische gesucht.

Nur der Abteilungsleiter hatte ihm auf die Schulter geklopft: »Toll, Fliegenbein, dass Sie sich so kollegial verhalten! Beim nächsten Mal sind Sie dran!

Versprochen! Kommen Sie jederzeit zu mir, wenn Sie etwas brauchen.«

Zwei Monate später war der Abteilungsleiter befördert und in eine andere Niederlassung versetzt worden und ein anderer Abteilungsleiter war gekommen, und Herr Fliegenbein war folglich kein einziges Mal mehr *dran* gewesen.

Seitdem saß er in seinem fensterlosen Raum und rechnete.

Neben ihm stapelten seine Kollegen die Schriftstücke mit jenen Fällen der Schadensregulierung, die komplizierte Kalkulationen erforderten, zu welchen sie sich selbst nicht in der Lage fühlten. Solange sie dabei nicht versuchten, Herrn Fliegenbein in ein Gespräch, geschweige denn ein Privatgespräch, zu verwickeln, war ihm dies nur recht. Passierte dies trotzdem, fielen ihm ohnehin keine interessanten Themen ein oder er stotterte herum und wurde rot, was noch viel schlimmer war. Nach so einem Vorfall konnte er sich ausmalen, dass er wieder einmal ein willkommenes Tagesgespött war, wenn sich die Kollegen ohne ihn am Kopierer trafen.

In ein Schriftstück jedoch konnte er abtauchen wie andere in einen spannenden Kriminalfall. Es reizte ihn, die Schwachstelle zu finden, die jeder Vorgang zwangsläufig aufwies. Mal steckte diese in einer verborgenen und unbeachteten Klausel des Vertrages, mal war es zwar augenfällig, dass der Schadensfall nur vorgetäuscht war, es ließ sich jedoch nur schwer nachweisen. Herr Fliegenbein wühlte sich wie ein Trüffelschwein durch die zweifelhaften Fälle, und immer fand er den Fehler, der zuvor keinem ins Auge gestochen war. Deshalb behielt ihn die Firma, obwohl er eigentlich für untragbar gehalten wurde.

Langjährige Kollegen hatten es längst aufgegeben, ihn anzusprechen, neue Mitarbeiter versuchten am Anfang noch ein-, zweimal, ihn in eine kleine Plauderei zu verwickeln.

»Kommen Sie mit in die Kantine?«

»Mhm«, hatte Herr Fliegenbein nicht unfreundlich, aber auch nicht gerade euphorisch geantwortet und so lange gewartet, bis der Kollege schließlich aufgegeben hatte und allein gegangen war.

»Haben Sie heute Abend was Schönes vor?«

»Was soll ich schon vorhaben?«, war es aus Herrn Fliegenbein herausgebrochen. Er würde, erledigt vom Tag, in seinem Sessel sitzen, ein Mortadellabrot mit Gürkchen Güteklasse 1A verzehren und sich in die Wunderwelt seines Bildes wünschen. Aber die junge, in seinen Augen etwas zu sorglose Frau, die ihn erschrocken ansah, würde niemals verstehen, dass genau das für ihn das Allerschönste war.

»Ich bin verhindert«, hatte er daher nur unbeholfen geantwortet, bevor sie weiter nachhaken konnte.

Einmal besaß eine neue Auszubildende sogar die Dreistigkeit, ihn zu fragen, ob er am Abend zum Betriebsfest kommen würde. Er, Herr Fliegenbein, zu einem Betriebsfest voller ausgelassen krakeelender Kollegen und lärmender musikalischer Darbietungen! Und dafür abends noch einmal das Haus verlassen und sich dem Getöse der Nacht aussetzen müssen!

»Hätten Sie nicht Lust, einmal so richtig abzutanzen?«, hatte sie unter den spöttischen Blicken der Kollegen dann auch noch nachgehakt.

Früher, und dieses *Früher* war so sehr Vergangenheit, dass es ihm kaum mehr real erschien, war er ein recht passabler Tänzer gewesen, der zuweilen über die frisch gewachsten Tanzböden der Stadt geschwebt war. Doch diese Zeit war weit entfernt. So weit wie Pluto, der ehemals äußerste Planet des Sonnensystems, den er als Kind mit seinem Teleskop gesichtet hatte. Der nun zum Zwergplanet herabgestuft und dem damit der Planetenstatus aberkannt worden war. Herr Fliegenbein konnte nachvollziehen, wie Pluto sich jetzt fühlen musste mit seiner Kleinplanetennummer 134340.

Die Frage nach dem Tanzen hatte er mit einem schweigsamen Heben seiner linken Augenbraue beantwortet und nicht einmal aufgesehen, sodass auch diese junge Kollegin es schließlich aufgegeben hatte und die Schriftstücke seitdem dankenswerterweise ebenso wortlos bei ihm ablegte wie alle anderen.

Doch nicht immer gelang es ihm, gemeinschaftlichen Aktivitäten aus dem Weg zu gehen. Eines Tages wurde er vom neuen Abteilungsleiter dazu verdonnert, in der Mittagspause an einem Kurs zum »betrieblichen Stressbewältigungsmanagement« teilzunehmen. Der eilfertige Neue hatte ein Seminar zur Mitarbeiteroptimierung belegt und war danach überzeugt, dass er mehr aus seiner Mannschaft herausholen konnte, wenn sie sich entspannt an die Arbeit machte. Natürlich ging es dabei letztlich nicht darum, dass die Mitarbeiter sich besser fühlten, sondern dass sie mehr Leistung brachten und weniger Fehlzeiten auf ihrem Arbeitszeitkonto zu verzeichnen hatten.

Nach derlei Fortbildungen war der Abteilungsleiter eine Weile lang besonders motiviert, sein Team mit unsinnigen Maßnahmen zu strapazieren. Nach ein paar Wochen legte sich sein Übereifer zwar wieder, doch der Friede hielt nur so lange, bis er erneut ein Seminar belegte. Daher war es am besten, einfach bei allem mitzumachen, wenn seine Anordnungen auch noch so unsinnig waren.

»Lassen Sie heilsame Bilder vor Ihrem inneren Auge ablaufen«, hatte die Entspannungstrainerin Herrn Fliegenbein und seine Kollegen beschworen, während sie im Eingangsbereich des Versicherungsgebäudes auf einer Bodenmatte lagen. Stattdessen musste Herr Fliegenbein jedoch an einen besonders vertrackten Schadensfall denken, bei dem ein Kunde immer wieder Autounfälle provozierte, um die Versicherungsprämie zu kassieren, ihm dies aber absolut nicht nachzuweisen war. Herr Fliegenbein lag auf dem Boden, bekam Schluckauf und sah vor seinem inneren Auge das wenig heilsame Bild zweier Autos, die an einer an sich übersichtlichen Kreuzung ineinanderkrachten. Danach hatte er sich so verspannt von seiner Matte hochgequält, als ob er selbst in einem der Autos gesessen hätte.

»Tut gut, Fliegenbein, was?« Der Chef, der ganz demokratisch ebenfalls an der Übung teilgenommen hatte, zwinkerte ihm tiefenentspannt zu. Er selbst hatte sich gekrümmt an seinen Schreibtisch zurückgeschleppt, mit der Kontraktion seines Zwerchfells gekämpft und ohne viel Aufhebens die nächste Akte vom Stapel genommen. Und dann die nächste und wieder die nächste. Wie jeden Tag.

Den vertrackten Fall der inszenierten Mehrfachunfälle hatte er als einzigen in seinem gesamten Versicherungsleben niemals gelöst.

Ein unheilvoller Morgen

Die Katastrophe, die an jenem Montagmorgen roh in das Leben von Herrn Fliegenbein krachte, wovon er aber, als er nach dem Frühstück im Schein der Stehlampe in seinem Sessel saß, nicht das Geringste ahnte, kündigte sich mit einer kleinen Irritation an.

Wie jeden Morgen blickte er auf das Gemälde, das an der Wohnzimmerwand hing und eine kitschig gestaltete Alpenlandschaft zeigte. Das Bild war ihm vor ein paar Jahren in einem Sperrmüllhaufen an der Straße aufgefallen und irgendetwas daran – er konnte nicht genau sagen, was es war – hatte ihn so sehr angezogen, dass er es mitgenommen hatte.

Im Vordergrund des Bildes war ein Bergsee mit eisblauem Gletscherwasser zu sehen, der rundum von schroffen, schneebestäubten Bergwipfeln umgeben war, welche sich in der glatten Oberfläche des Sees spiegelten. Eine kleine, schiefergedeckte Kapelle stand am gegenüberliegenden Ufer, die vor langer Zeit ihren letzten Besucher gesehen haben musste. Auf der viel zu grell gemalten, steilen Hangwiese voller Hahnenfußblüten grasten gelangweilt ein paar Kühe. Die vorderste Kuh und demnach die größte auf dem Bild war anatomisch falsch gezeichnet. Sie hatte viel zu kurze Vorderbeine, sodass sie, wenn sie die Schräglage verließ und auf die Ebene gestellt werden würde, unweigerlich umfallen müsste.

Die Farben des Bildes waren zu schrill gewählt und zu dick aufgetragen, sodass manchmal kleine Farbsplitter von dem Bild herabfielen und sich in den Teppichboden des Wohnzimmers fraßen.

Doch Herr Fliegenbein bemerkte auch an diesem Morgen die Unzulänglichkeiten seines Bildes nicht. Für ihn zählten andere Dinge als dessen künstlerische Qualität.

Es gab auf diesem Bild nämlich keine Menschen, die herumschrien, keine Autofahrer, die sich wichtigmachten und ohne Not hupten, und keine Maschinen, die erbärmlich quietschten, weil sie vielleicht schlecht geölt waren.

Das gelegentliche Muhen einer Kuh stellte er sich seltsamerweise sehr beruhigend vor, doch hatte er seit Jahren keines gehört, da er nie aus der Stadt herausgekommen war. So konnte er nicht wirklich beurteilen, ob er damit richtiglag. Die Freiheit, sich die Akustik des Ortes als bestmöglich vorzustellen, nahm er sich einfach.

Stets blickte er auf dieses Bild und atmete die Stille, die von ihm ausging, ein wie den lindernden Hauch einer Eukalyptus-Inhalation.

Alle Unbill der Welt verschwand lautlos in dieser Berglandschaft.

»Dieser Anblick ist beruhigender als alle Tees und

Entspannungskurse der Welt«, befand er. »Ohne ihn würde ich den Irrsinn da draußen gar nicht überstehen.«

Er atmete tief ein und ließ seinen Atem langsam wieder herausströmen, ganz so, wie die Entspannungstrainerin es gelehrt hatte. Wenigstens etwas hatte der Kurs ihm gebracht.

Und mitten hinein in diese für Herrn Fliegenbein so seltene und daher kostbare Fata Morgana des Seelenfriedens bohrte sich auf einmal ein ganz und gar unpassendes und vollkommen unverschämtes Brummen. Ein Brummen, das außerdem stetig näher kam und sich in seine Gehörgänge wand wie ein Wurm in das Holz einer Kommode. Ein Brummen, das auf keinen Fall vor das Wohnhaus gehörte, in dessen fünftem Stockwerk er seit nun schon über dreißig Jahren lebte.

Enerviert stand Herr Fliegenbein auf und ging zum Fenster, um nachzusehen, wer der frühe Ruhestörer war. Ein gelber Kran, an dessen Ausleger eine Abrissbirne an einer dicken Eisenkette baumelte, rangierte auf der Straße hin und her und versuchte offenbar, den richtigen Winkel für sein zerstörerisches Werk zu finden.

Herr Fliegenbein atmete aus, tiefer, als die Entspannungstrainerin es jemals verlangt hätte, und erinnerte sich an die Bekanntmachung, die vor drei Tagen im Hausflur gehangen hatte:

Sehr geehrte Anwohner,
kommenden Montag wird das Bestandsgebäude der Planetenstraße Nummer 17 rückgebaut. Wir

entschuldigen uns vorab für etwaige Beeinträchtigungen durch Lärm und Staub.
Vielen Dank für Ihr Verständnis, die Baugenossenschaft.

Herr Fliegenbein dachte daran, dass er sich über das seltsame Wort *rückgebaut* gewundert hatte. Was hatte Abreißen mit Bauen zu tun? Doch noch ehe der Hauch der Erleichterung seine Lungen verlassen hatte, erkannte er die drohende Gefahr: »Um Himmels willen, gleich wird es einen fürchterlichen Knall geben!« Herr Fliegenbein hastete zu seiner Aktentasche, die schon bereitwillig neben seinem Sessel auf den Arbeitsbeginn wartete, und zerrte hektisch seinen Gehörschutz heraus.

Gerade als er sich diesen auf den Kopf gesetzt hatte, kam der Donnerschlag, und er war weit ohrenbetäubender, dröhnender und erschütternder, als Herr Fliegenbein es sich jemals hätte vorstellen können.

Die Wucht des Schlages schleuderte ihn mit einer Gewalt zurück, die ihn in ihrer Ungeheuerlichkeit überraschte. Er wurde buchstäblich in seinen Sessel hineingepresst. In seinen Ohren schwoll der einzelne Schlag zu einem tausendfach verstärkten, wütenden Donnern eines Sommergewitterhimmels an. Unvorstellbar, solch ein Dröhnen ohne die lebensrettenden Ohrenschützer zu überstehen!

Herr Fliegenbein hatte unwillkürlich die Augen zusammengekniffen und die Hände schützend über dem Kopf zusammengeschlagen. In dieser Haltung verharrte er nun und wartete angsterfüllt darauf, ob ein weiterer Angriff erfolgen würde.

Doch nach dem einen Schlag war es auf einmal seltsam still. So still, als ob alle Lebewesen der Welt gleichzeitig die Luft anhielten und in einer stummen Atemlosigkeit verharrten.

Ein Hauch von Stadtluft drang verwegen zu seiner Nase vor. Als Nächstes vernahm er das Quietschen einer schweren, schlecht geölten Eisenkette, begleitet von einem Luftzug, der sachte an seiner Wange entlangstrich.

»Moment. Ein Luftzug?« Herr Fliegenbein riss die Augen auf.

Das Bild, das sich ihm nun bot, war gleichzeitig fremd und vertraut und zudem äußerst erschreckend. Er machte seine Augen schnell zu und nach einer Weile wieder auf, zu und wieder auf. Doch der ungeheuerliche Anblick blieb.

In seiner Wohnzimmerwand klaffte, genau an der Stelle, wo zuvor sein geliebtes Alpenpanorama gehangen hatte, unbestreitbar und genauso unübersehbar, ein riesiges Loch. Das allein war schon eine außerordentliche Zumutung. Doch das Schlimmste war: Sein Bild, Sehnsuchtsort, Quell der Ruhe und Seelensalbung zugleich, war verschwunden. Unwiederbringlich, auf alle Zeiten verloren!

Erstaunlicherweise waren, außer ein wenig Staub, keinerlei Mauerteile in das Zimmer gefallen. Gerade das machte den Verlust so unbegreiflich. Bis auf die Stelle in der Wand war alles Mobiliar unangetastet und unberührt, nur das Gemälde war einfach fort.

»Mein Bild«, stammelte er, »mein wundervolles Bild«, und starrte wie betäubt auf die offene Wunde, die die abscheuliche Abrissbirne in sein Dasein geschlagen hatte. Vor die sich nun mit einer federleichten Drehung die Krankabine nebst ihrem verhängnisvollen Lenker schob. Bedrohlich schwankte die Abrissbirne an ihrer Kette, jederzeit willens, ihre destruktive Tat an derselben Stelle fortzuführen.

Herr Fliegenbein duckte sich unwillkürlich. Der Kranführer blickte ins Wohnzimmer, lachte verlegen, erkannte sogleich die Verwandtschaft von Ohrenschützermann zu Ohrenschützermann, kratzte sich am Kopf und hob bedauernd die Achseln.

Die spielerische Leichtigkeit, mit der der Kranführer seinen Fauxpas einfach wegwischen wollte, wie man eine lästige Fliege von seinem Unterarm vertreibt, hätte Herrn Fliegenbein beinah zur längsten Brandrede seines bislang so wortkargen Daseins verleitet: »Sie haben mir ...«

Doch seine Stimme brach, lange bevor er den Satz vollenden konnte. Er hatte sagen wollen, dass der Mann ihm sein Glück geraubt hatte, seine ganze Existenz an diesem Bild hing und er nun nicht mehr wusste, wie er den Lärm dieser Welt ertragen sollte. Doch kamen ihm diese Sätze mit einem Mal viel zu groß, zu dramatisch und ganz und gar nicht passend für einen Mann seiner genügsamen Art vor.

»Sie haben mir mein ganzes Glück geraubt!«, hätte er gerne gerufen, aber, nein, das konnte er nicht über seine Lippen bringen, ohne sich vollends der Lächerlichkeit preiszugeben.

Der Kranführer versuchte, teilnahmsvoll dreinzublicken, doch bald wurde sein ganz offensichtlich vorgetäuschtes Bedauern von einem verräterischen Zucken um seine Mundwinkel herum verscheucht.

Herr Fliegenbein kannte diese robusten Naturen, die sich durch eine Kleinigkeit wie einem Loch in der falschen Wohnzimmerwand nicht erschüttern ließen und das Leben ohnehin als ein einziges großes Spiel ansahen.

»Wenn ich einmal sein könnte wie sie«, hatte er oft geseufzt. Doch nun spürte er nur noch einen unseligen Zorn auf diesen beispiellosen Vertreter der Nachlässigkeit.

Erschöpft nahm er seine Ohrenschützer ab. Selbst der Lärm war ihm gleichgültig.

Durch das Loch in der Wand drangen nun unverhohlen die Geräusche der Stadt zu ihm hinauf. Ein Kind klagte, weil es müde war und nicht mehr weitergehen wollte, in der Ferne ratterte ein Zug durch den klaren Wintermorgen, ein paar Krähen schraubten sich in den Himmel und stießen ihre krächzenden Laute aus: »Krahkrah, krahhhh!«

»Das kann man flicken«, behauptete der Kranführer nun und zeigte breit grinsend auf das Loch, »ein paar Backsteine, etwas Mörtel ...«

»Aber ... mein Bild, es liegt da unten«, antwortete Herr Fliegenbein tonlos. Sein Hals fühlte sich eng an.

»Es gibt tausend Bilder auf der Welt«, versprach der Kranführer, »die Wohngenossenschaft zahlt Ihnen bestimmt ein neues.«

Etwas in Herrn Fliegenbein gab auf. Er wollte kein neues Bild, er wollte *sein* einzigartiges und besonderes Bild zurück.

Restlos erledigt nahm er seine Aktentasche, ging hölzern in sein Schlafzimmer, schüttete den Inhalt der Tasche auf das Bett, öffnete die Tür des Kleiderschranks, stopfte wahllos einige Kleidungsstücke in die Aktentasche, sodass ein Hemdsärmel und eine gepunktete Krawatte kraftlos hinaushingen. Dann lief er zurück ins Wohnzimmer, zerrte den Stecker seiner Stehlampe aus der Dose, verließ mit der Leuchte in der Hand sein Wohnzimmer, ohne noch einmal zu dem erbärmlichen Loch in der Wand und dem verdutzt dreinblickenden Kranführer zu sehen, streifte im Flur seinen gefütterten Trenchcoat über, schleppte sich fünf Etagen die Treppe hinab und verließ das Haus, in dem er einunddreißig lange Jahre ohne größere Vorkommnisse gelebt hatte. Unten angekommen, vermied er es, nach seinem Bild zu suchen, da ihm klar war, dass es nach solch einem Schlag nicht mehr zu retten sein würde und er die Trümmer seiner Existenz nicht mit eigenen Augen erleben wollte.

Der Kranführer blieb verständnislos zurück und sah der kleinen Figur nach, wie sie auf langen, dünnen Beinen die Planetenstraße entlangstolperte, sich rasch entfernte und schließlich nur noch als winziger Fleck sichtbar war, bevor sie ganz von der Krümmung der Straße verschluckt wurde.

Entscheidungshilfen

Woher nahmen all die Menschen bloß ihre Sicherheit? Wie konnten sie ahnen, dass sie genau dorthin gehen mussten, wohin ihre Beine sie mit festen Schritten trugen, dass sie jene Ziele wählen sollten, die sie mit einer Gewissheit ansteuerten, als ob der Zweifel eine Fehlentwicklung der Menschheitsgeschichte wäre?

Herr Fliegenbein stand bereits seit einer Stunde in der Abflughalle des Flughafens und starrte hilflos auf die Anzeigetafel der aktuellen Abflüge.

Um ihn herum herrschte ein emsiges Gewirr von Reisenden, Rollkoffern und Gepäckwagen, in dem Herr Fliegenbein sich mit seiner Stehlampe und den Bauarbeiterohrenschützern wie eine Insel der Unbeweglichkeit ausnahm.

»Was tue ich hier? Und warum habe ich nur ausgerechnet die Stehlampe mitgenommen?«, wunderte er sich nun selbst. Die Lampe war altmodisch und hatte drei verschiedenfarbige Lampenschirme, die ein mildes Licht erzeugten. Die Entscheidung, sie mitzunehmen, erschien ihm auf einmal äußerst fragwürdig, dennoch bot ihm seine Stehlampe an einem solchen Ort der Ruhelosigkeit einen sicheren Fixpunkt und zugleich eine Rechtfertigung für seinen momentanen Stillstand.

Wie war er an diesem Ort gelandet? Der Taxifahrer, in dessen Wagen er sich einfach gesetzt hatte, nachdem er zunächst ziellos durch sein Viertel gehetzt war, hatte natürlich gefragt, wohin er wolle.

Herr Fliegenbein hatte geschwiegen und unentschlossen mit den Achseln gezuckt.

»Sie müssen doch ein Ziel haben!«, hatte der Taxifahrer insistiert, eine leichte Ungeduld in seiner Stimme.

Nachdem Herr Fliegenbein ihm geschlagene fünf Minuten die Antwort schuldig geblieben war, hatte der Taxifahrer enerviert in den Rückspiegel geblickt und unauffällig das Taxameter angestellt.

»Ein Taxi ist keine Aufwärmzelle!«

»Sicher«, hatte Herr Fliegenbein geantwortet und weiter aus dem Fenster geblickt. Dunkle Schneewolken waren träge über den Winterhimmel hinweggezogen, jederzeit bereit, sich ihrer schweren Last zu entledigen. »Ob das Wetter wieder umschlägt?«

Den Taxifahrer hatten jedoch ganz andere Fragen beschäftigt. »Soll ich Sie in ein Hotel bringen?«

Herr Fliegenbein hatte nachgedacht. Draußen begann es tatsächlich zu graupeln. »Es war bisher zu warm für diese Jahreszeit«, hatte er sinniert.

Der Taxifahrer hatte nur gebrummt.

Nach weiteren drei Minuten hatte er bereits mit den Fingern auf das Armaturenbrett getrommelt. »Wir können auch eine Stadtrundfahrt machen.«

»Um Gottes willen, nein!« Eine Stadtrundfahrt im Berufsverkehr bedeutete Stau. Stau bedeutete Fahrzeuge und Fahrzeuge im Stau lautes Hupen und Lärm.

»Sie müssen doch wissen, wohin Sie wollen. Sonst steigt man doch nicht in ein Taxi. Ein Taxi ist zum Fahren da. Das ist sein einziger Zweck. Stehen bleiben können Sie auch draußen.«

»Aber hier drin ist es trocken.« Das Graupeln hatte deutlich zugenommen und ein unangenehm böiger Wind sich dazugesellt.

Herr Fliegenbein hatte mit dem Mantelärmel das Messing seiner Stehlampe gewienert, die er quer über seinem Schoß im Fahrgastraum untergebracht hatte.

»Messing ist so empfindlich! Man poliert es und am nächsten Tag sieht es wieder ganz genauso aus.«

Da hatte der Taxifahrer endgültig die Nerven verloren. »Wissen Sie was? Ich bringe Sie jetzt zum Flughafen. Dort können Sie sich hinsetzen und überlegen, wohin Sie wollen! Trocken ist es da auch.«

Er hatte den Wagen gestartet, ohne die Zustimmung seines eigentümlichen Fahrgasts abzuwarten, war losgefahren und hatte sich in den Berufsverkehr eingefädelt.

Herr Fliegenbein erschien der Entschluss des Taxifahrers zunächst reichlich absurd. Zum Flughafen. Als ob Menschen, die mit einer schlecht gepackten Aktentasche und ihrer Wohnzimmerleuchte unterwegs waren, ausgerechnet eine Reise antreten wollten. Aber er hätte auch keine geeignete Alternative anbieten können.

Doch beim Betreten der Abflughalle war ihm die

Idee auf einmal überhaupt nicht mehr so absurd vorgekommen.

»Vielleicht ist es das«, hatte er sich gesagt, »vielleicht kehre ich all dem den Rücken und fliege einfach weg.«

Dieser Gedanke hatte sogar ein leichtes Kribbeln in seiner Magengegend erzeugt. Herr Fliegenbein wusste nicht, wie diese Empfindung einzuordnen war, ob es sich um Angst oder Aufregung handelte, wehrte sich aber nicht dagegen.

Und nun stand er in der Flughafenhalle, die Ohrenschützer sicherheitshalber auf dem Kopf, und hatte keine Ahnung, wie er dieses »weg« in ein ihm entsprechendes Fernziel übersetzen sollte. Auf der Tafel wurden Ziele wie Seoul-Incheon, Moskau-Domodedovo und Chennai angezeigt. Allesamt Orte, die für Menschenmassen und somit akustische Hochpein standen. Daher blieb er einfach stehen und ließ, ohne ein echtes Bedauern zu verspüren, Abflug um Abflug davonziehen.

Seoul-Incheon – Departed
Moskau-Domodedovo – Departed
Chennai – Departed

Während er die Antwort auf die Frage nach seiner näheren Zukunft in den Ankündigungen der Abflugtafel suchte, bahnte sich in seinem Rücken eine Entscheidungshilfe an, die er aufgrund seiner akustischen Abschottung weder bemerkte noch in dieser Form für sich in Anspruch genommen hätte, wenn ihm eine Wahl geblieben wäre.

Jugendliche Zwillingsbrüder hatten hinter ihm ein Gepäckwagen-Rennen gegeneinander angetreten und waren nun dabei, geradewegs auf ihn zuzusteuern. Herr Fliegenbein ließ auf der Abflugtafel auch das Ziel Guangzhou-Changsha ohne Bedauern vorüberziehen. Die Zwillinge waren bereits in voller Fahrt und rasten auf ihn zu. Einer der beiden konnte Herrn Fliegenbeins Rückseite mit einem scharfen Rechtsruck eben noch ausweichen und zischte knapp an ihm vorbei. Herr Fliegenbein sprang vor Schreck zur anderen Seite, was sich als Fehler erweisen sollte, da er dadurch mit dem Gepäckwagen des anderen Zwillings kollidierte.

Der Stoß wirkte wie ein Katapult, das Herrn Fliegenbein durch die Abflughalle hindurch direkt zum Schalter eines Last-minute-Reisebüros hin beförderte. So wurde ihm die Entscheidung über seine Zukunft einfach abgenommen.

Die Reisebürodame lächelte ihn berufsfreundlich an und bewegte ihre Lippen.

Herr Fliegenbein prüfte zunächst ängstlich, ob all seine Glieder intakt geblieben waren, was er glücklicherweise, trotz eines wütenden Schmerzes im Rücken, bestätigt fand. Zaghaft nahm er den Gehörschutz ab, woraufhin ihm sogleich das Stimmenmeer der Halle schmerzlich an seine Hörmembran gespült wurde.

»Bitte?«

»Wass kann ich für SSie tun?«, wiederholte die Frau und lächelte noch eine Spur enthusiastischer. Ihr zischelndes Zungen-Anstoß-S schlängelte sich an sein Trommelfell wie eine Hornviper im Saharasand.

War es möglich, dass diese Niederländerin, deren Aussprache von jedem anderen als liebenswürdig empfunden worden wäre, für ihn aber wahre Ohrenpein bedeutete, die Antwort auf seine drängendste Frage bereithielt? Argwöhnisch suchte er im Gesicht der Fremden nach Anzeichen für eine mögliche Niedertracht, es gelang ihm jedoch nicht, die Fassade ihrer eingeübten Berufsfreundlichkeit zu durchdringen.

»Stille«, antwortete Herr Fliegenbein. Dabei wunderte er sich selbst, wie klar er dies auf einmal formulieren konnte: »Ich suche die Stille.«

»Die SSStille«, wiederholte die Reisebürodame (worauf Herr Fliegenbein sofort bereute, nicht das S-freie Wort »Ruhe« verwendet zu haben) und sah nun ihrerseits Herrn Fliegenbein prüfend ins Gesicht, ob er sich auf ihre Kosten einen Scherz erlauben wollte.

Doch Herr Fliegenbein blickte sie mit solch aufrichtiger Schlichtheit an, dass sie sich sogleich in ihren Computer vertiefte und die Suchworte »Einsamkeit«, »Abgeschiedenheit« und »Menschenleere« eingab.

Kurz darauf spuckte ihr Programm eine Reihe von attraktiven Last-Minute-Angeboten aus.

»Ein Meditationsswochenende im SSchwarzwald«, schlug die Dame vor, »diess könnte ich Ihnen ssehr preisswert anbieten! Ein kurzfrisstige Abssage.«

Im Schwarzwald war er schon einmal gewesen, dort rollten Busladungen von Indern und Japanern durch die zugegebenermaßen recht liebliche Landschaft und wurden an den touristischen Hotspots in bemerkenswerten Massen ausgespuckt, um die lokalen Sehenswürdigkeiten abzuarbeiten. Still war es dort ganz bestimmt nicht. Er schüttelte entsprechend vehement den Kopf.

»Der Wald ist mir zu dunkel«, gab er als ihm sehr plausibel erscheinende Erklärung an.

Das rechte Auge der Reisebürodame zuckte kurz und ihr Kopf verschwand wieder hinter ihrem Monitor, um bald darauf siegessicher wieder von dort hervorzutauchen.

»Eine Woche Nordsschweden: Bären und Beeren!«

Herr Fliegenbein registrierte erfreut, dass das Angebot nur ein einziges schmerzhaftes Viper-S enthielt, und lehnte sich interessiert nach vorn, um das Foto zu betrachten, das die Frau auf dem Bildschirm aufgerufen hatte. Eine einsame, verschneite Wald- und Seenlandschaft war dort zu sehen, die sehr vielversprechend aussah.

»Die Menschen dort sind ssehr freundlich und großsartige Geschichtenerzähler!«, rief die Reisefachkraft, von ihrer eigenen Überzeugungskraft hingerissen. Herr Fliegenbein hingegen sah sich quälend langen Gesprächen ausgesetzt, denen er sich in den Weiten Schwedens kaum entziehen konnte.

»Nein«, schrie er fast und machte einen Satz nach hinten, »keine Geschichten!«

Die niederländische Dame blickte erschrocken auf und musterte ihren Kunden prüfend. Es gab eine Menge Verrückter auf dieser Welt und einer davon, so hatte sie immer geahnt, würde sich irgendwann einmal an ihren Schalter verirren. Und dieser hier, der sich, wie sie nun zu ihrem Schrecken bemerkte, an einer Stehlampe festklammerte und gelbe Ohrenschützer um den Hals liegen hatte, war unzweifelhaft ein möglicher Anwärter dafür.

Unruhig wanderten ihre Augen durch die Abflughalle und blieben am Security-Mann haften, der einem Fluggast gerade mit ausladenden Gesten den Weg zu einem anderen Terminal erklärte und ihr dabei den Rücken zudrehte.

Sie schluckte, tauchte schnell wieder hinter ihrem Bildschirm ab und tat, als ob sie intensiv nach weiteren Schnäppchen suchte. Allem Anschein nach hatte das Foto mit der einsamen, nordischen Landschaft zunächst eine beruhigende Wirkung auf den seltsamen Kunden gehabt. Leider hatte die Last-Minute-Suche keinerlei weitere Angebote aus skandinavischen Ländern ausgespuckt.

In dieser Kategorie wurden ohnehin nur die Reisen verhökert, die aufgrund ungünstiger Flugdaten selbst zu Schleuderpreisen kaum an den Kunden zu bringen waren. Sie seufzte und klickte sich schnell zu den Super-Last-Minute-Reisen durch. Von ihrer Provision würde in diesem Ex-und-hopp-Bereich nicht allzu viel übrig bleiben. Aber das war es ihr wert, um diesen zweifelhaften Kunden möglichst schnell loszuwerden.

»Ich habe noch ein ganzs bessonderes Angebot«, zwitscherte sie schließlich, »zsehn Tage Eissfischen in Kuussamo, Finnland. Sie müssen ssich aber beeilen. Der Flug geht in zswei SStunden.«

Herr Fliegenbein war kein Meister im Entziffern der menschlichen Physiognomie, doch hatte er trotz der schmerzlich anbrandenden S-Schwemme dieses Angebots durchaus bemerkt, dass mit der Dame in den letzten Minuten eine eigentümliche Veränderung vonstattengegangen war. Sie wirkte unvermittelt, und mit dieser Empfindung kannte er sich ausnahmsweise aus, beklommen. Etwas in ihm verstand, dass diese Beklommenheit mit ihm zu tun hatte, doch er wusste nicht, wodurch er sie ausgelöst hatte. Da er jedoch all seine Hoffnungen in die Problemlösungskompetenz dieser Frau setzte, beschloss er, sich seinerseits kooperativ zu zeigen. Er beugte sich nach vorn und erblickte auf dem Bildschirm eine wunderbar einsam wirkende Schneelandschaft – in der sich allerdings ein paar Menschen um ein Eisloch herum gruppierten.

»Ich weiß nicht«, sagte er, schon wieder leicht besorgt, »so viele Menschen.«

»Finnen sind bekannt dafür, dass sie sstundenlang sschweigen können.«

»Und die anderen Reisenden?«

»Ssind um diese Jahreszeit ssehr, ssehr sselten.«

Herr Fliegenbein zögerte.

»Wie ist es mit Flugzeuglärm?«

»Dorthin fahren aussschließslich Hundeschlitten.«

»Lautes Gebell?«

»Husskys bellen nicht.«

Das war nur die halbe Wahrheit. Richtig wäre der Satz gewesen: »Huskys bellen nicht, sie heulen.« Aber die Reisebürodame hatte schnell erkannt, dass mit dem Kunden in dieser Hinsicht nicht zu verhandeln war, daher erschien ihr diese kleine Ungenauigkeit zulässig. Zumal sie möglichst schnell zu einem

Abschluss kommen wollte. »SSchnee und Eiss schlucken jedess Geräusch«, fügte sie daher hinzu.

Herr Fliegenbein starrte sie wie elektrisiert an. Da war sie: seine Zauberformel, sein ureigenes Mantra für die Ewigkeit, die Parole seines Lebens. Schnee und Eis schlucken jedes Geräusch.

»Ja«, stammelte er nur, »sehr gut. Das nehme ich.«

Zufrieden presste die Reisefachkraft ihre Lippen aufeinander, klickte auf »Buchen« und schickte sich an, die weiteren Reiseabwicklungsschritte durchzuführen. »SSie werden ssehen«, raunte sie und sah wie befreit von ihrem Bildschirm auf, »diess war ganzs genau die richtige Entsch …«

Unerwartet wanderten ihre Augen nach rechts, verweilten dort kurz und blickten dann wieder zu Herrn Fliegenbein. Dieser bemerkte verwundert, dass sich ihre Verschlossenheit überraschend in etwas Weiches und, ja, es war nicht anders zu bezeichnen, etwas Fürsorgliches verwandelt hatte.

»Warum haben SSie nicht gleich gessagt, dass Ihr Enkel auch mitfährt?«

Verdutzt folgte Herr Fliegenbein ihrem Blick, der an der Stange seiner Stehlampe entlang nach unten führte. Dort klammerte sich ein etwa sechsjähriger Junge unterhalb seiner Hand genauso an die Messingstange, wie er es selbst die ganze Zeit über getan hatte.

»Das ist …«, nicht mein Enkel, wollte Herr Fliegenbein seinen Satz vollenden, doch der Junge strahlte ihn aus großen, runden dunklen Augen an, die ihm seltsam vertraut vorkamen. Also nickte er nur benommen und schwieg.

Die Reisebürodame legte augenblicklich jede Zugeknöpftheit, Abneigung und, ja, sogar ihre antrainierte Berufsfreundlichkeit ab und lachte und scherzte und schäkerte mit dem Jungen, was dieser mit einem erfreuten Glucksen beantwortete. Schließlich reichte die Frau ihm einen mit dem Flughafenlogo bedruckten Lolli über die Schaltertheke hinüber, während der Drucker Reiseunterlagen für zwei Personen ausdruckte.

Herr Fliegenbein hatte seine Bankkarte, auf der sich im Lauf der Jahre aufgrund seiner Sparsamkeit so viel Geld angesammelt hatte, dass er sich für den Rest seiner Tage keine Sorgen machen musste, brummend zu ihr hinübergereicht. Nun schielte er immer wieder verstohlen zu dem Kind, das die Aufmerksamkeit der Reisebürodame genoss und geräuschvoll an seinem himbeerroten Lolli lutschte.

Während er sich selbst innerlich gelb, grün, blau und rot grämte. Warum hatte er nicht einfach gesagt, dass er diesen Jungen noch nie gesehen hatte? Irgendwo in der Halle mussten schließlich seine Eltern sein, die ihr Kind bestimmt schon längst vermissten. Nun würde ihn sein Schweigen einen Haufen Geld kosten und ihm dazu womöglich noch reichlich Ärger einbringen.

Wie konnte er den Jungen nur möglichst schnell wieder loswerden? Herr Fliegenbein sah in das vor lauter Rührung geschmolzene Gesicht der Schalterdame. Ihm wurde schlagartig klar, dass er unbedingt damit warten musste, bis er diese blitzverliebte Person hinter sich gelassen hatte, die ihm nun die Reiseunterlagen über die Theke reichte und den Weg zu

Terminal B erklärte. »Dann wünsche ich euch zwei eine gute Reisse und Petri Heil!«

Herr Fliegenbein nickte abwesend, stopfte die Papiere in seine Mantelinnentasche und zerrte den Jungen an der Stehlampe mit sich durch die Halle, während die Reisefachkraft ihnen nachsah und den Kopf schüttelte über so viel Rohheit.

Er hatte keine Ahnung, wie man mit einem Kind umging. Herr Fliegenbein wusste nur, dass er den Jungen unmöglich mit auf seine ohnehin schon heikle Reise nehmen konnte.

»Wie soll ich mich um ein Kind kümmern? Mir ist die Welt allein schon zu viel!«, stieß er aus Versehen laut aus. Der Junge blickte zu ihm hoch und lächelte ihn vertrauensselig an. Schnell zog Herr Fliegenbein ihn weiter und blickte sich hektisch nach einer Lösung um.

An einem verlockend duftenden Schnellimbiss wusste er endlich, was zu tun war. Er bestellte dem Jungen eine Cola und eine Portion Pommes frites mit Ketchup und legte, als dieser an der Kasse auf ein silbernes Päckchen zeigte, auch noch ein Tütchen Mayonnaise und einen Zahnstocher auf das Tablett. Dann setzte er das Kind auf einen Stuhl und schärfte ihm ein, auf keinen Fall von dort wegzugehen, bevor es nicht die ganze Portion restlos aufgegessen hatte. Danach würde er wiederkommen und es abholen. Ganz bestimmt.

Dass ihm das Naheliegendste, nämlich den Jungen einfach zur Flughafenpolizei zu bringen und dort seine Eltern ausrufen zu lassen, nicht einfiel, war schlicht der Tatsache zuzuschreiben, dass Herr Fliegenbein über nur sehr begrenzte Erfahrungen im zwischenmenschlichen Benehmen verfügte.

Er selbst war sogar äußerst zufrieden mit seiner Lösung. »Verzwickte Fälle konnte ich schon immer gut lösen«, dachte er, als er seine Stehlampe packte, dem Jungen noch einmal, wie er meinte, aufmunternd zublinzelte und sich dann gemessenen Schrittes entfernte. Noch zweimal drehte er sich um und sah zu seiner Erleichterung, wie das Kind genießerisch seine Pommes verschlang und die kalte Cola viel zu schnell hinunterstürzte.

»Das wird Bauchschmerzen geben«, murmelte Herr Fliegenbein vor sich hin und staunte, woher dieser ferne Satz aus seiner Kindheit auf einmal in ihm aufblitzte.

Erleichtert ging er weiter, folgte den Hinweisschildern zu Terminal B, ließ Gang um Gang hinter sich, fand problemlos die richtige Abfertigungshalle und den bereits geöffneten Check-in-Schalter, reihte sich dort erfreut in die Schlange der Wartenden ein und hatte den Jungen schon fast vergessen, als …

… er weitergehen und dabei die Stehlampe ein Stück nach vorn setzen wollte und sich diese plötzlich bedenklich schwer anfühlte.

Herr Fliegenbein brauchte nicht hinzusehen, um zu wissen, dass der Junge heimlich hinter ihm hergeschlichen war und sich längst wieder in seine alte Klammerposition begeben hatte.

»Du bist falsch bei mir«, rief Herr Fliegenbein fast flehentlich. »Ganz falsch!«

»Du hast gelogen«, antwortete das Kind vorwurfsvoll. »Du wolltest gar nicht wiederkommen.«

»Ich kann dich nicht mitnehmen«, jammerte Herr Fliegenbein. »Außerdem mag ich Kinder gar nicht. Sie sind so laut.«

Der Junge klammerte sich unerbittlich an seine Stehlampe, verzog das Gesicht und Herr Fliegenbein sah seine schlimmsten Befürchtungen bestätigt: Das Kind stimmte ein gewaltiges Geheul an, das sich in seine Hirnnerven bohrte wie eine abstürzende Propellermaschine in einen frischen Ackerboden. Ein Geheul, das die umstehenden Fluggäste alarmiert aufblicken ließ. Wahre Tränenbäche liefen die Wangen des Kindes hinunter. Herr Fliegenbein wunderte sich, woher das Kind all die Flüssigkeit nahm.

Er versuchte, den Jungen wie eine lästige Fliege abzuschütteln, was das Heulen derart zum Anschwellen brachte, dass es nun sogar die Intensität eines alarmgebenden Rauchmelders erreichte.

Die Menschen in der Schlange warfen ihm derart feindselige Blicke zu, dass Herr Fliegenbein sich sofort zu dem Jungen hinunterbeugte und ihm sein Bleiben zusicherte.

»Na gut, aber in Finnland sehen wir weiter«, fügte er knurrend hinzu.

Augenblicklich verstummte der Heulton, der Tränenstrom versiegte und der Junge lächelte siegessicher, als ob er nie zuvor ein anderes Gefühl verspürt hätte.

»Wie heißt du denn?«, fragte Herr Fliegenbein, nicht wissend, dass dies ein großer Fehler war. Denn ein anonymes Kind hätte er viel leichter wieder wegschicken können als eines, das einen Namen hatte.

»Arturo«, sagte das Kind und schniefte.

Und Herrn Fliegenbein wurde in einer verhängnisvoll hellsichtigen Sekunde bewusst, dass er dieses Kind, das jetzt in jeder Hinsicht gesättigt zu ihm hochsah, nicht so schnell wieder loswerden würde.

Flughöhen

»Vier Stunden«, beschwor Herr Fliegenbein sich immer wieder selbst, als das Flugzeug längst abgehoben hatte und nun unerwartet ruhig in der Luft lag. »Ich muss das alles nur vier Stunden aushalten.«

Vier Stunden konnten aber eine Ewigkeit sein, wenn es sich um eine unangenehme Zeitspanne handelte. Überraschenderweise war es jedoch nicht das Fliegen an sich, was ihm derart Probleme bereitete, dass er bald schweißgebadet und wie erledigt in seinem Sitz kauerte. Auch den Abflug hatte er mithilfe seiner Ohrenschützer, die er nun im Gepäckfach verstaut hatte, erstaunlich gut hinter sich gebracht, was sicher auch dem Umstand zu verdanken war, dass er zusätzlich durch Arturo abgelenkt wurde.

Dieser war nämlich von der Tatsache, dass ein Fahrzeug nicht nur auf der Erde fahren, sondern auch vom Boden abheben konnte, derart überwältigt gewesen, dass Herr Fliegenbein vor allem damit beschäftigt gewesen war, das Kind einigermaßen im Zaum zu halten, um ihre Mitreisenden nicht mit seinem aufgeregten Geplapper zu behelligen. Daher hatte er von dem Unheil, das sich ihm bereits beim Aufsuchen seiner Sitzreihe hätte offenbaren müssen, nichts mitbekommen.

Es war ein selbst verschuldeter Fehler, mit etwas Bedacht durchaus vermeidbar, der ihn jetzt vollkommen gefangen nahm. Gerade das machte es so schwierig, die Folgen dieser Unaufmerksamkeit zu akzeptieren. Bedauerlicherweise hatte Herr Fliegenbein es nämlich versäumt, bereits am Schalter des Reisebüros darauf zu achten, dass er und Arturo nur zu zweit in einer Sitzreihe saßen. Stattdessen hatten sie eine Dreierreihe vorgefunden. Arturo hatte sogleich den Fensterplatz für sich in Anspruch genommen, womit Herrn Fliegenbein nur das Besetzen des Mittelplatzes übrig blieb.

Nachdem er seine Stehlampe beim Check-in trotz erheblichen Widerstands seinerseits hatte aufgeben müssen, hatte er im Flugzeug seine Aktentasche umständlich in den Fächern oberhalb der Sitze verstaut und sich dann auf seinen Platz gesetzt.

Doch als er gerade damit beschäftigt war, Arturo beim Schließen seines Gurtes zu helfen, wurde neben ihm der Sitz in einer Weise besetzt, die unmissverständlich darauf hindeutete, dass gerade etwas Gewaltiges von diesem Platz Besitz ergriffen hatte. Die ganze Sitzreihe wurde dabei durchgerüttelt, wobei sich die Verdrängung der Masse entscheidend in Richtung Fenster vollzog.

Mit einem kurzen Seitenblick hatte Herr Fliegenbein seine Befürchtungen bestätigt gefunden. Ein Mann im mittleren Alter klemmte schnaufend in seinem Sitz, quoll an beiden Seiten erheblich darüber hinaus und besetzte ohne Umschweife mit seinen teigigen Unterarmen die gesamte Fläche der Armlehnen auf beiden Seiten.

Herr Fliegenbein hatte sich sofort schmal gemacht, was ihm angesichts seines dürren Körpers nicht besonders schwerfiel, doch der Sitznachbar schien den freigegebenen Raum nur umso unbeirrter zu erobern, indem er regelrecht in ihn hineinfloss. Es ließ sich also kaum vermeiden, dass Herr Fliegenbein den schwitzenden, unangenehme Schweißgerüche ausdünstenden Körper mit seinem rechten Arm berührte.

Zunächst war dies noch leidlich erträglich gewesen, da Herr Fliegenbein durch den Start und die damit verbundenen Ruhigstellungsversuche abgelenkt war. Doch mit steigender Flughöhe wuchs nun auch seine Abneigung gegenüber dem raumgreifenden Mann neben ihm. Zumal sein Sitznachbar eine absolute Frohnatur zu sein schien.

»Na, auch zum Skilaufen unterwegs? In Finnland gibt es ja den besten Schnee, wenn Sie mich fragen. Pulvrig wie Puderzucker! Außerdem ist es absolut schneesicher dort oben an der russischen Grenze.«

Herr Fliegenbein vermochte sich den Drei-Zentner-Mann, der dazu noch fast zwei Meter groß war, kaum auf Skiern vorzustellen. Doch zugleich registrierte er erleichtert, dass sein Nachbar offenbar zu einem anderen Ort unterwegs war als er selbst.

»Nein, Eisfischen«, antwortete er daher knapp. »Ich suche die Stille.«

»Eisfischen«, dröhnte der Mann, der sich gleich darauf als »Herr Hemstein« vorstellte und ihm seine schwitzige Pranke hinhielt, »habe ich auch schon gemacht. Bisschen langweilig für meinen Geschmack!«

Langweilig. Das klang gut, fand Herr Fliegenbein und tat, als ob Arturo erneut seine ganze Aufmerksamkeit fordern würde. Leider war das Kind, vermutlich bedingt durch die ganze Aufregung, bereits eingeschlafen, sodass er sich nach einiger Zeit, in der Herr Hemstein zumindest seine Hand zurückgezogen hatte, wieder zur Seite wenden musste. Dabei sah er jedoch einen Hauch zu weit nach rechts, was sein Sitznachbar bedauerlicherweise als Aufforderung ansah, weiterführende Informationen zu liefern.

»Wenn Sie nach endlosem Warten den Fisch haben! Gerade zappelt noch das pure Leben in Ihren Händen und dann – ein gezielter Schlag auf den Kopf und Sie spüren, wie es langsam aus Ihren Fingern entweicht. Dieser ergreifende Moment! Das ist wirklich groß!«

Herr Fliegenbein vermisste schmerzlich seine Ohrenschützer, die sich leichtsinnigerweise im Gepäckfach über ihm befanden. Er hatte das Bild eines qualvoll sterbenden Fisches vor Augen, und ihm wurde übel.

»Und dann: ein Stich ins Herz oberhalb der Brustflossen ...«

Der Mann zeigte auf eine Stelle über seinem Herzen. »... und das Tier ist hin. Dann schneiden Sie ihn an der Bauchseite auf und nehmen die noch zuckenden Eingeweide raus. Aber die können Sie direkt ins Wasser zurückwerfen. Bestes Fischfutter!«

Herr Hemstein schleuderte ein geräuschvolles Lachen durch die Sitzreihe, sodass Arturo aufwachte und mit großen Augen zu ihm hinsah.

»Nur Memmen lösen den Fisch vom Haken und setzen ihn zurück ins Wasser! Aber so sind die Finnen nicht! Das sind noch echte Burschen, wie es sie bei uns gar nicht mehr gibt!«

Hinter jedem von Herrn Hemsteins Sätzen stand ein Ausrufezeichen, das sich unerbittlich in Herrn Fliegenbeins Hirn bohrte. Das Leben dieses Mannes schien nichts Geringeres als Sensationen bereitzuhalten. Zum ersten Mal wurde Herrn Fliegenbein außerdem bewusst, dass das so harmlos klingende Eisfischen, von dem er sich Ruhe und Seelenfrieden versprochen hatte, das Töten von Lebewesen bedeutete. Alles Blut wich aus seinem Gesicht. Er lehnte sich ganz nach links zu Arturo hinüber, um weitere Feindbegegnungen unter allen Umständen zu vermeiden. Leider war immer noch nicht daran zu denken, aufzustehen und sich seinen Gehörschutz zu holen, da dies einige Unruhe verursacht hätte.

Herr Fliegenbein dachte an das Eisfischen. Ich werde wohl eine dieser Memmen sein, die den Fisch wieder ins Wasser zurückwerfen, beschloss er voller Überzeugung. Er sah zu Arturo, der inzwischen friedlich vor sich hin brabbelte und von all dem nichts mitbekam, und fand in diesem harmlosen Anblick seine Rechtfertigungsformel für die kommenden Ereignisse: Das kann man doch einem Kind nicht zumuten. Ja, das war es! Ein Kind durfte nicht miterleben, wie ein Fisch starb.

Vielleicht mache ich überhaupt keinen Wurm an die Angel, sodass gar kein Fisch anbeißt, überlegte er weiter und freute sich über die Raffinesse seiner Ausflucht. Halbwegs erleichtert schloss er die Augen und tat endlich, als ob er schlafen würde.

So traf ihn der massive Rempler, mit dem der Sitznachbar wieder seine ungeteilte Aufmerksamkeit zurückerobern wollte, umso unvorbereiteter. Er stieß einen kleinen Schrei aus, der ihm einen empörten Blick von der Reisenden vor ihm zwischen die Sitze hindurch einbrachte, seinen Nachbarn aber keineswegs beeindruckte.

»Nervöser Schlaf, was?«

Herr Hemstein zeigte mit einem wulstigen Zeigefinger auf Arturo, der nicht aufgewacht war, sondern tief und fest schlief. »Ihr Enkelchen?«

Diese Frage bescherte Herrn Fliegenbein gleich die nächste Krise seiner doch noch so jungen Reise. Er hatte nach der Erkundigung durch die Reisebürofrau nicht weiter darüber nachgedacht, wie er die auch für ihn immer noch rätselhafte Anwesenheit des Jungen Außenstehenden erklären sollte.

Am Flughafen hatte er den Kinderpass, welchen er in Arturos Jacke gefunden hatte, den gelangweilten Mitarbeitern nervös hingehalten.

Diese hatten aber kaum darauf geblickt und ihn und Arturo anstandslos durchgewunken.

Doch nun und im weiteren Verlauf seiner Reise würde er Erklärungen für die Existenz dieses Kindes abgeben müssen. Daher bot die Frage von Herrn Hemstein neben dem ihr innewohnenden Risiko zugleich eine Chance. Denn sie lieferte ihm zugleich eine Antwort: Er würde Arturo, den er wohl so schnell nicht mehr loswerden würde, tatsächlich als seinen Enkel ausgeben.

Herr Fliegenbein nickte also bestätigend.

»Nettes Kerlchen«, gab Herr Hemstein sogleich seine Einschätzung zu Arturo kund.

Herr Fliegenbein nickte noch einmal.

Dann wurde er durch eine Stewardess von weiteren Unterhaltungen erlöst, die mit dem Austeilen des Imbisses begonnen hatte und sich nun mit einem professionellen Lächeln an Herrn Fliegenbeins Sitzreihe wandte.

»Salami oder Käse?«

»Salaaamiii!«, krähte Arturo, der offenbar gerade im richtigen Moment wach geworden war.

Die Stewardess lächelte und reichte Arturo ein Tablett hinüber, das neben einem Salamisandwich ein Stück Kuchen enthielt, das mit dümmlich grinsenden Schokolinsen verziert war.

»Apfelsaft oder Orange?«, wollte die Stewardess nun wissen, was Arturo mit einem ebenso krakeelenden »Oraaangeee!« beantwortete.

»Und der Herr?«, fragte sie, während sie den Saft an Arturo weiterreichte. »Käse oder Salami?«

»Äh, Käse«, stammelte Herr Fliegenbein und um einer weiteren Frage der Flugbereiterin vorzubeugen: »Apfelsaft.«

Er war froh, dass er dabei zumindest nicht rot geworden war, weil er immer rot wurde, wenn eine Dame, die dazu auch noch so liebenswürdig war, ihn ansprach. Was allerdings selten vorkam.

Sein Tablett enthielt neben dem Käsesandwich ebenfalls einen Kuchen, nur die Schokolinsenverzierung fehlte. Neben ihm war nun Herr Hemstein an der Reihe.

»Gibt es kein Rentierfleisch?«, verlangte dieser auf die obligatorische Sandwichwahlfrage. »Schließlich fliegen wir doch nach Finnland.«

»Wir sind eine deutsche Fluglinie«, sagte die Stewardess wieder mit einem sehr professionellen Lächeln und reichte nach erneuter Nachfrage ein Salamibrötchen an Herrn Fliegenbeins Sitznachbarn weiter, das dieser mit gierigen Fingern ergriff, nicht ohne weitere Forderungen, diesmal nach »einem guten Wodka«, aufzustellen und die Flugbegleiterin dabei wie zufällig zu berühren.

Herr Fliegenbein, der den schmählichen Vorgang beobachtet hatte, wurde nun in einer Art Stellvertreterscham doch noch rot, worüber er sich zugleich maßlos ärgerte, da er genau das hatte vermeiden wollen.

Die Flugbegleiterin ließ sich aber nicht außer Fassung bringen, lächelte kalt, spulte ihren Fragenkatalog ab und reichte schließlich einen Becher Kaffee an Herrn Hemstein weiter, nach dem dieser sogleich die Hand ausstreckte. Als er jedoch gerade nach ihm greifen wollte, machte die Flugbegleiterin einen kleinen, wie zufälligen Stolperschritt, die Tasse schwappte ein wenig über und Herrn Hemsteins Hand wurde von heißem Kaffee überbrüht.

»Passen Sie doch auf!«, rüffelte er die Frau an.

»Oh, das tut mir leid«, sagte die Flugbegleiterin unberührt und zwinkerte Herrn Fliegenbein verschwörerisch zu.

Dass die Stewardess ihn auf der Seite der Guten wähnte und er somit Teil ihres kleinen Widerstands geworden war, freute und verwirrte ihn zugleich. Erwartete die Dame nun, dass er etwas unternahm? Aber was? Sein Puls schoss schlagartig in die Höhe.

Die Stewardess versuchte inzwischen, mit einem

Lappen das Tablett von Herrn Hemstein zu reinigen, während dieser auf seine Hand pustete, die sich daumenseitig rot verfärbt hatte.

»Ich bringe Ihnen gleich eine Brandsalbe«, kündigte die Stewardess an und schob ihren Servicewagen eine Sitzreihe weiter, als ob nichts passiert wäre.

»Eine Unverschämtheit ist das!«, polterte Herr Hemstein. »Ich werde mich bei der Geschäftsleitung beschweren!«

Die vordere Sitzreihe drehte sich kollektiv um und vergaß, ihre Brote weiterzukauen.

Herr Fliegenbein winkte verkrampft und wandte sich Arturo zu, der mit offenem Mund zu Herrn Hemstein sah und offensichtlich nicht wusste, ob er ihn beängstigend oder lustig finden sollte. »Was hat der arme Mann?«

»Nichts Schlimmes«, flüsterte Herr Fliegenbein, »nur ein bisschen verbrannt.«

Arturo starrte nun erst recht zu Herrn Hemstein, der immer noch damit beschäftigt war, theatralisch auf seine schmerzende Hand zu pusten.

»Iss dein Salamibrot und trink deinen Saft«, sagte Herr Fliegenbein barscher, als er es beabsichtigt hatte. Doch er wollte auf keinen Fall, dass sein Sitznachbar sich durch Arturos Aufmerksamkeit bemüßigt fühlte, weiterhin das Gespräch aufrechtzuerhalten. Doch zum Glück war Herr Hemstein zu sehr mit sich selbst beschäftigt, um Arturos Blicke überhaupt wahrzunehmen.

Ein Steward kam und reichte dem Verletzten mit spitzen Fingern eine Salbe und ein Päckchen Mullverband. Herr Hemstein nahm beides mürrisch entgegen, öffnete die Tube, drückte zwei überdicke Salbenstränge heraus und verstrich diese großflächig auf seiner Hand. Dann versuchte er, nachdem er das Päckchen natürlich mit den Zähnen geöffnet hatte, wie Herr Fliegenbein mit angewidertem Seitenblick feststellte, sich einhändig einen Mullverband anzulegen.

Angespannt beobachtete Herr Fliegenbein, wie sein Sitznachbar ungeschickt mit der Mullbinde hantierte, er dabei sein Territorium erheblich überschritt, derbe Flüche ausstieß und immer wieder von Neuem daran scheiterte, sich einen halbwegs brauchbaren Verband hinzubekommen.

Herr Fliegenbein wusste, dass er keine Ruhe finden würde, bevor Herr Hemstein nicht ausreichend verarztet war. Andererseits war es für ihn undenkbar, ihm seine Hilfe anzubieten, seinerseits die Territorialgrenzen zu übertreten und dabei womöglich blanke Haut seines Nachbarn zu berühren.

Er sah Hilfe suchend zu Arturo, der zufrieden schmatzend sein Salamibrot kaute und dabei aus dem Fenster hinaus das eindrucksvolle Wolkengebirge am Firmament beobachtete.

»Gibt es da etwas Schönes zu sehen?«, fragte Herr Fliegenbein möglichst freundlich, um seinen Fauxpas von zuvor wieder auszugleichen.

»Nö«, antwortete Arturo schmal. Herr Fliegenbein vermutete zunächst, dass Arturo eingeschnappt war, doch dann drehte dieser sich zu ihm und fragte: »Kann man im Wasser fliegen?«

»Was?«, fragte Herr Fliegenbein verwirrt und zugleich misstrauisch, was wohl hinter Arturos Überlegungen stecken könnte.

Das Kind sah ihn an wie jemand, der nicht viel von der Welt verstand. »Kann etwas fliegen, wenn es zum Beispiel auf einem Schiff ist?«

Erleichtert, dass das Kind offenbar nicht eingeschnappt war und zugleich solch eine nachvollziehbare Frage stellte, antwortete Herr Fliegenbein: »Natürlich, warum nicht? Schwimmen hebt fliegen ja nicht auf.«

Arturo war mit dieser Antwort jedoch noch nicht zufrieden. »Und kann auch etwas fliegen, was in einem Flugzeug ist?«

Herr Fliegenbein legte den Kopf schief und kramte in seinem Gehirn nach Kenntnissen der Luftfahrttechnik. »Auf ein Flugzeug wirken ja vier physikalische Kräfte: Gewicht, Antrieb, Auftrieb, Luftwiderstand. Ich denke nicht, dass etwas davon dagegen spricht.«

Arturo nickte erneut, nahm die Spucktüte aus der Sitztasche vor sich, faltete gewissenhaft ein Flugzeug daraus und schmetterte es mit einem beherzten Wurf nach vorn. Das war der Beweis: Es flog, obwohl es in einem Flugzeug war. Unglücklicherweise hatte sich gerade in diesem Moment eine Frau zwei Reihen vor ihnen von ihrem Sitz erhoben, um etwas aus der Gepäckablage zu holen, und die Spitze des Papierfliegers pikste in ihren Nacken.

Wütend drehte sie sich um, entdeckte sogleich den Übeltäter und sah erbost zu Herrn Fliegenbein. »Können Sie nicht auf Ihr Kind aufpassen?«

»Entschuldigung«, stammelte Herr Fliegenbein beschwichtigend, »er wollte nur etwas Physikalisches ausprobieren.« Die Frau warf ihm noch einmal einen vorwurfsvollen Blick zu, zögerte, setzte sich dann aber tatsächlich wieder hin, nicht ohne zuvor noch einmal »Physikalisches« aufzuschnauben.

Arturo zog den Kopf in den Nacken, sah ihn an und kicherte komplizenhaft. Herr Fliegenbein versuchte, den Jungen streng anzusehen, was ihm aber nicht gelang. Er wollte kein Aufsehen erregen. Er wollte leise und am liebsten vollkommen unsichtbar durch die Welt gehen. Aber das schien mit einem Kind nicht möglich zu sein. Bei dem Gedanken, was aufgrund seiner Dummheit, den Jungen auf die Reise mitzunehmen, noch alles auf ihn zukommen würde, seufzte er tief auf.

Neben ihnen hatte Herr Hemstein es endlich geschafft, sich einen halbwegs passablen Verband anzulegen, und schlief daraufhin schnaufend und rotgesichtig vor Anstrengung ein.

Nach einer Weile drehte Arturo sich erneut grübelnd zu Herrn Fliegenbein hin und es folgte, wie von ihm befürchtet, eine weitere Nachfrage. »Kann auch etwas schwimmen, wenn es in einem Flugzeug ist?«

Herr Fliegenbein sah weitere Unbill auf sich zukommen. »Natürlich. Das ist doch genau das Gleiche wie auf der Erde. Und jetzt iss deinen Kuchen«, antwortete er ungehalten und etwas zu laut. Köpfe fuhren herum, vorwurfsvolle Blicke trafen ihn. In Herrn Fliegenbein wuchs eine Ahnung davon, dass seine pädagogischen Fähigkeiten von den Mitreisenden nicht gerade positiv bewertet wurden. Und das stimmte ja auch. Er war wirklich nicht sehr geschickt im Umgang mit Kindern.

Doch womöglich wollte Arturo jetzt auch noch aufstehen und im Waschbecken der Bordtoilette ausprobieren, ob ein Papierschiff in einem Flugzeug schwamm. Das galt es unter allen Umständen zu verhindern, denn allein der Gedanke, ihren schlafenden Sitznachbarn zu wecken und darum zu bitten, sein Tablett mit all den Gegenständen darauf hochzuklappen und sie durchzulassen, strapazierte ihn dermaßen, dass er unfreundlicher klang als beabsichtigt.

Doch Arturo gab sich erstaunlicherweise mit der Antwort zufrieden und sah gebannt aus dem Fenster, wo die Sonne gerade dankenswerterweise spektakulär durch den Wolkenberg hindurchgebrochen war.

Kinder vergessen so leicht, dachte Herr Fliegenbein erleichtert. Aber er musste zugeben, dass der Himmelswelt tatsächlich sehr viel beeindruckende Schönheit innewohnte.

Ein Teil der Aufregung, die ihn während seiner Reise begleitet hatte, fiel endlich von ihm ab.

Er lehnte sich zurück und sah auf seine Armbanduhr. Jetzt haben sie bei der Arbeit längst gemerkt, dass ich nicht da bin und etwas nicht stimmt, dachte er. Vielleicht versuchen sie, mich zu Hause zu erreichen, oder stehen am Kopierer und überlegen, ob ich krank bin? Er war in den ganzen Jahren nur ein einziges Mal krank gewesen, als er sich beim Zurückstellen der ewig verfrühten Küchenuhr den Knöchel verdreht hatte. Am nächsten Tag war er aber bereits schon wieder zur Arbeit gehumpelt.

Es sollte das letzte Mal sein, dass er im Lauf dieser Reise an die Arbeit dachte. Die folgende Zeit würde dieser Bereich seines Lebens, der bisher solch einen großen Platz eingenommen hatte und nun Vergangenheit war, erstaunlicherweise keinerlei Rolle mehr spielen.

Den Rest des Fluges verbrachte er in angenehmer Stille, widmete sich seinem Gebäck und beachtete den nun ebenfalls wieder schlummernden Arturo nicht weiter, sondern widmete sich seiner Mahlzeit.

Der Kuchen schmeckte nach Pappe. Einmal hatte er bei seinem Zahnarzt, den er nur im absoluten Notfall aufsuchte, in einer Reisezeitschrift gelesen, warum das Essen im Flugzeug meist nach nichts schmeckte. Dies hatte nämlich mit den veränderten Bedingungen in der Luft zu tun. Bei einer Flughöhe von zehntausend Metern herrschte in der Kabine ein Luftdruck, als wäre man auf der Zugspitze. Daher nahmen alle Sinne weniger wahr, etwa so, als hätte man einen Schnupfen.

Es kann also durchaus sein, dass der Kuchen unten auf dem Boden hervorragend wäre, ärgerte sich Herr Fliegenbein. Oder er wäre dort vollkommen überwürzt.

Ist es nicht frustrierend im Leben, dass man immer am falschen Ort ist und die Bedingungen nie stimmen, egal wo man gerade ist? Und mit diesem ernüchternden Gedanken fiel er irgendwann ebenfalls in einen unruhigen Schlaf.

Klub der Stille

Am Flughafen von Kuusamo zog Herr Fliegenbein Arturo hinter sich her und beeilte sich, den anderen Passagieren zu folgen, die offensichtlich genau wussten, wohin sie nun gehen mussten. Eigentlich hatte er kein Gepäck aufgegeben, da er nur seine Aktentasche mit sich führte, und hätte deshalb gleich weiter Richtung Ausgang durchgehen können. Doch die Stehlampe, die er aus völlig unverständlichen Gründen von zu Hause mitgenommen hatte, wollte er doch nicht am Flughafen zurücklassen.

Also stellte er sich im Gepäckausgabebereich neben die anderen Fluggäste vor das noch still stehende Band und wartete angespannt. Zum Glück bewahrte ihn sein Gehörschutz wenigstens vor dem Geplapper der Mitreisenden. Nach kurzer Zeit wurde das Band gestartet, Koffer um Koffer fuhren an ihm vorbei und wurden von den dazugehörenden Besitzern mit einem entschlossenen Griff in Empfang genommen.

Herr Fliegenbein beobachtete mit Sorge, dass die Kofferbesitzer am Band nicht allzu lange zögern durften, wollten sie vermeiden, dass ihr Besitz vergebens an ihnen vorbeifuhr. Er nahm sich vor, es genauso zu machen, wenn seine Stehlampe vor ihm auftauchte. Sein Herzschlag verdoppelte sich schlagartig, als er beobachtete, wie sie tatsächlich auf das Band geladen wurde und sich ihm in stetiger Geschwindigkeit näherte. Die Unwägbarkeit des richtigen Moments trieb ihm den Schweiß auf die Stirn. Er stellte sich in eine günstige Zugriffsposition und fixierte sein ihm entgegenfahrendes Eigentum. Kurz bevor die Lampe ihn erreicht hatte, streckte er sicherheitshalber schon seine Hand nach ihr aus. Sie war nun fast bei ihm angekommen, und er spannte daher auch seine wenig trainierte Beinmuskulatur an, um sich nach erfolgreicher Mission gleich mit ihr vom Band wegdrehen zu können.

Die Lampe war nun genau vor ihm. In diesem Moment wurde er grob zur Seite gestoßen. Eine massige Hand schnappte nach dem schrankgroßen Koffer, der gleich nach der Stehlampe einherfuhr, und wuchtete ihn in einer Art Hammerwurfdrehung brachial vom Laufband. Herr Fliegenbein musste nicht hinsehen, um zu wissen, dass es sich hierbei um Herrn Hemsteins riesige Pranke handelte.

Alle Wartenden im Umkreis von zwei Metern mussten zur Seite springen, um sich vor dem Kofferkatapult in Sicherheit zu bringen. Herr Fliegenbein dachte zwangsläufig an die abscheuliche Abrissbirne und verspürte in seinem Inneren noch einmal einen tiefen Schmerz um sein verlorenes Bild. Die Stehlampe fuhr in einer eleganten Drehung vorbei und schickte sich an, eine weitere Runde auf dem Laufband zu drehen.

Wehmütig sah Herr Fliegenbein ihr hinterher, wie einem Freund, den man lange Zeit nicht wiedersehen würde. Koffer um Koffer verschwanden unterdessen vom Gepäckband. Nachdem es schon fast vollständig geleert war und die meisten Passagiere in Richtung Halle verschwunden waren, kehrte die Lampe nach einer einsamen Runde endlich wieder zu ihm zurück.

»Diesmal lasse ich sie nicht wieder entwischen«, murmelte Herr Fliegenbein trotzig und begab sich erneut in die bereits geübte Position. Was nun wesentlich einfacher war, da kaum noch Menschen am Band standen. Arturo, der das Treiben um das Band herum fasziniert beobachtet hatte, trat nun unbemerkt neben ihn. Und als die Stehlampe geradewegs auf sie zufuhr, streckte er zusätzlich seine schmale Kinderhand aus und griff nach dem sich nähernden Objekt. Zusammen hoben sie die Lampe entschlossen vom Gepäckband und stellten sie mit einer eleganten Drehung auf den Boden.

Arturo lachte Herr Fliegenbein siegessicher an und krähte fröhlich: »Gefangen!«

Herr Fliegenbeins verkrampfte Miene lockerte sich, er nickte Arturo kaum merklich zu und sprach dann von ihm selten gebrauchte Worte: »Gut gemacht.«

Arturo strahlte ihn mit einer ungebremsten Begeisterung an. Wie schnell die Welt dieses Kindes in Ordnung zu bringen ist, wunderte sich Herr Fliegenbein im Stillen, während an mir Niederlagen wochenlang nagen.

In ungeahnter Harmonie gingen die beiden danach Richtung Ausgang, die Stehlampe von rechts und links umklammernd, als Herrn Fliegenbein auf einmal klar wurde, dass er überhaupt nicht wusste, wie es nun weitergehen würde.

Die schlicht eingerichtete Halle von Kuusamo war nicht einmal halb so groß wie die seines Heimatflughafens. Und dennoch erschien Herrn Fliegenbein hier alles riesig und verwirrend.

Mit einem Ruck stellte er die Stehlampe auf den Boden und setzte seine Ohrenschützer ab. Arturo sah ihn bestürzt an und befürchtete wohl, dass die Zufriedenheit seines Begleiters nur eine flüchtige Erscheinung gewesen war.

»Wo müssen wir denn hin?«, fragte Herr Fliegenbein, als ob das Kind einen inneren Kompass in sich trüge. Arturo konnte diese Frage natürlich nicht beantworten und blickte schulterzuckend zu ihm hoch.

»Moment«, fiel Herrn Fliegenbein zu seiner Erleichterung ein, »ich habe doch die Unterlagen vom Reisebüro.«

Er griff in die Innentasche seines Trenchcoats, förderte einen Umschlag zutage und nahm ein Papier heraus. Angestrengt studierte er, was darauf geschrieben stand.

Sie werden vor dem Eingang der Flughafenhalle von einem Transferbus erwartet, der Sie zu Ihrer Unterkunft, dem Hiljaisuuden Klubi, an der russischen Grenze bringt.

Herr Fliegenbein ließ erleichtert das Papier sinken. »Da steht es, wir werden abgeholt. Mit einem Bus!«

Arturo nickte entzückt und zeigte auf den Ausgang, den er bereits in geringer Entfernung von ihnen entdeckt hatte. Sie nahmen die Stehlampe wieder auf und verließen einträchtig das Flughafengebäude. Draußen schlug ihnen ein eisiger Nordwind entgegen. Herrn Fliegenbein wurde mit einem Mal schmerzlich bewusst, dass er nur einige sinnlose Dinge wie Krawatten und Hemden in seine Aktentasche gestopft hatte, aber weder er noch Arturo für den frostigen finnischen Winter entsprechend ausgerüstet waren.

Er beugte sich nach unten und schloss den Reißverschluss von Arturos Jacke, die dennoch viel zu dünn sein würde. Wie fürsorglich, dachte er dabei und wieder blitzte ein Bild seiner Kindheit auf. Er musste an seine Mutter denken, die ihm im Winter immer einen selbst gestrickten gelben Schal um den Hals gewickelt hatte, bevor sie ihn zum Spielen nach draußen ließ. Einen Schal habe ich für ihn leider nicht, dachte Herr Fliegenbein bedauernd.

Er stellte den Kragen seines Trenchcoats hoch und sah sich suchend um. Auf dem taubenblauen Flughafengebäude lagen mindestens vierzig Zentimeter Schnee, die Wege waren vereist und die Menschen, von der Kälte rotgesichtig, waren in dicke Wintermäntel und Schneestiefel mit Pelzrand gekleidet. Seine praktischen, aber ungefütterten Schnürschuhe würden für die finnischen Wetterverhältnisse kaum geeignet sein, ebenso wenig Arturos leichte rote Kinderstiefelchen.

Der erbarmungslose Eiswind pfiff ihnen um die Ohren. Umso wichtiger war es, dass sie bald den richtigen Transferbus fanden. Vor dem Gebäude parkten drei entsprechende Fahrzeuge, die sich allenfalls durch ihre Aufschriften unterschieden. Aufschriften, die Herrn Fliegenbein aber nicht viel weiterhalfen, da sie natürlich in finnischer Sprache verfasst waren.

»Du wartest hier und passt auf die Lampe auf«, sagte er zu Arturo. »Ich frage den Busfahrer.« Dann nahm er all seinen Mut zusammen und ging zu dem Bus, der direkt bei ihnen stand.

Die erste Überraschung für Herrn Fliegenbein war, dass der Busfahrer eine stark blondierte Frau jenseits der siebzig mit apfelroten Wangen war, die ihn erwartungsvoll anlächelte. Er sah auf seinen Zettel und fragte umständlich:

»Hil-jai-suu-den Klu-bi?«

Die Dame schüttelte den Kopf und übergoss ihn mit einer Flut von Wörtern, von denen Herr Fliegenbein kein einziges verstand. Dabei zeigte sie jedoch immer wieder auf den Bus, der einige Meter vor ihnen stand, sodass er annahm, dass dies der Transferbus war, nach dem er suchte. Er bedankte sich mit einer angedeuteten Verbeugung, verließ den Bus und schritt zu dem angewiesenen Fahrzeug.

Die zweite Überraschung war, dass dort eine noch ältere Dame am Steuer saß. Sie war blass, auf eine zähe Art zierlich und trug einen dunklen Pferdeschwanz. Vielleicht ist das in Finnland ein besonderes Programm, dass Senioren in den Arbeitsprozess einbezogen werden, dachte Herr Fliegenbein.

»Hil-jai-suu-den Klu-bi?«, stellte er dann seine Frage an der Tür schon deutlich versierter.

Die Frau lachte etwas spöttisch und sagte: »Puhutko suomea?« Sie offenbarte dabei eine deutliche Zahnlücke zwischen Eckzahn und Schneidezahn.

»No.« Herr Fliegenbein schüttelte, fast schon der

Verzweiflung nahe, seinen Kopf. Er wusste zwar nicht, wonach die Frau gefragt hatte, aber ihm war klar, dass er, was auch immer es war, nicht damit dienen konnte.

»Hil-jai-suu-den Klu-bi?«, fragte er erneut.

Auch diese Busfahrerin schüttelte nur den Kopf, jedoch deutlich weniger kooperativ als die Dame im ersten Bus.

»Hil-jai-suu-den Klu-bi?«, beharrte er noch einmal, nun fast schon verzweifelt.

Die Busfahrerin hob die Arme in die Luft und sah sich Hilfe suchend zu ihren Fahrgästen um, die das Geschehen zwar verfolgt hatten, aber mit ratlosem Schulterzucken ihre Ahnungslosigkeit oder mangelnde Kooperationsbereitschaft (da war Herr Fliegenbein sich nicht so sicher) verdeutlichten.

Also atmete er tief ein, wobei die eiskalte Luft seine Lungen fast vereiste, kletterte in den Bus und hielt der Busfahrerin den Zettel des Reisebüros vors Gesicht.

Die Busfahrerin warf einen kurzen Blick darauf. »Ahaa!«, rief sie. »Hiljaisuuden Klubi!«

Letzteres sagte sie so schnell, dass Herr Fliegenbein den Namen seiner Unterkunft zwar nicht verstand, aber dennoch nickte in der Hoffnung, dass es schon irgendwie stimmen würde. Eine andere Möglichkeit hatte er ohnehin nicht.

»Hiljaisuuden Klubi!«, wiederholte die Busfahrerin. Ein strahlendes Lächeln veredelte nun ihre Gesichtszüge und legte ihr Gesicht in unzählige Falten. Und dann kam die dritte Überraschung, denn sie zeigte mit großer Gewissheit auf den Bus, von dem er gerade gekommen war.

Der in diesem Moment seinen Motor startete, aus der Parkbucht ausscherte und im Begriff war, abzufahren.

»Dort drüben?«, fragte Herr Fliegenbein und zeigte verständnislos auf den anderen Bus.

»Joo!«, antwortete die Busfahrerin und bestätigte dies so überzeugend mit dem Kopf, dass Herr Fliegenbein, der ansonsten nicht gerade für seine Sportlichkeit bekannt war, sofort aus dem Bus stürzte, die Stehlampe samt Arturo packte und dem Fahrzeug hinterherrannte, das nun bereits auf den Fahrweg eingebogen war.

»Halt!«, rief Herr Fliegenbein. »Hiljaisuuden Klubi!«

Dass er den Namen nun so flüssig und zugleich auch noch fehlerfrei hinbekam, wunderte ihn in diesem Moment selbst. Aber in Notsituationen wuchsen Menschen ja bekanntlich meterhoch über sich selbst hinaus. Denn mit dieser dünnen Kleidung in der arktischen Kälte zu rennen und nicht zu wissen, ob er den rettenden Bus noch erreichen würde, war nicht nur für einen Mann von Herrn Fliegenbeins Schlag eine ausgesprochene Notlage.

»Anhalten!«, rief er und auch Arturo, der hinter ihm herrannte, begriff den Ernst der Lage und schrie: »Buuus, halt bitte an!«

Und tatsächlich geschah ein Wunder. Die Fahrerin hatte ihn und den Jungen offenbar im Rückspiegel gesehen und trat abrupt auf die Bremse. Herr Fliegenbein, nun einmal im Schwung, konnte seinerseits nicht mehr bremsen und prallte auf das Heckteil. Arturo hatte zwar eine deutlich kürzere Reaktionszeit und konnte daher noch rechtzeitig abbremsen, doch auf der eisigen Fläche bedeutete dies, dennoch einen halben Meter weit zu schlittern. Also stieß er schließlich auf Herrn Fliegenbein, der sich gerade von seinem Aufprall erholt hatte und durch den weiteren Stoß noch einmal gegen den Bus gedrückt wurde.

Das Kind löste sich von ihm und kicherte los.

»Was ist denn daran so witzig?«, schimpfte Herr Fliegenbein. »Ich bin mit der Nase gegen den Bus gestoßen und beinahe wäre auch noch meine wunderbare Lampe kaputtgegangen!«

»Aber das sah so komisch aus«, gluckste Arturo.

Herr Fliegenbein schüttelte erbost den Kopf, prüfte, ob seiner Nase nichts passiert war, stellte fest, dass sie gerade im Begriff war, bedenklich anzuschwellen, nahm den Jungen an der Hand und tastete sich am Bus entlang nach vorn zu der Fahrerin. Nun wollte er sich nicht noch einmal der Peinlichkeit aussetzen, durch eine falsche Aussprache ihre Mitfahrgelegenheit zu gefährden. Also hielt er ihr wortlos das Papier der Reiseagentur hin.

»Hiljaisuuden Klubi!«, jubelte die Busfahrerin. »Tietysti!«

Herr Fliegenbein wertete dies als Zustimmung, zumal die Frau mit dem Kopf nach hinten wies, und schob Arturo vor sich her in den Bus hinein.

Die Fahrerin lachte und zeigte auf ihre Ohren. Herr Fliegenbein quälte sich ein Lächeln hervor, dachte aber, dass es nicht sehr vertrauenerweckend war, mit einer schwerhörigen Busfahrerin unterwegs zu sein.

Arturo und er mussten sich ganz in den hinteren

Fahrzeugteil hindurchschlängeln, da nur noch dort ein paar Plätze frei waren. Ihre Mitreisenden sahen die beiden mit einer Mischung aus Neugier und Verärgerung an, da sie für eine Verzögerung der Reise gesorgt hatten.

Aus den Augenwinkeln sah er, dass die Frau aus dem Flugzeug, deren Nacken von Arturos Papierflieger gepiesackt worden war, ebenfalls im Transferbus saß. Sie musterte sie mit hochgezogenen Augenbrauen und war ganz offensichtlich nicht besonders begeistert über ihr Eintreffen.

Herr Fliegenbein wurde zudem blitzartig bewusst, dass Arturo und er nicht die Einzigen waren, die von Kuusamo aus zum Eisfischen fuhren, sondern dass mindestens dreißig Leute das gleiche Ziel hatten wie sie selbst. Diese Erkenntnis kostete ihn so viel Kraft, dass er sich, hinten angekommen, sofort auf einen freien Sitz plumpsen ließ. Seine Nase fühlte sich an wie eine Clownsverkleidung und sah vermutlich auch so aus.

Glücklicherweise hatte er wenigstens den unerträglichen Herrn Hemstein nirgendwo entdeckt. Dieser hatte sich schnaufend vom Gepäckband entfernt, ohne sich von ihnen zu verabschieden. Herrn Fliegenbein war dies nur recht gewesen, da er keinerlei Bindung zu diesem grobschlächtigen Charakter eingehen wollte. Wenn er ehrlich war, würde er aber auch zu einer feinfühligeren Natur kein freundschaftliches Band knüpfen wollen. Also genau genommen zu gar niemandem.

Doch er versuchte, es als Erfolg zu werten, dass dieser Mann eine andere Richtung eingeschlagen hatte. *Positiv denken!* hatte der Titel eines weiteren Seminars bei der Arbeit gelautet. Jetzt konnte er die dort erlernten Techniken wenigstens einmal anwenden. Man musste einfach alles Negative (zum Beispiel Menschen wie Herrn Hemstein) in den Hintergrund seines Bewusstseins schieben und sich auf das Gute konzentrieren. Das Gute in diesem Moment war, dass sie warm und sicher im Bus saßen.

»Ich hab Hunger!«, meldete sich neben ihm Arturo zu Wort.

Herr Fliegenbein seufzte, legte die Stehlampe quer unter die Sitzbank und sagte: »Bestimmt gibt es in der Unterkunft bald etwas zu essen.«

Arturo war jedoch mit der Antwort nicht zufrieden und verzog seinen Mund zu einem Flunsch. Herr Fliegenbein fürchtete schon weitere Heulbojengesänge, doch zum Glück fuhr der Bus nun los und das Kind wurde dadurch abgelenkt.

Sie durchquerten den Ort Kuusamo, und zum ersten Mal fiel Herrn Fliegenbein auf, dass es hier um diese frühe Nachmittagszeit bereits dämmerte und die Häuser daher hell erleuchtet waren. Frühe Dunkelheit bedeutete meist auch weniger lärmende Menschen, da die Leute sich eher drinnen aufhielten. Nur die große Anzahl an Hotels und Häusern, die die Stadt aufwies, machte ihm etwas Sorgen.

Doch sie ließen den Ort rasch hinter sich und fuhren nach und nach in eine ungemein weite, schneebedeckte und vor allem vollkommen menschenleere Landschaft hinein. Die Fahrerin schien weder durch ihr Alter noch durch Schwerhörigkeit beeinträchtigt zu sein, denn sie schaukelte ihre Passagiere sicher über die vereisten Straßen. Herr Fliegenbein atmete tief aus und lehnte sich fast behaglich zurück.

»Schnee und Eis schlucken jedes Geräusch«, hatte ihm die Reisebürofrau am Flughafen versprochen. Und auf einmal glaubte er selbst an die Möglichkeit, hier in diesem entlegenen Ort am Ende Europas jene unvergleichliche Stille zu finden, nach der er sich schon sein halbes Leben lang gesehnt hatte.

Flamingos und Knisterkäse

»Tervetuloa! Mein Name ist Mirka und das ist meine Schwester Sunnà«, sagte die Betreuerin der Ferienunterkunft, wobei sie ein einladendes Lächeln präsentierte. »Wir stehen Ihnen in den nächsten Tagen mit Rat und Tat zur Seite. Sunnà ist für unsere englischsprachigen Gäste zuständig, ich für die deutschen!«

Die kräftige, hochgewachsene Frau mit langen, sehr rot gefärbten Haaren stand vor einem großen Holzhaus, über dessen Tür zu Herrn Fliegenbeins Erleichterung tatsächlich ein Schild mit der Aufschrift »Hiljaisuuden Klubi« angebracht war, und musterte sie freundlich aus eisblauen Augen. Rund um das Hotel herum gruppierten sich in einiger Entfernung ein paar Holzhütten, die fast im Schnee versanken. Die zahlreichen Kiefern auf dem Gelände der Unterkunft schienen unter der Schneelast leise zu seufzen und ließen ihre Nadelflügel hängen wie betrübte Schneeengel.

Ansonsten war es an diesem einsamen Flecken

der Erde wirklich sehr still, musste Herr Fliegenbein zugeben. So still, dass er nicht einmal seine Ohrenschützer aufgesetzt hatte, als sie aus dem Bus gestiegen waren. Dass die Gastgeberin ebenso wie die Frau am Flughafen ein sirrendes S sprach und dazu noch das R knarrend rollte, trat für sein Gehör daher zunächst einmal gnädig in den Hintergrund.

»Ich werde euch nun die Zimmer zeigen, danach könnt ihr euch ein wenig von der Reise erholen. Heute Abend treffen wir uns im Speisesaal zum Abendessen. Dort werde ich euch das Programm bekannt geben und einige Dinge zu unserem Land erzählen.«

Programm, wunderte sich Herr Fliegenbein. Was für ein Programm? Meint sie etwa das Eisfischen? Doch da forderte die Dame sie bereits energisch auf, mit ihr in das große Holzhaus zu kommen. Herr Fliegenbein war sogleich ein wenig enttäuscht, dass sie nicht allein in einer der Hütten untergebracht wurden, doch als er sah, dass die Schwester ihrer Gastgeberin die englischsprachigen Gäste jeweils zu sechst einer solchen Behausung zuwies, war er doch wieder erleichtert. Unvorstellbar, mit fremden Menschen ein Schlafgemach oder sogar ein Bad teilen zu müssen!

Im Inneren bestand das Haus ebenfalls ganz aus Holz: Böden, Wände, Türen und fast alle Möbel waren aus diesem einen Baustoff gefertigt, den die finnischen Wälder offensichtlich freimütig hergaben. Die Wände waren mit Rentierfellen und Objekten samischer Webkunst geschmückt und in den mit karierten Vorhängen behängten Fenstern brannten eine Menge unterschiedlich großer Kerzen. Es herrschte hier drinnen unverkennbar das Bemühen, dem finnischen Winter mit seiner erbarmungslosen Kälte und der frühen Dunkelheit etwas Behagliches entgegenzusetzen.

Alle deutschen Gäste stiegen mit Mirka die enge, steile Treppe, die natürlich aus Holz bestand, empor und wurden zu zweit auf die Zimmer verteilt. Die Bäder mussten sich hier ebenfalls zwei Zimmer teilen. Herr Fliegenbein nahm sich vor, sehr früh aufzustehen, um keinesfalls einem der anderen Gäste vor seiner Morgentoilette zu begegnen.

Als Arturo und Herr Fliegenbein mit der Zimmerverteilung an der Reihe waren, wunderte sich die Gastgeberin, dass sie außer der Stehlampe, deren Existenz sich ohnehin nicht gerade von selbst erklärte, sondern vielmehr weitere Fragen aufwarf, kein Gepäck mit sich führten. Herr Fliegenbein wusste darauf natürlich keine Antwort und druckste verlegen herum.

»Ist dein Koffer am falschen Flughafen gelandet?«, fragte Mirka verständnisvoll.

Herr Fliegenbein nickte eilig, dankbar über die unverhoffte Begründung.

»Du hast also gar keine warme Kleidung dabei?«, folgerte die Frau sofort.

Herr Fliegenbein nickte wieder und zeigte auf seine leichten Schnürschuhe. Zugleich wunderte er sich, dass die Frau sich ihm bereits so vertraut fühlte, dass sie ihn duzte. Er konnte sich nicht daran erinnern, dass er jemals einen Fremden geduzt hatte, und nahm sich daher vor, unbeirrt beim Sie zu bleiben. Andererseits wollte er die liebenswürdige Dame aber keineswegs beleidigen und so versuchte er fortan, der direkten Anrede aus dem Weg zu gehen, was die Gesprächssituation jedoch nicht gerade vereinfachte.

»Kein Problem, dann gehen wir morgen früh einkaufen«, lächelte Mirka. »So kannst du nämlich auf keinen Fall in den finnischen Winter hinaus.«

»Das wäre sehr nett von der Frau Gastgeberin«, wand sich Herr Fliegenbein.

»Oh ja, einkaufen!«, jubelte Arturo und sprang auf einem der Betten herum wie auf einem Trampolin.

»Geh bitte sofort da runter«, forderte Herr Fliegenbein. Es war ihm vor der Frau peinlich, dass das Kind sich so ungezogen verhielt, wusste er doch nicht, dass das Wort »ungezogen« längst seine Bedeutung verloren hatte.

»Das macht nichts«, sagte Mirka daher nachsichtig. »Kinder müssen toben.« Dann zeigte sie auf die Betten. »Für heute muss zum Aufwärmen unser Gastgeschenk auf den Kopfkissen ausreichen. Wir sehen uns nachher beim Essen.«

Die Frau lächelte noch einmal und wandte sich dann den anderen Gästen zu, die vor der Tür auf ihre Zimmerzuteilung warteten. Auf Herrn Fliegenbeins Kopfkissen lag ein pinkfarbenes Paar Socken, das offensichtlich für einen weiblichen Gast vorgesehen gewesen war. Arturo hatte grün-gelb geringelte Kindersocken bekommen.

Erst jetzt wurde Herrn Fliegenbein bewusst, dass ihm beim Warten vor dem Hotel fast die Zehen eingefroren waren. Erleichtert setzte er sich auf das Bett und zog sich die etwas zu knappen Socken über. Arturo sah ihm aufmerksam dabei zu und machte es ihm sofort nach. Als er kurz darauf seine geringelten und

Herr Fliegenbein seine pinken Socken an den Füßen hatte, prustete der Junge los: »Du siehst aus wie ein Flamingo!«

»Woher weißt du denn, wie Flamingos aussehen?«, wollte Herr Fliegenbein wissen und sah betreten an sich herunter.

»Die hab ich im Zoo gesehen«, erklärte Arturo. »Sie haben rosa Füße.«

Herr Fliegenbein nickte. Er spürte, wie ihm langsam wieder warm wurde und bald ein wohliges Gefühl durch seinen ganzen Körper strömte. Er stand auf, steckte den Stecker seiner Stehlampe in eine Steckdose und knipste das Licht an.

Die Lampe hatte drei verschiedenfarbige Lampenschirme, einer in Rot, einer in Gelb und einer in Grün, die sich wie Blüten eines Tulpenstraußes zu allen Seiten hin neigten. Draußen war es mittlerweile vollkommen dunkel geworden und seine Lampe verbreitete einen warmen, mehrfarbigen Schein in ihrem Zimmer.

Vielleicht habe ich die Lampe genau dafür mitgenommen, dachte Herr Fliegenbein, damit wir immer angenehmes Licht haben und es ein wenig ist wie zu Hause.

Es hätte fast gemütlich sein können, wenn Herrn Fliegenbeins Gedanken nicht bereits kurz darauf von einer neuen Sorge ergriffen worden wären. Die Gastgeberin hatte ihnen, bevor sie gegangen war, noch mitgeteilt, dass das Abendessen unten im Speisesaal eingenommen wurde. Das hieß, dass eine Menge Leute mit ihnen gemeinsam essen würden, und das wiederum bedeutete Kontakt und somit Krach. Zwei

Angelegenheiten, die er zutiefst verabscheute. Er war zudem von dem anstrengenden Tag derart erledigt, dass er sich nicht vorstellen konnte, auch noch am Abend irgendeiner Form von Lärm ausgesetzt zu sein. Andererseits hatte er außer dem Brot mit Quittengelee am Morgen in seiner Küche, die ihm nun so weit entfernt schien wie ein anderer Planet, kaum etwas gegessen und sehnte sich nach einer wärmenden Mahlzeit. Daher verharrte er in einem angespannten Zustand des innerlichen Ringens, bis es Zeit wurde, nach unten zu gehen.

Da Arturo aber keinen Zweifel daran ließ, dass er nicht auf das Abendessen verzichten würde, stieg Herr Fliegenbein eine halbe Stunde später mit klammen Knien die Treppe hinab zum Speisesaal. Seine zu kurzen Hosenbeine gaben dabei den Blick auf die pinkfarbenen Socken wie eine unverhoffte Blütenpracht in einer Wüste aus Beige frei, was ihm fast unanständig erschien und auch so manch verwunderten Blick von den anderen Gästen einbrachte, die alle schon unten an einem langen Holztisch saßen und sich angeregt unterhielten. So erübrigte sich wenigstens die Frage, welche Plätze für sie vorgesehen waren. Herr Fliegenbein und Arturo nahmen einfach auf den letzten freien Stühlen Platz. Er hatte es nicht gewagt, seine Ohrenschützer mitzunehmen, da dies sicherlich als sehr unhöflich aufgefasst worden wäre. Zudem spürte Herr Fliegenbein, dass seine Nase mittlerweile zu einer regelrechten Knolle herangeschwollen war.

Zu seiner Erleichterung schien die Frau aus dem Flugzeug jedoch nicht an der Mahlzeit teilzunehmen. Auf dem Tisch standen unzählige Schüsseln und

Platten mit köstlich duftenden Speisen, die ihm zum größten Teil unbekannt waren.

Die Gastgeberin Mirka erschien mit einer weiteren Schale und erklärte ihnen, dass es sich dabei um Heringssalat handelte und die anderen Köstlichkeiten Rentierfleisch mit Kartoffelpüree, Gürkchen und Preiselbeeren, Leipäjuusto – gebratener Knisterkäse – mit Moltebeerenmarmelade, Lachsrouladen, Knäckebrot Näkkileipä, kleine frittierte Maränen und ein mit Kartoffelmus gefülltes Gebäck namens Karjalanpiirakka waren. Herr Fliegenbein versuchte, sich alles zu merken, doch ihm schwirrte bald der Kopf.

»Also dann, hyvää ruokahalua!«, wünschte Mirka und zeigte mit einer einladenden Geste über den Tisch. Alle langten kräftig zu, und es schmeckte zugleich fremd und vertraut, jedenfalls aber fantastisch. Herr Fliegenbein wollte nicht zimperlich sein und probierte von fast allem, außer von den Fischchen, da man diese komplett mit dem Kopf aufaß. Das erschien ihm gegenüber dem Fisch sehr unhöflich. Schließlich aß man ein Schnitzel auch nicht mit dem ganzen Schweinskopf.

Zu seiner Erleichterung musste er feststellen, dass es deutlich einfacher war, mit einem Kind in der Gesellschaft anderer zu sein, denn die Leute beachteten ihn kaum, sondern wandten sich stattdessen Arturo zu, zumal dieser das einzige Kind am Tisch war. Sie fragten ihn, ob es ihm schmecke und ihm der viele Schnee und die Hütte gefalle oder wie sehr er sich auf die Rentiere freue. Arturo beantwortete alles mit einem beeindruckten »Ja!« oder »Sehr!«, während er den Knisterkäse und die Moltebeerenmarmelade fast ganz alleine aufaß.

Nach dem Essen gab es einen Lakritzschnaps, von dem Herr Fliegenbein sich ebenfalls ein Gläschen genehmigte. Beinahe hätte er sagen können, dass er sich in dieser Runde wohlfühlte. Doch schon drohte neues Unheil in Gestalt ihrer Gastgeberin Mirka, die jetzt in ein traditionelles blaurotes samisches Gewand mit aufwendigen Stickarbeiten am Halsausschnitt gehüllt war. Sie verkündete ihnen mit geheimnisvoller Stimmlage, welches Programm sie die kommende Woche erwarten würde. Programm? Herr Fliegenbein wurde augenblicklich wieder in einen schockartigen Lähmungszustand versetzt. Die Worte seiner Gastgeberin stürzten auf ihn herab wie Geröllbrocken bei einem Erdbeben, und er schnappte nur vereinzelte Begriffe wie *Schneeschuhwandern, Motorschlittentour am Kuntivaara-Berg, Rauchsauna* und *Huskyschlittensafari* auf.

Zu jedem dieser Reizwörter tauchten sofort Horrorbilder von Aktivität, Geselligkeit und Lärm vor seinen Augen auf, und als die Gastgeberin eine kleine Sprechpause einlegte, platzte es förmlich aus ihm heraus: »Aber ich habe doch Eisfischen gebucht. Nur Eisfischen!« Seine Stimme klang verschnupft.

Alle Gäste drehten sich zu ihm um und musterten ihn, als ob sie zum ersten Mal bemerken würden, dass er unter ihnen war. Mirka ließ sich jedoch nicht aus der Ruhe bringen, lächelte stattdessen milde und antwortete: »Natürlich, das Eisfischen machen wir am vorletzten Tag, bevor es dann ›Heippa!‹ heißt und es für euch nach Hause geht. So weit war ich aber noch nicht!«

»Und die anderen Sachen. Muss man die mitmachen?«, fragte Herr Fliegenbein verzweifelt.

Einige Gäste glaubten an einen seltsamen Scherz und lachten, manche eher peinlich berührt, manche sogar wohlwollend.

»Das haben Sie doch alles bezahlt«, wies die Frau zwei Plätze weiter ihn zurecht, die Herr Fliegenbein bei genauerem Hinsehen zu seinem zusätzlichen Schrecken als die Mitreisende aus dem Flugzeug identifizierte. »Da wären Sie ja schön dumm, wenn Sie es nicht mitmachen würden.«

»Aber ich suche die Stille«, jammerte Herr Fliegenbein dumpf, »keine Zerstreuung.«

»Aber Ihr Enkel möchte doch bestimmt mal in einem Huskyschlitten mitfahren, nicht wahr?«, sagte die Frau fast drohend. »Was haben Sie übrigens mit Ihrer Nase gemacht?«

Herr Fliegenbein fasste sich betroffen an sein Riechorgan und spürte, dass es sich prall anfühlte.

»Jaaa, Huskys!«, rief Arturo begeistert. »Die sind so schön! Mit blauen Augen!«

Die Schlittenhunde-Connaisseure unter den Gästen bestätigten dies mit einem Nicken.

»Ruhe gibt es in Finnland genug«, versicherte Mirka und lächelte Herrn Fliegenbein dabei so zuversichtlich an, dass er sich sogleich wieder ein wenig besser fühlte. Vielleicht lag es auch daran, dass sie ihm zugleich noch ein weiteres Gläschen Lakritzschnaps einschenkte, dessen angenehme Wärmewirkung in ihm den Glauben daran wachsen ließ, dass die angekündigten Unternehmungen viel angenehmer waren, als er glaubte.

»Außerdem fahren wir morgen nach dem Frühstück erst mal in die Stadt und kaufen warme Kleidung und was man sonst noch braucht für euch. Leider verpasst ihr dann das Schneeschuhlaufen! Schade!«

»Ja, ja, schade, schade!«, echote Herr Fliegenbein und atmete auf. Um die schlimmste der Aktivitäten, nämlich die sportliche, würde er wegen der Gastgeberin und seiner eigenen Nachlässigkeit bei den Reisevorbereitungen also dankenswerterweise herumkommen.

Der Höflichkeit halber blieb er noch ein wenig am Tisch sitzen, folgte stumm den Gesprächen, die sich hauptsächlich um die bevorstehenden Abenteuer drehten, nickte hier und da und verabschiedete sich alsbald mit dem Hinweis, dass das Kind nun endlich ins Bett müsse, was zu seiner Verwunderung auf allgemeines Verständnis stieß.

Allerdings nicht bei Arturo.

»Aber ich will noch aufbleiben«, maulte er, als Herr Fliegenbein versuchte, ihn die Treppe hinaufzuschieben.

»Morgen ist auch noch ein Tag«, sagte Herr Fliegenbein besänftigend und wunderte sich einmal mehr über einen aus der Tiefe seiner Vergangenheit aufgetauchten Satz. »Da gehen wir einkaufen!«

»Bekomme ich dann einen Rentierpulli?«, wollte das Kind gleich wissen. Alle Anwesenden unten am Tisch lachten. Herr Fliegenbein stimmte also besser gleich zu.

Erstaunlicherweise ließ Arturo sich davon sofort überzeugen, ging in einer ungeahnten Folgsamkeit, die vermutlich auf einer bodenlosen Müdigkeit beruhte, nach oben ins Zimmer und schlüpfte vollständig bekleidet unter die Decke. Einen Schlafanzug hatten sie ohnehin nicht dabei, also tat Herr Fliegenbein es ihm nach. Bis auf das Gemurmel der Gäste, die noch unten im Speiseraum saßen, war es angenehm ruhig.

Bald darauf versanken die beiden in einem herrlich tiefen, erholsamen Schlaf, der ihnen hoffentlich Kraft für die Ereignisse des nächsten Tages geben würde.

Ohrfeigen aus Zimt

Am nächsten Morgen fühlte Herr Fliegenbein sich so erfrischt wie selten zuvor in seinem Leben. Um das einsam gelegene Hotel herum war es nachts tatsächlich vollkommen still und er wurde auf einmal gewahr, wie laut die Nächte in der Stadt gewesen waren. Hier gab es keinen Autolärm, keine nächtlich heimkehrenden Gröler, keine im Morgengrauen Waren abladenden Lkw und, ja, auch kein Vogelgezwitscher zu früher Stunde.

Allein für diese Nacht hat sich die Reise schon gelohnt, dachte er zufrieden. Dies weckte die Hoffnung in ihm, dass der ganze Aufenthalt – so anstrengend und aufregend er auch begonnen hatte – ein Erfolg werden könnte. Beim Blick in den Garderobenspiegel neben der Tür stellte er zudem fest, dass seine Nase nun zwar bläulich schimmerte, aber deutlich abgeschwollen war.

Er weckte Arturo, und die beiden machten sich nach einer unbedeutenden Morgentoilette, die sie mit dem Mangel an entsprechenden Pflegeartikeln rechtfertigten, auf dem Weg nach unten.

Zu seiner Erleichterung waren die anderen Gäste bereits zu ihrer Schneeschuhwanderung aufgebrochen, sodass sie den Raum, von der Gastgeberin abgesehen, für sich alleine beanspruchen konnten. Es gab einen Haferbrei mit Beeren und warmer Milch, der beim Kauen immer mehr zu werden schien.

»Hyvää huomenta!«, begrüßte Mirka sie in ihrem eigentümlichen Singsang, als sie ihnen ebenfalls ein Glas lauwarme Milch hinstellte und gleich darauf wieder in der Küche verschwand.

Die Finnen scheinen Milch zu mögen, dachte Herr Fliegenbein, während er voller Abscheu daran nippte. Er hatte es schon immer als seltsam empfunden, dass ein Säugetier das Aufzuchtmittel eines anderen Lebewesens zu sich nahm. Selbst Kühe tranken keine Milch. Welche Eigenschaften der Tiere würden sich dabei womöglich auf den Menschen übertragen? Aber welche Eigenschaften hatten Kühe überhaupt außer einer großen Neugier und ihrer Wiederkäuerei?

Um sich von dem unangenehmen Geschmack etwas abzulenken, sah Herr Fliegenbein aus dem Fenster in den Neuschnee hinaus. In der Nacht waren mindestens dreißig Zentimeter Schnee dazugekommen, weshalb die kleinen Hütten und Kiefern nun unter einer Schneelast von mehr als einem halben Meter ächzten.

»Wenn es bei uns schneit, dann richtig«, erklärte Mirka. Herr Fliegenbein hatte in seiner Gedankenverlorenheit gar nicht bemerkt, dass die Gastgeberin hinter ihn getreten und seinem Blick gefolgt war. Er nickte zustimmend.

»Wir fahren gleich nach dem Frühstück in die Stadt zum Einkaufen«, verkündete Mirka. »Ich warte dann draußen mit dem Wagen auf euch. Aber lasst euch Zeit.«

Herr Fliegenbein und Arturo beendeten gemächlich ihr Frühstück, holten ihre dünnen Jacken aus dem oberen Stockwerk und stapften wieder hinunter. Vor dem Hotel stand ein geländegängiger Wagen mit laufendem Motor, dessen Hupe betätigt wurde, als die beiden aus dem Haus traten. Herr Fliegenbein zuckte zusammen, konnte aber nicht ahnen, dass dieses Geräusch nicht das Schlimmste war, was ihm an diesem Tag begegnen würde.

Mirka öffnete die Beifahrertür und bedeutete ihnen lachend einzusteigen. Da es klirrend kalt war, folgten sie der Einladung nur zu gern. Herr Fliegenbein half zunächst Arturo, hinten in den Wagen zu klettern, dann setzte er sich selbst auf den Beifahrersitz. Kaum dass er dort Platz genommen hatte, drückte Mirka aufs Gaspedal und fuhr mit durchdrehenden Reifen vom Hof. Herr Fliegenbein klammerte sich panisch am Haltegriff über dem Fenster fest und hoffte, dass dies nicht der gewöhnliche Fahrstil ihrer Gastgeberin war, was sich alsbald als Irrtum herausstellen sollte. Doch das war noch nicht alles.

Als sie auf die verschneite Landstraße eingebogen waren, fragte ihre Gastgeberin: »Musik?«, und da Herr Fliegenbein in einem kurzen Moment der Unachtsamkeit nickte, betätigte Mirka einen Schalter und sogleich hämmerten eisenharte Heavy-Metal-Beats in einer ungeahnten Lautstärke durch den Innenraum des Wagens.

Während Mirka erkennbar von der Musik angespornt wurde und noch stärker aufs Gaspedal drückte, sodass ihre Fahrgäste regelrecht in die Sitze gepresst wurden, angelte Herr Fliegenbein unauffällig die Ohrenschützer aus seiner Tasche und setzte sie sich verschämt auf den Kopf. Selbst dann war das Dröhnen der Bässe, die durch seinen Köper wummerten, immer noch unerträglich. Arturo schien es aber zu gefallen, denn er hüpfte fröhlich auf dem Rücksitz mit und jubelte.

Seine Gastgeberin zu bitten, die Musik leiser zu machen oder gar auszustellen, erschien Herrn Fliegenbein aufgrund ihrer freundlichen Hilfsbereitschaft jedoch absolut ungebührlich, zumal er sie dabei auch direkt hätte ansprechen müssen und das Anredeproblem noch immer nicht gelöst war.

Wäre es eventuell möglich, die Musik abzustellen, schien selbst ihm zu verkrampft.

Auf den Lärm könnte man gut und gerne verzichten, zu unhöflich.

Könnte man geräuschlos zum Einkaufszentrum fahren, zu ungenau.

Außerdem waren sie schließlich aufgrund seines eigenen Versäumnisses unterwegs, da konnte er schlecht Forderungen an die Fahrerin stellen, die eventuell sogar genau diesen Lärmpegel für die Optimierung ihrer Fahrfähigkeiten benötigte.

Die Erholung durch die Stille der Nacht war jedenfalls nach kurzer Zeit vollständig dahin. Er ertrug die Qual mit schmerzverzerrtem Gesicht und sah aus dem Fenster in die halb dämmerige schneebedeckte Landschaft, während Arturo und Mirka nun synchron eine Headbanging-Performance aufführten und vollkommen in den donnernden Rhythmen aufgingen, sodass er zusätzlich darum bangen musste, dabei womöglich von der Straße abzukommen. Jämmerlich klammerte er sich an den Haltegriff über dem Fenster. Glücklicherweise war es nicht sehr weit bis in die Stadt, doch als Mirka schließlich mit quietschenden Reifen auf dem Parkplatz des Einkaufszentrums stoppte, taumelte er wie eine betäubte Fliege aus dem Wagen.

»Das war super!«, rief Mirka begeistert, und sie und Arturo klatschten aufgeputscht ihre Handflächen gegeneinander. Herr Fliegenbein verzog seinen Mund zu einem verkrampften Lächeln und hielt sich schwankend an der Autotür fest.

Mirka ließ ihm jedoch keine Zeit, sich zu erholen, sondern scheuchte sie über die eisverkrustete Fläche des Supermarktparkplatzes in das schmucklos-graue Einkaufszentrum, bis sie schließlich in einem großen Geschäft für Bekleidung aller Art angekommen waren. Wenigstens verzichtete die Geschäftsleitung auf die übliche Kaufhausmusikberieselung, sodass Herr Fliegenbein es im Inneren als vergleichsweise erholsam empfand, zumal zu dieser frühen Uhrzeit noch nicht viele Menschen unterwegs waren. Seine Ohrenschützer hatte er aber sicherheitshalber auf dem Kopf gelassen, wobei er jedoch den Kompromiss einging, ein Ohr halbwegs freizulassen, um ein Mindestmaß an Kommunikation zu ermöglichen. Dankenswerterweise schienen die Finnen jedoch keine unnötigen Worte zu verlieren.

In der Herrenabteilung stürzte sich sogleich eine Verkäuferin auf das eigentümliche Trio. »Voinko auttaa?«

Ihre Gastgeberin bedeutete ihr jedoch, dass sie

die Sache selbst in die Hand nehmen würde, und die Verkäuferin verschwand mit einem leicht beleidigten Gesichtsausdruck. In den folgenden zwei Stunden höchster Pein (so empfand es nur Herr Fliegenbein, nicht Arturo) gab Mirka nicht eher Ruhe, bis sie für beide eine pelzgefütterte Winterjacke, zwei Paar warme Hosen, ein halbes Dutzend Wollstrümpfe, einen Strickpullover – für Arturo natürlich mit Rentiermotiv – sowie je eine Fleecejacke, einen dicken Strickschal, eine Fellmütze und ein Paar Thermohandschuhe und außerdem einen Flanellschlafanzug sowie ausreichend warme Unterwäsche für eine Woche erstanden hatten. Dabei begleitete Mirka jeden Fund mit euphorischen Rufen wie »Steht dir!« oder »Hienoa!«, sodass Herr Fliegenbein am Ende selbst daran glaubte, dass er das alles brauchte, und dabei zusah, wie der Berg immer weiterwuchs.

»Ist das nicht langsam ein bisschen … zu viel?«, wagte er irgendwann einzuwerfen.

»Auf keinen Fall!«, widersprach ihre Gastgeberin bestimmt. »Das ziehen wir Finnen alles übereinander an wie eine Zwiebel. So kann der eiskalte Winter euch nichts anhaben und ihr könnt zu jeder Zeit in unsere herrliche Natur hinausgehen.«

Herr Fliegenbein fragte sich, wie man sich mit all der Kleidung am Leib noch bewegen sollte, schwieg aber lieber.

Während Arturo mit einer schier ungebremsten kindlichen Begeisterung alle möglichen Hosen, Jacken, Pullover und Mützen anprobierte, hielt Herr Fliegenbein das meiste nur an seinen Körper und beschloss jeweils beim erstbesten Stück, dass es das

Richtige für ihn war. Mirka kommentierte dies mit einem nachsichtigen Kopfschütteln, bot ihm allerdings gelegentlich bessere Alternativen an.

An der Kasse bemerkte Herr Fliegenbein mit leichtem Befremden, wie sich seine Ersparnisse um einen beträchtlichen Betrag dezimierten und sie dafür nun vier pralle Tüten an Kleidung mit sich schleppen mussten.

Anschließend kauften sie in einer Drogerie noch Seife, Shampoo, Zahnpasta und Zahnbürsten, und Herr Fliegenbein stellte sich darauf ein, nun wieder in die Unterkunft zurückzufahren.

»Kahvipaussi!«, rief Mirka jedoch mit einer Überzeugung, die keinen Widerspruch zuließ, und bugsierte die beiden, durch ihre übervollen Tüten reichlich beladen, in Richtung Café, was Arturo nur allzu gern mit sich machen ließ.

»Wir Finnen sind Weltmeister im Kaffeetrinken«, erklärte ihre Gastgeberin entzückt. »Das heitert uns an den kalten, dunklen Wintertagen auf.«

»Und was ist im Sommer?«, wollte Herr Fliegenbein wissen. Zu seiner Erleichterung ließ sich die direkte Anrede hier vergleichsweise elegant umschiffen.

»Da trinken wir auch viel Kaffee, damit wir die weißen Nächte durchfeiern können«, lachte Mirka.

Diese Frau scheint sehr begabt darin zu sein, aus widrigen Situationen das Beste herauszuholen, dachte Herr Fliegenbein bewundernd. Aber vielleicht muss man das auch, wenn man in einem Landstrich lebt, in dem die Lebensbedingungen so ungünstig sind.

In dem schmucklosen, dafür aber zu Herrn Fliegenbeins Erleichterung kaum besuchten Café gab es für Mirka und ihn eine Tasse Kaffee, für Arturo natürlich ein Glas warme Milch und für alle eine köstliche Zimtschnecke, die Mirka »Korvapuusti« nannte. Herr Fliegenbein entwickelte neuen Mut und schob seine Ohrenschützer in den Nacken.

»Das heißt Ohrfeige«, erklärte Mirka und biss voller Inbrunst in ihre Zimtschnecke.

»Warum?«, wollte Arturo natürlich wissen.

»Hm, vielleicht, weil sie aussehen wie kleine Öhrchen«, antwortete Mirka. »Ich habe aber, ehrlich gesagt, noch nie darüber nachgedacht.«

»Vielleicht hat es etwas mit deiner Musik aus dem Auto zu tun«, brach es vorwurfsvoll aus Herrn Fliegenbein heraus. Ohne es zu bemerken, hatte er die Gastgeberin damit auch noch geduzt.

Mirka gluckste und zwinkerte Arturo verschwörerisch zu, der zunächst verständnislos von einem zum anderen sah und sich schließlich zum Mitlachen entschloss, dabei aber ebenso arg- wie ahnungslos blieb.

Auf dem Rückweg ins Hotel blieb die Heavy-Metal-Dröhnung jedoch dankenswerterweise aus und Herr Fliegenbein entspannte sich in dem herrlichen Schweigen, das vor allem darin begründet lag, dass Arturo hinter ihnen eingeschlafen war.

»Du bist ja noch viel wortkarger als wir Finnen«, stellte Mirka irgendwann lachend fest.

Herr Fliegenbein fühlte sich, als ob diese Angehörige des vermutlich sprachscheusten Volkes der Welt ihn damit in eine Art Schweigeadel erhoben hätte, und freute sich still.

Die Herrlichkeit dauerte leider gerade nur so lange, bis Mirka unternehmungslustig zu ihm sah und das Highlight des Tages ankündigte: »Heute Abend werfen wir für alle die Rauchsauna an. Das wird wunderbar!«

Herr Fliegenbeins Vorstellungskraft produzierte augenblicklich Furcht einflößende Bilder von eng nebeneinandersitzenden, stark schwitzenden Menschen, sodass er verzweifelt nach einer überzeugenden Ausrede suchte.

»Ich bin erkältet.«

»Da ist die Sauna genau das Richtige!«

»Ich kann den Jungen nicht alleine lassen.«

»Ich will aber auch in die Saunaaaa!«, krähte es sehr wach von hinten.

Herr Fliegenbein warf Arturo einen bösen Blick zu, den dieser jedoch ignorierte.

»Ich vertrage die Hitze nicht!«

»Das ist eine ganz milde Wärme!«

»Man muss ja nicht alles mitmachen.«

»Du warst nicht in Finnland, wenn du nicht in der Sauna warst! Etwas Finnischeres gibt es nicht!«

Herr Fliegenbein wagte es nicht, zuzugeben, dass er ja nur zufällig nach Finnland gekommen war und ihn die finnischen Eigenheiten eigentlich gar nicht interessierten.

Den ganzen Weg zurück bis zum Hotel gelang es ihm aber nicht, etwas wirklich Durchschlagendes gegen einen abendlichen Saunabesuch vorzubringen. Mirka, die offensichtlich keine typische Vertreterin ihres Volkes war, schwatzte dafür umso mehr und erklärte ihm in allen Einzelheiten, wie das Saunaritual in Finnland ablief.

Doch er war von dem bevorstehenden Ereignis derart paralysiert, dass er nicht richtig zuhörte.

Als sie endlich wieder am Hotel angekommen waren, sprang er aus dem Auto, bedankte sich selbst für finnische Verhältnisse unhöflich knapp und huschte mit gesenktem Kopf, einem nahezu euphorisch gut gelaunten Kind und seinen prall gefüllten Einkaufstaschen die Treppe nach oben in sein Zimmer.

Dass die Gastgeberin ihm mit gerunzelter Stirn hinterhersah, bemerkte er schon längst nicht mehr.

Eisige Tiefen

Herr Fliegenbein lag auf seinem Bett, täuschte mit tiefen Atemgeräuschen einen Mittagsschlaf vor und dachte krampfhaft darüber nach, wie er den unangenehmen Saunagang möglichst rasch hinter sich bringen konnte.

Das Beste ist, ich bin der Erste, der dort ist, dann kann ich mir meinen Platz wenigstens aussuchen und muss mich nicht zwischen zwei bereits stark schwitzende Körper pressen, beschloss er schließlich. Also erhob er sich und weckte Arturo, der nach einigen fruchtlosen Versuchen, ihn zum Vorsingen eines Kinderliedes zu bewegen, ebenfalls eingeschlafen war. Sie schälten sich aus ihrer Kleidung und streiften die hoteleigenen Bademäntel und Badeschlappen über.

»Yippie, Sauna!«, verkündete Arturo aufgeregt, als sie die Treppe hinunterschlichen. Herr Fliegenbein legte seinen Zeigefinger auf den Mund und bedeutete ihm, leise zu sein.

»Bloß nicht die anderen Leute aufschrecken! Wir wollen doch als Erste dort sein!«, sagte er mahnend.

Arturo nickte mit Verschwörermiene und genoss sichtlich die Heimlichkeit der gemeinsamen Tat.

Draußen schlug ihnen eine frostklirrende Kälte entgegen, als sie über den rutschigen Holzsteg zum Saunahaus hinüber huschten, wie Mirka es ihnen erklärt hatte. Es dämmerte schon, obwohl es gerade einmal früher Nachmittag war. Arturo nutzte die glatte Fläche des Weges für Schlitterpartien mit riskanten Bremseinsätzen, wobei er sich über die knappsten Manöver besonders amüsierte.

Wann hört das auf im Leben, dass man sich für alles so begeistern kann wie dieses Kind, überlegte Herr Fliegenbein, während er Arturo beobachtete. Nachdem man alles einmal erlebt hat?

Aus einer Holzhütte, die direkt am Heikinjärvi-See gelegen war, stieg bereits dunkler Rauch auf. Der See war komplett zugefroren und mit Schnee überzuckert. Nur an einer Stelle des Ufers war ein Loch in die dicke Eisschicht des Sees geschlagen worden. Herr Fliegenbein ahnte, wozu. »Niemals werde ich nach der Sauna in diesen See springen«, stieß er entschlossen aus. »Es ist ja so schon eisig genug.«

Die Kälte kroch geradewegs unter ihre Bademäntel und kletterte ungefragt ihre nackten Beine empor. Herr Fliegenbein riss hastig die Tür des Saunahauses auf, schob Arturo blindlings hinein und schloss die Tür hinter sich. Als er sich umdrehte, erkannte er trotz des dichten Rauchs zu seinem Entsetzen, dass die Sauna bereits gut gefüllt war.

»Hyvää ... äh, guten Tag«, sagte er mechanisch, doch sein Gruß wurde nicht erwidert. Er bugsierte Arturo zu dem einzigen freien Platz und quetschte sich daneben. Dann blickte er für seine Verhältnisse betont leutselig in die Runde. Irgendetwas war hier falsch, aber er konnte sich nicht erklären, was.

Fünfzehn feindliche Augenpaare starrten ihn an. Fünfzehn weibliche, feindliche Augenpaare, genauer gesagt, die zu ebenso vielen weiblichen Körpern gehörten, die nicht sehr viel am Leib trugen. Natürlich war auch die Dame aus dem Flugzeug darunter, die besonders irritiert dreinblickte.

Herr Fliegenbein konnte sich die geballte Feindseligkeit nicht erklären, schließlich verhielt er sich vollkommen konform und nahm niemandem den Platz weg. Vorsichtshalber hielt er jedoch seinen Blick gesenkt und starrte verschämt auf den Boden. Keiner sagte ein Wort. Die Sekunden zogen sich so zäh wie volle Stunden.

»Zehn Minuten«, hatte Mirka gesagt, »bleiben Sie erst mal nur zehn Minuten in der Sauna und kühlen Sie sich dann ab.«

Dies war ihm zunächst reichlich kurz erschienen, nun fürchtete Herr Fliegenbein aber, dass gerade einmal drei quälend lange Minuten vorbei waren.

»Warum haben die Frauen nichts an?«

Herr Fliegenbein schoss das Blut ins Gesicht. Seine Methode, diese Tatsache einfach zu ignorieren, war mit einem einzigen Satz aus dem Mund des Kindes zunichtegemacht worden.

»Das macht man so in der Sauna«, erklärte er Arturo verlegen. Das war natürlich ein Fehler. Denn der Junge sah zuerst an ihm herab, daraufhin an sich selbst. Herr Fliegenbein ahnte, was nun unausweichlich folgen würde. »Und warum sind wir dann nicht nackt?«

Der Schweiß lief ihm in der sehr heißen Hütte in Strömen herunter, doch irgendetwas sagte ihm, dass es seine Popularität in der Saunahütte nicht gerade steigern würde, wenn er sich auch noch seines Bademantels entledigte.

Er sagte daher den Satz, den alle Erwachsenen vorbringen, wenn sie an die Grenzen ihrer Argumentationsmöglichkeiten stoßen: »Weil es eben so ist.«

Arturo schien diesen Satz ebenfalls zu kennen, denn er verdrehte zwar die Augen, gab sich aber schmollend mit der Antwort zufrieden, woraufhin Herr Fliegenbein sich etwas entspannte und es sogar wagte, leicht den Blick zu heben.

Zu seinem Befremden begannen aber just in diesem Moment einige Frauen damit, sich mit Quasten aus gebündelten Birkenzweigen zu peitschen, und stießen dabei Laute des Wohlbefindens aus. Wie jedes Ritual, das außerhalb eines bekannten Zusammenhangs stattfand, hatte es etwas Absurdes.

Herr Fliegenbein vermied es peinlichst, jemandem in die Augen zu sehen, fühlte sich aber wie ein Eindringling, der heimlich etwas Ungebührlichem beiwohnt. Er wäre gern aufgestanden und aus dem Holzhaus geflüchtet, doch das hätte wie ein Schuldeingeständnis für etwas gewirkt, dessen Schuld er sich gar nicht bewusst war.

Hätte ich doch wenigstens meine Ohrenschützer aufgesetzt, dachte er, dann würde ich mich sicherer fühlen.

Nun war es Arturo, der ihn endlich aus seiner misslichen Lage rettete.

»Mir ist so heiß! Können wir jetzt wieder gehen?«

Mit einer verstohlenen Freude registrierte Herr Fliegenbein, dass das Kind langsam begann, ihm zu vertrauen. Es sah ihn bei seinen Worten jedenfalls so zuversichtlich an, dass in ihm eine ungeahnte Wärme aufstieg, die nichts mit der Hitze in der Sauna zu tun haben konnte.

»Natürlich. Wenn dir zu heiß ist«, übernahm er die willkommene Ausflucht nur allzu gerne. Er stand auf und nahm Arturo bei der Hand.

»Es ist ihm zu heiß«, erklärte er überflüssigerweise noch einmal in die Runde, wobei er erneut unfreiwillige Blicke auf die Körper werfen musste, was ihm noch zusätzlich das Blut in den Kopf trieb. Er stand auf, verbeugte sich und zog Arturo mit sich in Richtung Tür, was mit allgemein mürrischem Kopfnicken zur Kenntnis genommen wurde. Das kollektive Aufseufzen, das durch ihren Weggang freigesetzt wurde, glaubte er regelrecht in seinem verspannten Rücken zu spüren.

»Tür zu!«, rief ihm die Frau aus dem Flugzeug auch noch barsch hinterher.

Was für ungastliche Menschen, dachte er, als er die Sauna verließ und der berüchtigte Eiswind ihnen rau entgegenschlug. Alles war jedoch besser, als die geballte Ablehnung im Inneren der Hütte spüren zu müssen. Er begann zu schlottern und zog den Gürtel seines Bademantels enger. Arturo tat es ihm genauso fröstelnd nach. »Die waren aber nicht nett!«, stellte er schmollend fest.

»Es gibt solche Menschen«, antwortete Herr Fliegenbein. »Mach dir nichts draus.«

Er war stolz darauf, dass er solch hilfreiche Ratschläge geben konnte, und sah sich schaudernd um, wobei dieses Schaudern nun nicht auf die Kälte zurückzuführen war, sondern auf seine jüngsten Erfahrungen im zwischenmenschlichen Umgang.

Auf der anderen Seite des Steges entdeckte er ein zweites, etwas kleineres Saunahaus, das sich auf den ersten Blick ansonsten in nichts von dem Haus unterschied, aus dem sie gerade gekommen waren.

Zwei Männer in Bademänteln kamen den Steg entlang, sahen ihn mit gerunzelter Stirn an und verschwanden kopfschüttelnd im gegenüberliegenden Haus. Herr Fliegenbein dämmerte, dass irgendetwas gerade beträchtlich schiefgelaufen war.

Hinter ihm traten ein paar Frauen aus der Hütte, bedachten ihn mit genervten Blicken und begannen ihre Arme und Beine mit frischem Schnee einzureiben. Herr Fliegenbein glaubte zu hören, dass eine der Frauen der anderen verächtlich »Spanner!« zuzischte. Dabei hatte er alles richtig machen wollen. Aber das würden die Saunabesucherinnen ihm nicht zu seinen Gunsten anrechnen, vermutete er. Bevor sich diese Gewissheit in ihm festsetzen konnte, trat er der aufkeimenden Erkenntnis mit unüberlegtem Aktionismus entgegen.

Er nahm Anlauf und sprang, ohne den Bademantel abzulegen, mit einem todesmutigen Sprung vom Holzsteg geradewegs in das Eisloch hinein.

Der Schock war so gewaltig, dass er glaubte, auf der Stelle einem Herzschlag zu erliegen. Entgegen seiner naiven Annahme war der See an dieser ufernahen Stelle nicht etwa seicht, sondern fiel stark ab, sodass das Wasser besitzergreifend über ihm zusammenschlug, wodurch er erstaunlich schnell in die Tiefe sank. Die Gesamtheit seiner Körperzellen wurde einer unfreiwilligen Schock-Vereisung unterzogen. Seine Gefäße schienen sich auf einen Schlag zu schließen, wobei sie die Sauerstoffversorgung zum Gehirn unverzüglich einstellen wollten.

Herr Fliegenbein arbeitete sich durch zwei, drei beherzte Schwimmzüge wieder nach oben, schnappte nach Luft und kämpfte zugleich dagegen an, ohnmächtig zu werden.

Dennoch wollte er sich vor den drei Frauen, die ihn in einer Art emotionslosem wissenschaftlichen Interesse bei seinem Überlebenskampf beobachteten, keine Blöße geben und hob daher beide Hände zu einem lässigen Gruß. Dies war jedoch ein erneuter Fehler, da er nun noch einmal richtig unterging.

Dieses Mal zog es ihn sogar tiefer in die eisigen Fluten herab, eine finstere, unerbittliche Macht wollte ihn zu sich holen und nicht wieder hergeben. Ihm wurde endgültig schwarz vor Augen.

Als er wieder zu sich kam, lag er eingewickelt in Decken auf dem Esstisch im Speisesaal, und seine freundliche Gastgeberin Mirka beugte sich zusammen mit einem erheblichen Teil der Reisegesellschaft über ihn.

»Da hast du uns aber einen Schrecken eingejagt«, sagte Mirka fast vorwurfsvoll. »Wir dachten schon, du wärst ertrunken.«

Dass die Frau ihm die Drastik des Ereignisses derart schonungslos mitteilte, ließ seine Lebensgeister auf der Stelle abermals ihre Dienste versagen.

Als er zum zweiten Mal aus der Tiefe erwachte, lag er im Bett seines Zimmers und Mirka flößte ihm sogleich sehr starken finnischen Wodka ein.

»Snapsi!«, sagte sie verheißungsvoll. »Das tut gut, was?«

Herr Fliegenbein nickte ergeben und sah sich suchend im Zimmer um.

»Der Junge ist mit den anderen Gästen beim Abendessen. Danach machen wir noch einen Spieleabend und du kannst dich erst mal richtig schön ausruhen.«

Herr Fliegenbein schloss beruhigt die Augen und genoss die Wirkung der finnischen Medizin.

»Ich bringe dir nachher noch ein wenig Suppe.« Mirka lächelte ihn noch einmal aufbauend an und verließ das Zimmer. »Ruf einfach, wenn irgendwas ist, ja?«

Aus der Ferne konnte man hören, wie die anderen Gäste sich im Speisesaal unterhielten und irgendetwas eine starke Heiterkeit hervorrief. Herr Fliegenbein brauchte nicht allzu viel Fantasie, um zu wissen, dass es dabei um ihn ging. Er war froh, dass er ihnen an diesem Tag nicht mehr gegenübertreten musste. Und als Mirka sehr leise mit einer Haukikeitto, einer finnischen Hechtsuppe, in sein Zimmer trat, tat er, als schliefe er bereits so tief, dass sie die Suppe einfach nur auf dem Tisch abstellte und auf leisen Sohlen wieder hinausschlich.

Am nächsten Morgen verfügte Herr Fliegenbein über eine dicke Erkältung, die es ihm ermöglichte, ohne Erklärungen im Bett zu bleiben und sich alle Mahlzeiten auf das Zimmer bringen zu lassen, während er unten die anderen Gäste zu ihren neuen Abenteuern aufbrechen hörte.

Genauso hielt er es am nächsten und auch am übernächsten Tag. Er lag und ließ die ganzen Zumutungen der letzten Tage gleichsam aus sich herausströmen. Er bewunderte die Menschen, die das Leben mit all seinen Widrigkeiten scheinbar mühelos bewältigten.

So hatte sein Malheur doch noch etwas Gutes, da er dadurch sowohl um die lärmende Motorschlittentour als auch um einen Besuch auf der Rentierfarm in der sicher sehr gut gelaunten Gruppe herumkam.

Arturo war in der Zwischenzeit von einem freundlichen Ehepaar für die Zeit seiner Unpässlichkeit adoptiert worden und machte begeistert bei allen Angeboten mit.

Am Abend erzählte er dann mit solch einer kindlichen Lebhaftigkeit von dem vielen Schnee, den rasanten Fahrten und niedlichen Rentieren, dass Herr Fliegenbein fast glaubte, selbst ein Teil der Erlebnisse gewesen zu sein, ohne sich den dazugehörenden Aufregungen wie Lärm und Gesprächen stellen zu müssen.

Er kostete den Husten und die Heiserkeit dennoch aus, bis es sich nicht mehr verleugnen ließ, dass er vollständig genesen war. Am vierten Morgen dann fühlte er sich wieder stark genug, zum Frühstück nach unten zu gehen und sich der Gesellschaft seiner Mitreisenden zu stellen.

Zu seiner Verwunderung gab es keinerlei hämische Kommentare über seinem missglückten Saunagang, sondern nur mitfühlende und wohlmeinende Bemerkungen zu seinem Gesundheitszustand.

Nach dem Frühstück, zu dem es wieder Kaffee, Milch, Puuro und diesmal auch Roggenbrot mit Käse und Gürkchen gab, verkündete Mirka den Tagesplan:

»Heute kommt der Höhepunkt eurer Finnlandreise: das Eisfischen! Wir fahren gleich mit dem Transporter zu einer Huskyfarm und dort steigt ihr auf Schlitten um!«

»Toll!«, rief Arturo begeistert. »Endlich die Huskys!«

»Und das Beste ist«, raunte Mirka geheimnisvoll, »das Beste ist, dass jeder von euch mit einem echten finnischen Angler fischen geht, sodass euch wirklich ein authentisches Erlebnis erwartet. Wir Finnen gehen nämlich nicht Eisangeln, um Fische zu fangen, sondern wegen der Gemeinsamkeit. Und am Abend werden die Fische dann bei einem schönen Fest gegrillt und ihr übernachtet alle zusammen in einer Hütte draußen in der einsamen Wildnis!«

Die Reisenden sahen sich beeindruckt an und freuten sich offensichtlich auf den spektakulärsten und zugleich letzten Programmpunkt ihrer Reise. Nur Herr Fliegenbeins Hals verengte sich sogleich wieder und er fürchtete, dass ihm einmal mehr ein lärmendes Ereignis in ungewollter Geselligkeit bevorstehen würde. Dabei hatte das Eisfischen doch mit Großtugenden wie Stille und Einsamkeit für sich geworben.

Mirka hatte seinen panischen Blick sofort bemerkt. »Finnen sind sehr schweigsam«, versprach sie. »Sonst beißen ja auch keine Fische an.«

Alle amüsierten sich köstlich, selbst Herr Fliegenbein rang sich ein schiefes Lächeln ab. »Also dann!«, rief ihre Gastgeberin euphorisch. »Petri Heil!«

Fischen im finnischen Eis

In einiger Entfernung zu den hölzernen Hundeschlitten stand Herr Fliegenbein und sah mit wachsender Gereiztheit dabei zu, wie Pekka, ihr Schlittenführer, ein fast unerträglich gut gelaunter Mann in den späten Zwanzigern, nach und nach ihre Huskys anspannte.

Würde heute wirklich der große Tag sein, an dem er endlich die unvergleichliche Stille fand, nach der er sich so sehr sehnte? Bisher sah es allerdings nicht im Geringsten danach aus. Herr Fliegenbein fühlte sich betrogen.

Dabei machte der Finne, dem sie beide zum Zwecke der Echtheit ihres Angelerlebnisses zugewiesen worden waren, wahrlich einen schweigsamen Eindruck und hatte schon bei der Begrüßung nicht allzu viele Worte verloren, was an sich vielversprechend war.

Es handelte sich um einen stämmigen Familienvater mit einem wuchernden Vollbart, welcher seiner verbalen Verschlossenheit auch optisch Vorschub leistete. Nein, an ihm lag es nicht, dass Herrn Fliegenbeins Laune bereits zu einem so frühen Zeitpunkt dem absoluten Gefrierpunkt entgegensteuerte.

Es lag auch nicht an der knackenden Eiseskälte, dass seine Stimmung so weit gesunken war wie die hiesigen Temperaturen. Arturo und Herr Fliegenbein hatten sich nach dem Frühstück alle Kleidungsstücke, die sie mit Mirka im Ort gekauft hatten, in Schichten übergezogen, sodass ihnen angenehm warm war.

Zudem bellten die Huskys tatsächlich nicht, genau wie die Reisefachkraft es ihm am Flughafen versprochen hatte. Es hätte also auch in akustischer Hinsicht alles in bester Ordnung sein können, wenn die Dame am Flughafen ihm ein nicht ganz unwesentliches Detail unterschlagen hätte, was letzten Endes einer dicken Lüge gleichkam: Die Huskys bellten zwar nicht, doch stattdessen, und das war ein wesentlich gravierenderer Fakt, heulten sie ununterbrochen.

Sie heulten in einem Ton, der sich geradezu in ihre Gehörgänge hineinbohrte. Wenn ein einzelner Husky zu heulen anfing, stimmten die anderen sofort mit ein, und so standen bald hundert Schlittenhunde auf dem Hof der Huskyfarm und steigerten sich in einen unerträglichen, immer wieder von Neuem angefachten Dauerheulton hinein.

Herr Fliegenbein hatte sofort in seiner Tasche nach den Ohrenschützern geangelt, die er an diesem Tag eigentlich für verzichtbar gehalten, in letzter Sekunde aber glücklicherweise doch noch eingesteckt hatte, und sie seufzend auf seinen Kopf gesetzt. Selbst Arturo, der sich bei ihrer Ankunft sofort verzückt auf die, wie Herr Fliegenbein zugeben musste, durchaus anmutigen Hunde gestürzt hatte, nahm nun Abstand und hielt sich die Ohren zu.

Ich bin doch eigentlich nicht so unnormal, dachte Herr Fliegenbein bei seinem Anblick beruhigt. Niemand mag solch einen Lärm!

Pekka blieb das Leid der beiden Geplagten nicht lange verborgen und er erklärte lachend: »Die sind gleich ruhig! Das machen sie nur, weil sie unbedingt loswollen. Ihr werdet sehen!«

Und tatsächlich wurden die Hunde sofort still, nachdem sie zu acht vor einen Schlitten gespannt worden waren, zogen dafür nun aber in freudiger Ungeduld an den noch festgebundenen Schlitten.

Nach einer kurzen Einführung in die gängigen Kommandos durch Pekka, während der Herr Fliegenbein zu seiner Bestürzung erkannt hatte, dass er mit Arturo alleine *Musher* sein, also einen Hundeschlitten steuern würde, ging es tatsächlich los. Die Hunde machten einen begeisterten Satz nach vorn, und sie mussten sich mit aller Macht festhalten, um nicht gleich beim Start vom Schlitten zu purzeln.

»Mit *Mush* laufen die Hunde los, mit *Whoa* stoppen sie«, hatte Pekka bei der Einführung in die Schlittenhundeführung gleich nach ihrer Ankunft erklärt.

»Langsamer heißt *Easy* und schneller *Get up*. Das sind die wichtigsten Kommandos. Alles andere hört ihr dann bei mir. Macht einfach genau das, was ich mache.«

Herr Fliegenbein hatte sich sofort vorgenommen, das letzte Kommando auf keinen Fall auszusprechen, doch als sie nun in einem Tross von zehn Schlitten hintereinander durch die fantastische Winterlandschaft glitten, fiel die Anspannung von ihm ab wie ein zu schwerer Mantel. Nach und nach ergriff sogar eine erstaunliche Lust an der Geschwindigkeit von ihm Besitz, und er und Arturo feuerten die Hunde doch mit *Get up* zu mehr Schnelligkeit an und bald hatten sie gar das Gefühl, nie etwas anderes in ihrem Leben getan zu haben.

Der Schnee und die Kälte hatten die Bäume in bizarre Eisskulpturen verwandelt und die nun von der Sonne angestrahlte Landschaft funkelte und glänzte, als ob ein nachlässiger Riese aus Versehen Tausende von kostbaren Diamanten über ihr verstreut hätte.

Das Beste war aber: Dieser Landesteil war vollkommen menschenleer und strahlte die Ruhe eines naturbelassenen Paradieses aus. Ein großer Vorteil von Finnland war, wie Herr Fliegenbein fand, dass dessen Fläche zwar fast so groß war wie die von Deutschland, aber mit nur fünfeinhalb Millionen Einwohnern weitaus dünner besiedelt.

Arturo drehte sich verzückt zu ihm um. Sein Gesicht hatte sich in ein einziges großes Strahlen verwandelt, was Herrn Fliegenbeins trübes Gemüt noch zusätzlich erhellte.

Wenn ich nicht aufpasse, schließe ich den Jungen womöglich noch ganz in mein Herz, kam ihm unvermutet in den Sinn.

Und dann dachte er, dass das doch eigentlich vollkommen in Ordnung war, und dieser warmherzige Gedanke gab seinem Innersten auf einmal eine ungeahnte Größe und Weite, fast wie die unbegrenzte Landschaft um sie herum.

Nach einer Stunde des friedlichen Dahingleitens

gelangten sie zu einer großen Hütte, die direkt an einem zugefrorenen See lag. Von der Hütte hingen dicke, glitzernde Eiszapfen wie himmlische Botschaften herab, und der See wies eine Eisfläche von mindestens einem halben Meter Dicke auf, die zu Herrn Fliegenbeins Erleichterung einen sehr stabilen Eindruck machte.

»Noch einmal will ich nicht in einem Eissee baden«, sagte Herr Fliegenbein und merkte erst, als Arturo ganz unverblümt loskicherte, dass er dies laut ausgesprochen hatte. Er musste sogar ein bisschen schmunzeln. Zu sich selbst gnädig zu sein ist wohl die beste Voraussetzung dafür, anderen Menschen gegenüber Milde zu zeigen, blitzte ihm flüchtig durch den Kopf.

Jeder Schlittenführer kümmerte sich um seine Hunde, nahm sie vom Geschirr, gab ihnen Wasser und Futter und die nötigen lobenden Streicheleinheiten, die in ihrem Fall allerdings von dem diesbezüglich sehr geeigneten Arturo übernommen wurden, sodass keiner der Hunde zu kurz kam.

Danach gab es in der Hütte für alle einen Kaffee zum Aufwärmen und eine duftende Zimtschnecke dazu, welche hier in der unberührten Wildnis besonders köstlich schmeckte.

Nachdem die Gruppe sich gestärkt hatten, teilte Pekka ihnen in Dreiergruppen einen Eisbohrer, drei Hocker und ebenso viele Angeln zu, und sie wagten sich zusammen auf den zugefrorenen See. Der Schnee auf dem Eis knirschte, als sie vorsichtig ihre ersten Schritte darauf setzten. An manchen Stellen knackte es gar bedenklich. Ihr finnischer Begleiter, der sich knapp als Elmo vorgestellt hatte und ein großer, vertrauenerweckender Bär von einem Mann war, versicherte ihnen mit einer beruhigenden Kopfbewegung, dass dieses Geräusch jedoch vollkommen unbedenklich war.

Herr Fliegenbein spürte, wie eine ungeahnte Aufregung sich seiner bemächtigte, als sie an einer geeigneten Stelle, weit entfernt von den anderen Eisanglern, ihre Hocker aufstellten. Würde nun der Augenblick kommen, in dem er sein inneres Gleichgewicht, sein Lebenselixier, seine köstliche Stille wiederfand? Er nahm seine Ohrenschützer ab und legte sie sich um den Hals. Schließlich wollte er hören, wie still es hier war.

Doch zunächst folgte ein kurzer Moment der Irritation, als Elmo den Bohrer auf die Eisfläche setzte und damit begann, die Schicht zu durchlöchern, was an sich schon kein angenehmes Geräusch war, zumal das Eis dabei auch noch über einen größeren Radius hinaus knackte.

Doch als Herr Fliegenbein, Arturo und Elmo jeweils an einem eigenen Eisloch saßen und jeder konzentriert auf seine Angel starrte, fiel jeglicher Zweifel von ihm ab. Kein Motorengeräusch wagte es, diese Stille zu durchbrechen. Niemand sprach ein Wort. Die Hunde waren in der Hütte zurückgeblieben und schliefen. Es hätte nahezu perfekt sein können.

Nur eine Sache störte Herrn Fliegenbein noch, nämlich der Gedanke, dass womöglich tatsächlich ein Fisch anbeißen könnte. Zu drastisch hatte sein Sitznachbar im Flugzeug geschildert, wie das Töten eines solchen Lebewesens ablief. Er vergewisserte sich, dass Elmo, der in eine Art Sitzschlaf gefallen zu sein schien, ihn nicht beachtete, und entfernte diskret den Köder von seiner Angel.

Sogleich stieß er einen tiefen Seufzer der Erleichterung aus. Er blickte über die Eisfläche hinweg in den nun leise herabrieselnden Schnee, der auch noch die allerletzten Geräusche schluckte. Eine umfassende Entspannung bemächtigte sich seiner, wie es die Stressbewältigungsmaßnahme bei der Arbeit niemals vermocht hätte. Die Zeit zog dahin wie sanfte Winterwolken am Himmel, während keinerlei äußerer Lärm Herrn Fliegenbeins innere Harmonie bedrohte. Der Atem, den sie als einziges Lebenszeichen von sich gaben, schien sich in der Luft sofort in bizarre Eiskristalle zu verwandeln.

Eine halbe Stunde verging, und es gab tatsächlich keinerlei Sinneswahrnehmung als das pure Empfinden einer eisigen Stille.

Unwillkürlich fingen Herrn Fliegenbeins Gedanken an umherzuschweifen. Sie flogen in die Weite der finnischen Landschaft hinein und es war ihm, als könnte er sich selbst von oben sehen, wie er hier unten als winzige Figur am Eisloch saß. Er dachte darüber nach, warum er an dieser Stelle gelandet und wie sein Leben zuvor verlaufen war.

Viel Freude hatte er nicht gerade gehabt. Seine Mutter hatte ihn allein und mit unnachgiebiger Strenge und Sparsamkeit aufgezogen, er hatte früh seine Lehre gemacht und bald darauf angefangen, in der Versicherung zu arbeiten, in die er bis vor Kurzem jeden Tag gefahren war. Seitdem hatte er abends und am Wochenende in seinem Sessel gesessen und auf das Bild mit der Kuh und dem Bergsee gestarrt, während die Menschen um ihn herum nach und nach Familien gründeten, ein Haus bauten und in der Firmenhierarchie aufstiegen oder stattdessen die Stelle wechselten. Sein Dasein war hingegen voller Monotonie und Ereignislosigkeit gewesen. Und mit den Jahren waren ihm die Geräusche immer bedrohlicher geworden und er hatte sich mehr und mehr von den Menschen zurückgezogen, da er in Gesprächen nie die richtigen Worte fand.

»Irgendwo in diesem Leben bin ich verloren gegangen«, erkannte er auf einmal. »Ich habe doch noch gar nicht gelebt.«

Er erschrak über diese Gedanken, welche er laut ausgesprochen hatte und die Elmo nun dazu bewogen, aus seinem Sitzschlaf aufzuschrecken und fragend zu ihm hinüberzusehen. Zum Glück verstand ihr Begleiter sie aber nicht und blickte nach einem entschuldigenden Lächeln von ihm wieder zurück auf sein Eisloch.

Herr Fliegenbein atmete tief durch. Wie einfach ist es doch zuweilen, wenn man sich nicht versteht, dachte er. Bevor seine Überlegungen jedoch zu weiteren Schlussfolgerungen oder gar Entscheidungen hätten führen können, die seinem Leben womöglich eine neue Wende gegeben hätten, wurde er jäh aus seinen Gedanken gerissen, da Arturo unvermittelt einen spitzen Schrei von sich gab.

»Ein Fisch! Da hat einer angebissen!«, rief er mit vor Kälte und Aufregung geröteten Wangen. Er zerrte mit all seiner kindlichen Kraft an der Angel, zumal seine Beute offenbar heftigen Widerstand leistete. Elmo und Herr Fliegenbein ließen ihre eigenen

Angeln los und stürmten zu ihm. Ihr Begleiter half Arturo, die Angelschnur etwas einzuholen, während er einen Blick auf den Fisch im Eisloch warf.

»Kuhaa«, brummte er anerkennend.

Herr Fliegenbein verstand zwar nicht, was das hieß, aber dass da kein gewöhnlicher Barsch an der Angel hing, sondern ein lang gestreckter, eleganter Fisch mit einem spitzen Maul und dunklen Streifen auf dem Rücken, erkannte auch er sofort. Und dass dieser Fisch, der mehr als einen halben Meter lang sein musste, gerade um sein sicherlich sehr schönes Leben kämpfte, ebenso.

Herrn Fliegenbein wurde übel. Nun würde er trotz seiner Vorsichtsmaßnahmen an der Tötung eines Lebewesens teilnehmen müssen. Seine Beine wurden zittrig und er musste sich auf den Hocker setzen, welchen Arturo in seinem Eifer freigegeben hatte.

Elmo bemerkte seinen Zustand und tätschelte beruhigend seine Schulter. Der Fisch versuchte unterdessen verzweifelt, dem sicheren Tod zu entkommen. Gemeinsam mit Arturo holte Elmo kräftig Schwung, riss die Angel nach oben und beförderte ihn mit einem geübten Wurf auf das Eis.

Das Tier zappelte und schnappte nach Luft. Herr Fliegenbein überlegte, ob er das Kind vor diesem Anblick schützen müsse. Doch der Junge beobachtete den Todeskampf des Fisches ganz offensichtlich mit einer mitleidlosen Faszination.

»Wir werfen ihn wieder ins Wasser«, schlug Herr Fliegenbein vor.

»Nein!«, protestierte Arturo vehement. »Das ist mein Fisch!«

Herr Fliegenbein wandte sich schnell ab, um wenigstens nicht mit ansehen zu müssen, wie das Tier litt. Elmo holte einen Stock, nahm den Kopf des Fisches in die Hand und schlug kräftig darauf. Es tat einen dumpfen Schlag, doch das Tier zappelte immer noch. Elmo holte noch einmal sehr viel weiter aus und gab dem Fisch einen deutlich heftigeren Schlag auf den Kopf. Das knirschende Geräusch fuhr Herrn Fliegenbein durch Mark und Bein, und er machte vor Schreck auch noch den Fehler, sich umzudrehen.

Der Fisch hatte aufgehört zu zappeln. Alles Leben wich nun aus seinem Körper. Elmo schien sehr genau zu wissen, was er jetzt tun musste. Er nahm ein Messer und stach ihm oberhalb der Brustflossen ins Herz. Genauso wie Herr Hemstein es im Flugzeug beschrieben hatte. Dies wäre vermutlich nicht notwendig gewesen, da das Tier sicherlich schon beim zweiten Schlag gestorben war. Doch es schien der übliche Ablauf zu sein, da Elmo auch dies mit sicherer Hand ausführte.

Herr Fliegenbein war, als ob auch ihm zusammen mit dem Fisch alles Leben genommen werden würde. Sein Magen wurde von einer unbekannten Macht zusammengezogen, zugleich stieg ein Würgegefühl in ihm auf. Er beugte sich nach vorn und übergab sich mit einem drängenden Schwall geradewegs in Arturos Eisloch.

Als er danach zitternd und wie erledigt zurückwich, reichte ihm ihr finnischer Begleiter mitfühlend ein Taschentuch, während Arturo die ganze Zeit über wie gebannt auf den Fisch gestarrt und seine Not überhaupt nicht bemerkt hatte.

Herr Fliegenbein nahm das Taschentuch dankend entgegen und tupfte sich damit erschöpft den Mund ab. Er wollte keinesfalls miterleben, wie Elmo dem Fisch auch noch den Bauch aufschnitt und seine Eingeweide herausnahm.

Schwankend erhob er sich und stieß hervor: »Ich gehe schon mal zur Hütte zurück.«

Ohne ihn zu verstehen, begriff Elmo, was er gesagt hatte, und machte eine zustimmende Geste.

»Ich muss auf meinen Fisch aufpassen«, entschied Arturo, bevor Herr Fliegenbein ihn überhaupt fragen konnte, ob er mitgehen wolle.

Wie kann dieses Kind nur so blutrünstig sein, dachte Herr Fliegenbein entsetzt, von mir hat er das nicht. In seinem angegriffenen Zustand bemerkte er nicht, dass dies ein absurder Gedanke war, da ja keinerlei Verwandtschaft zwischen ihm und dem Jungen bestand.

Er nickte nur, drehte sich um und stolperte über das Eis hinweg zu der Hütte zurück. Da er zu wenig auf glatte Stellen achtete, rutschte er zweimal aus und fiel hin, was eine schmerzhafte Angelegenheit war.

Endlich an der Hütte angekommen, entdeckte er Pekka, der gerade dabei war, das Feuer für ihr Abendessen anzuzünden. Er hatte hierzu eine Menge Scheite und Zweige aufgeschichtet und versuchte nun, diese mit einem Bündel von brennenden Zweigen zu entfachen.

Als er sah, in welch erbarmungswürdigem Zustand Herr Fliegenbein angehumpelt kam, ging er, ohne ein Wort zu verlieren, in die Hütte und kam mit einem

Glas voll klarer Flüssigkeit zurück. »Vodka!«, verfügte er in einem Ton, der keinen Widerspruch duldete.

Dies wäre vollkommen unnötig gewesen, da Herr Fliegenbein das Glas ohnehin dankbar entgegennahm und das finnische Allheilmittel in einem Zug hinunterstürzte. Sehr viel besser fühlte er sich danach jedoch nicht.

»Das Angeln ist nicht jedermanns Sache«, tröstete Pekka ihn. Es erschien Herrn Fliegenbein in seinem Elend aber so, als ob er dabei auch ein wenig in sich hineingrinste. »Da ist schon so mancher zum Vegetarier geworden.«

Herr Fliegenbein nickte. Doch die Worte seines Hundeschlittenführers konnten nicht verhindern, dass er sich wie ein Versager fühlte. Ein Gefühl des trotzigen Aufbegehrens stieg in ihm hoch. Er nahm sich vor, am Abend doch von dem Fisch zu kosten und bei allem, egal, was es war, mitzumachen. Denn mitmachen bedeutete leben. Und um dieses Leben wollte er sich auf keinen Fall wieder selbst betrügen.

Er hielt Pekka noch einmal sein Glas hin und erhielt sofort einen weiteren Wodka, den er erneut mit einem entschlossenen Schluck hinunterstürzte.

Daraufhin fühlte er sich wieder stark genug, um Pekka beim Feuermachen zu helfen, und als die anderen Angler nach und nach zurückkamen, hatten sie bereits eine eindrucksvolle Glut entfacht.

Gute Reise!

Zwei Stunden später war die gesamte aufgekratzte Angelgesellschaft zurück und präsentierte bis ins Mark durchgefroren, aber stolz ihre Beute: Die meisten hatten Barsche und Hechte gefangen, auch ein paar Maränen und Felchen waren dabei. Doch einzig und allein Arturo hatte einen Zander erwischt, der zudem auch noch der größte Fisch der ganzen Runde war. Das Gesicht des Jungen glänzte daher vor Stolz.

Pekka bereitete die Fische in der Hütte mit ein paar Freiwilligen vor, dann wurden sie auf Stöcke gesteckt und über dem offenen Feuer gegrillt. Dazu gab es Kartoffeln, die in der Glut gegart wurden. Und natürlich eine ganze Menge finnischen Wodka.

Obwohl das Essen sehr einfach war und die Unausweichlichkeit des Tötens, wenn man ein Tier essen wollte, allen nur allzu deutlich vor Augen geführt worden war, schmeckte es fantastisch.

Selbst Herr Fliegenbein kostete von dem Zander, den Arturo gefangen hatte, zumal dieser drängend darauf bestand, und lobte dessen zartes Fleisch. Es war aber viel einfacher, von den Fischen zu essen, bei deren Fang er nicht hatte zusehen müssen. Herr Fliegenbein erkannte jäh, dass das Verdrängen unangenehmer Tatsachen Bestandteil eines sorglosen Lebens war.

Der Wodka floss im Übermaß, und die Stimmung war dementsprechend von großer Heiterkeit und Frohsinn, was trotz seines Entschlusses, an allem teilzunehmen, eine Zumutung für Herrn Fliegenbein war. Hinzu kam aber noch, dass ihre finnischen Begleiter während der Feier eine eigenartige Metamorphose vollzogen: Aus den schweigsamen, verschlossenen Eigenbrötlern wurden nach und nach ausgelassene, laut feiernde und Volkslieder schmetternde Gesellen. Selbst ihr so zurückhaltender Begleiter Elmo hatte sich in einen hemmungslosen Unruhestifter verwandelt, was von Pekka, der als Einziger nüchtern geblieben war, mit einem entschuldigenden Achselzucken kommentiert wurde.

Herr Fliegenbein überlegte fieberhaft, wie er an seinen Gehörschutz kommen konnte, ohne unhöflich zu erscheinen, und erhob sich diskret, um an seine Tasche zu gelangen. Als er sie auf einer Holzkommode gefunden hatte und den Gehörschutz gerade herausziehen wollte, trat ausgerechnet die Frau aus dem Flugzeug zu ihm.

»Und«, wollte sie, die sich nun als Bärbel vorstellte, wissen, wobei sie ihr Gegenüber regelrecht anbrüllen musste, um gegen die lärmende Meute anzukommen, »haben Sie jetzt Ihre Stille gefunden?«

Das war unter diesen Lärmbedingungen an sich schon eine absurde Frage, die Herr Fliegenbein auf den Gesamtaufenthalt bezogen jedoch nicht ohne

Weiteres beantworten konnte. Tatsächlich war es draußen auf dem Eis sehr ruhig gewesen, zumindest, solange kein Fisch an der Angel gehangen hatte. Aber die ganzen Begleitumstände, mit denen er sich diese kurze Stunde des Seelenfriedens hatte erkaufen müssen, waren zu schwerwiegend, zu belastend, um den Aufwand, den er dazu hatte betreiben müssen, zu rechtfertigen. Zumal der Effekt, spätestens seit er in dieser feierwütigen Bande saß, vollends dahin war.

Daher schüttelte er nach einigem Überlegen betrübt den Kopf. Alles andere hätte ohnehin keinen Sinn ergeben, denn die Finnen grölten nun gerade ein samisches Volkslied.

»Schade«, rief Bärbel mit ehrlichem Bedauern, soweit Herr Fliegenbein dies beurteilen konnte. »Und morgen geht's schon wieder nach Hause.«

»Nach Hause?«, wiederholte Herr Fliegenbein erschreckt, als ihm klar wurde, dass diese Reise irgendwann einmal zu Ende sein würde.

Und im selben Moment wusste er, dass er nicht nach Deutschland zurückkehren konnte, ohne seine köstliche Ruhe gefunden zu haben. Zumal es sein Zuhause, so wie es einmal gewesen war, dort ohnehin nicht mehr gab.

Aber wohin sollte er gehen?

Seine Überlegungen wurden jäh von einem Zwischenruf ihres Schlittenhundeführers unterbrochen.

»Revontulet!«, rief Pekka und stürzte eilig nach draußen. Es wurde auf einen Schlag still und alle bis auf die Finnen, die solch ein Ereignis einerseits schon oft erlebt hatten und andererseits nicht mehr ganz standfest waren, folgten ihm.

Am dunklen Himmelsgewölbe waren grün leuchtende Gebilde erschienen, die sich mit violetten Lichtern einen geisterhaften Tanz lieferten und dabei wie riesige lumineszierende Gardinen am Firmament hin und her wehten.

Fasziniert beobachteten die Reisenden die magischen Polarlichter am finnischen Nachthimmel, die sie über sich selbst hinaus zu heben schienen zu etwas Größerem hin, etwas, das über allen gewöhnlichen Dingen stand. Arturo betrachtete das wundervolle Farbenspiel mit offenem Mund und war sichtlich beeindruckt. »Ist das schön«, hauchte er ergriffen.

»Ja«, stimmte Herr Fliegenbein einfach nur zu und nickte.

»Früher«, begann Pekka zu erläutern, »galten die Nordlichter den Samen als böses Omen. Man glaubte, es wären die Seelen der Verstorbenen, die einen in den Himmel hinauf holen, wenn man direkt unter ihnen steht.«

Einige der Reisenden sahen nun mit sehr viel mehr Ehrfurcht in den Himmel hinauf. Herr Fliegenbein trat vorsichtshalber ein paar Schritte zurück unter das schützende Vordach der Hütte und zog Arturo dabei mit sich.

Pekka bemerkte es und lächelte sichtlich amüsiert. »Manche Leute sprechen noch nicht mal über die Nordlichter, weil sie so viel Respekt vor ihnen haben. Bis heute!«

Tatsächlich, das flackernde Lichtereignis hatte etwas Mystisches und es war daher keineswegs verwunderlich, dass die Vorfahren dies nur mit Zauberei erklären konnten, dachte Herr Fliegenbein, während er Arturo schützend die Hand auf die Schulter legte.

»Sind das wirklich Geister?«, wollte Arturo nach einer Weile mit bebender Stimme wissen.

Herr Fliegenbein dachte nach. Er hatte als Kind eine Menge Angst vor Geistern gehabt, die, wie er damals glaubte, unter seinem Bett wohnten. »Nein, das ist einfach nur Licht«, sagte er daher beruhigend. Dann erschien ihm die Antwort aber doch zu nüchtern für ein Kind und er fügte hinzu: »Oder wenn es Geister sein sollten, dann sicherlich nur gute.«

Arturo lächelte ihn erleichtert an.

Leider wurden die Huskys nun ebenfalls von dem Naturereignis angestachelt und begannen wieder mit ihrem unerträglichen Gewinsel. Herr Fliegenbein seufzte und setzte sich den Gehörschutz auf, welchen er immer noch in der Hand hielt, ließ dabei aber sicherheitshalber ein Ohr für Arturo frei.

Die Lichter tanzten noch eine Weile, wurden irgendwann schwächer und verabschiedeten sich schließlich wieder, so sang- und klanglos, wie sie gekommen waren, in den dunklen Nachthimmel.

Mit einem Mal merkten alle, dass sie ohne ihre Jacken ziemlich fröstelten. Schnell schlüpfte die Gruppe wieder ins Haus, um sich bei einem weiteren Wodka aufzuwärmen.

Herr Fliegenbein beschloss, dass es für ihn und Arturo Zeit war, zu Bett zu gehen, und sie zogen sich gemeinsam in das Matratzenlager im Nebenzimmer zurück.

Mit mehreren Leuten in einem Raum zu übernachten erschien Herrn Fliegenbein allein schon als ziemliche Zumutung. An Schlaf war überdies nicht zu denken, da die anderen nebenan regelrecht aufdrehten, auf den Tischen tanzten und finnische Schlager, die an sich schon schlimm genug waren, mehr brüllten als sangen.

Arturo störte all das kein bisschen, er schlief sofort tief und fest ein, wodurch Herr Fliegenbein sich nur noch verzagter fühlte.

»Dieses Finnland ist wirklich eine Mogelpackung«, stieß er empört aus. »Die Landschaft gilt als einsam, dann sind da aber lauter Touristen. Die Huskys sollen nicht bellen, jaulen dafür umso mehr und die Finnen selbst gelten als schweigsam, geraten aber nach Alkoholgenuss derart außer sich ...«

Er wusste selbst, dass er ein wenig ungerecht war. Doch die Mischung aus Enttäuschung in Verbindung mit Schlafmangel und dem ungewohnten Alkoholgenuss war derart ungünstig, dass er die Dinge wie unter einem Brennglas betrachtete.

Nach und nach kamen nun auch noch die anderen Reisenden in das Matratzenlager, stolperten im Dunkeln über ihre Schuhe oder knipsten gar das Licht an, sodass er, kaum ein wenig eingenickt, wieder unsanft aus dem Schlaf gerissen wurde.

Doch wie so oft trug all das Schlechte auch etwas Gutes in sich, denn auf einmal wusste er, was als Nächstes zu tun war: Er musste irgendwo hingehen, wo keine Menschen waren! Denn die Menschen waren die schlimmsten Verhinderer der Stille auf der Welt. Ja, das war die Lösung.

Mit diesem bedeutsamen Entschluss fielen ihm schließlich im frühen Morgengrauen, als die Feiern nebenan längst beendet waren und seine Mitreisenden in einem alkoholgeschwängerten Dämmerzustand vor sich hin brummten, doch noch ein wenig die Augen zu. Wenngleich er im Moment keine Ahnung hatte, wo dieses menschenlose Irgendwo zu finden sein sollte.

Am nächsten Morgen fanden sich alle zu einem einfachen Katerfrühstück am großen Holztisch der Hütte ein. Die stark mitgenommenen Finnen waren nun wieder sehr wortkarg, also so, wie Herr Fliegenbein sie sich die ganze Zeit über gewünscht hätte. Nur ihr Schlittenführer Pekka war als unverwüstliche Frohnatur erneut bester Laune und verkündete gleich nach dem Frühstück das Tagesprogramm.

»Wir fahren nun mit den Schlitten zurück zur Huskyfarm. Dort müsst ihr euch leider von den lieben Tieren verabschieden, denn dann geht es für euch mit dem Bus wieder zum Hiljaisuuden Klubi, von wo aus ihr am Nachmittag zum Flughafen Kuusamo fahrt. Ich hoffe, euer Ausflug in die eisige Landschaft Lapplands hat euch gut gefallen!«

Alle klatschten müde, auch Herr Fliegenbein rang sich ein schiefes Lächeln ab. Nachdem ihm klar geworden war, dass seine Suche nach Stille hier in Finnland gescheitert war, hatte er mit dem Land und seinen Einwohnern innerlich abgeschlossen und versuchte gar nicht erst, noch einmal mit ihnen in Kontakt zu kommen.

Und während Arturo die Rückfahrt mit den Huskys noch einmal in vollen Zügen genoss, war Herr Fliegenbein selbst nicht mehr richtig bei der Sache.

Daher war er sehr verwundert, als sie irgendwann wieder bei der Huskyfarm ankamen, obwohl er kaum Kommandos abgegeben hatte.

Vermutlich wissen die Tiere selbst, in welche Richtung es nach Hause geht und was sie dafür tun müssen, dachte er und bemerkte, wie ein Gefühl des Neids auf diese angeborene Gewissheit in ihm aufstieg.

Arturo nahm von jedem einzelnen Hund mit einem Küsschen auf die Schnauze Abschied, was von Herrn Fliegenbein mit einigem Abscheu zur Kenntnis genommen wurde. Er wollte sich gar nicht ausmalen, welche Art von Bakterienaustausch dabei stattfand. Dann verabschiedeten sie sich auch von ihrem Hundeschlittenführer und dem finnischen Begleiter Elmo, der noch ein bisschen angeschlagen wirkte, und kletterten in den Bus. Arturo winkte so lange, bis die beiden nur noch als winzige Figuren zu sehen waren. Als er sich wieder umdrehte, sah Herr Fliegenbein, dass seine Augen mit Tränen gefüllt waren. Er wollte dem Kind etwas Tröstendes sagen, aber es fiel ihm nichts Passendes ein, da er selbst den Abschied eher als Erleichterung empfand.

Im Hiljaisuuden Klubi angekommen, gingen alle auf ihr Zimmer, um sich umzuziehen und für die Abreise zu packen. Herr Fliegenbein war unvermutet von einer seltsam hektischen Stimmung ergriffen, als er ihre Habseligkeiten in die Plastiktüten des Kaufhauses stopfte, den Stecker der Stehlampe zog und sie neben die Tüten stellte, damit er sie auf keinen Fall vergaß.

Unten im Speisesaal gab es zur Stärkung noch einmal einen Imbiss, der aus einem Sillisalaatti, einem finnischen Heringssalat mit Kartoffeln, roter Bete und Eiern bestand.

Dann verabschiedete sich auch ihre Gastgeberin Mirka von ihnen und wünschte ihnen »Hyvää matkaa!«, eine gute Reise. Herr Fliegenbein verspürte gegenüber der freundlichen Frau zu seinem Erstaunen doch so etwas wie einen Abschiedsschmerz, was er als kleinen Lichtblick innerhalb der ansonsten gescheiterten Expedition deutete.

Schließlich fuhr die Reisegesellschaft noch ein letztes Mal in der Dämmerung durch die verschneite finnische Landschaft und erreichte am frühen Nachmittag den Flughafen Kuusamo, wo sich alle mit ihrem Gepäck zum Check-in-Schalter begaben und müde hintereinander anstellten.

Herr Fliegenbein und Arturo befanden sich ganz am Ende der Schlange, da er lange gebraucht hatte, bis er das Kind, die Taschen und die Stehlampe aus dem Bus heraus- und ins Flughafengebäude hineinbefördert hatte.

Als sie endlich dort standen und nach und nach seine Mitreisenden abgefertigt wurden und die Schlange immer kleiner wurde, blieb er irgendwann einfach stehen und sah dabei zu, wie die Reisenden allmählich in den Wartebereich verschwanden und ihm beim Weggehen noch einen irritierten Blick zuwarfen. Nachdem niemand mehr vor ihm war, sah der junge Mann am Schalter ihn fragend an und als er voller Überzeugung verneinte, schloss dieser schließlich zögernd den Check-in.

Da sprach Herr Fliegenbein endlich aus, was für ihn in den letzten Stunden zur greifbaren Gewissheit geworden war: »Unsere Reise ist noch nicht zu Ende.«

Arturo blickte ihn zunächst staunend an, prüfte sein Gesicht nach Anzeichen eines Scherzes und fragte dann aufgeregt: »Gehen wir zu den Huskys zurück?«

»Nein«, antwortete Herr Fliegenbein betreten. »Das nicht.«

Arturos Miene verdüsterte sich schlagartig. »Aber wohin gehen wir denn dann?«

Herr Fliegenbein sah sich um. Sein Blick fiel wieder einmal auf die Anzeigetafel, auf der die Abflüge der nächsten Stunde angekündigt wurden. Einen Ort zu finden, an dem es keine Menschen gab, war dort schier unmöglich. Also sprach er den Namen des Ortes, der ihm als Erstes ins Auge fiel, mit einer derartigen Gewissheit aus, dass Arturo überhaupt nicht auf die Idee verfallen konnte, zu widersprechen.

Dann nahm er sein Hab und Gut und ging mit Arturo zum Ticketschalter quer durch die Halle, um zwei neue Flüge für sie zu kaufen.

»Dort sehen wir weiter«, verkündete er danach.

Anschließend beobachteten sie zusammen durch das Fenster des Flughafenrestaurants, wie ihr Flieger auf die Startbahn fuhr, abhob, in einem kurz durch die Wolkendecke brechenden Sonnenstrahl noch einmal aufblitzte und ohne sie, vier prall gefüllte Kaufhaustüten und eine Stehlampe zurück nach Deutschland flog.

Helsinki

Der Flug war dieses Mal ganz ohne Zwischenfälle verlaufen, sodass Herr Fliegenbein sich schon als wahrer Meister der Lüfte wähnte, als sie sicher auf dem Helsinki-Vantaa Airport landeten.

Dort wurde ihm jedoch augenblicklich klar, dass er sein Problem zwar verschoben, jedoch nicht gelöst hatte, dafür aber die Entscheidungsmöglichkeiten dramatisch gestiegen waren. Von hier aus starteten die Flieger nämlich auch zu fernen Flugzielen wie Osaka, Chongqing oder Jekaterinburg. Verzagt starrte Herr Fliegenbein auf die Abflugtafel und erkannte plötzlich, dass er zu Hause vor wenigen Tagen ganz genauso gestanden hatte und demnach mit seiner Suche keinen einzigen Schritt weitergekommen war.

Einmal mehr war es Arturo, der ihm die Entscheidung über das weitere Vorgehen zumindest für einen Moment durch eine sehr greifbare Forderung abnahm.

»Ich hab Durst. Und Hunger!«

Dankbar nahm Herr Fliegenbein seine Anregung auf, raffte seine Sachen zusammen und steuerte das Flughafenrestaurant an, das er bereits nach der Gepäckausgabe in der Halle entdeckt hatte.

Das Lokal war gemütlich und zugleich modern im Stil der Sechzigerjahre eingerichtet, mit orangefarbenen Sesseln und niedrigen Holztischen, doch es war so voll, dass sie an der Theke auf zwei Barhockern Platz nehmen mussten. Der Barkeeper musterte sie mit gerunzelter Stirn, als er Herrn Fliegenbeins Ohrenschützer, ihre Tüten, die durch den Transport inzwischen erheblich gelitten hatten und an mehreren Stellen den Blick auf ihren Inhalt freigaben, sowie die Stehlampe bemerkte, die sich immerhin einigermaßen harmonisch in das Gesamtbild einfügte.

Arturo ließ sich sogleich die Kinderseite der Speisekarte vorlesen und bestellte einen Rentierburger mit Pommes frites und eine Cola, während Herr Fliegenbein sich mit einer Lachskartoffelsuppe namens Lohikeitto und einem Schwarztee begnügte.

Das Essen kam rasch, und allein sein Duft verbreitete eine Atmosphäre von Zuversicht und Behaglichkeit. Wenn ich auf dieser Reise schon eine Sache gelernt habe, dachte Herr Fliegenbein, dann, dass gutes Essen die Seele beruhigt. Er tauchte seinen Löffel in die sahnige Speise und kostete zaghaft, während Arturo beherzt in seinen doppelstöckigen Burger biss, woraufhin ihm die rote Soße bald an beiden Mundwinkeln herunterlief.

Herr Fliegenbein nahm eine Serviette und wischte vorsichtig das Kinn des Kindes ab, doch mit jedem Bissen wiederholte sich der Vorgang, sodass er es schließlich aufgab und sich ganz seiner wohlschmeckenden Suppe widmete.

So bemerkte er zunächst nicht, dass sich auf dem Barhocker neben ihm jemand niedergelassen hatte. Erst als die Person ein furchtloses »Hei!« zu ihnen hinüberschickte, das durch den für Arturo leicht zur Seite geschobenen Ohrenschützer drang, drehte er entnervt den Kopf zur Seite und blickte in das erwartungsvolle Gesicht eines Mannes im mittleren Lebensalter. Herr Fliegenbein schwante sofort, dass ihm nun eine Unterhaltung bevorzustehen drohte, und wandte sein Gesicht unverzüglich wieder seiner Suppe zu.

»Puhutko suomea?«, ließ der Mann neben ihnen jedoch keineswegs locker. Herr Fliegenbein kam die Frage bekannt vor, aber er wusste immer noch nicht, was sie bedeutete. Doch er antwortete vorsichtshalber mit »Nein!«, ohne dabei seinen Blick zu erheben.

Denn jedes Ja würde selbstverständlich als Zustimmung zur Kontaktaufnahme gewertet werden und eine weitere Konversation nach sich ziehen.

Doch sein Barnachbar ließ sich dadurch keineswegs einschüchtern. »Ah, Germans!«, stellte er fest und teilte ihnen sogleich eine Gemeinsamkeit mit, auf die Herr Fliegenbein, genauso wie auf jede andere Bemerkung dieses Mannes, lieber verzichtet hätte.

»Ich war sieben Jahre in Germany bei der US-Armee! Ramstein Air Base! Good country!«

Jeder seiner Sätze war mit einem unsichtbaren Ausrufezeichen versehen, die Herr Fliegenbein wohl verdeutlichen sollten, dass alles, was der Mann sagte, von enormer Wichtigkeit war.

Herr Fliegenbein nickte nur und fuhr damit fort, seine Suppe zu löffeln. Sein Sitznachbar sah sich Hilfe suchend an der Bar um, fand jedoch keinen anderen Gesprächspartner und drehte sich daher erneut zu den beiden.

Er ist vielleicht eine dieser Naturen, dachte Herr Fliegenbein verwundert, die sich immer in anderen Personen spiegeln müssen. Ich sollte ihn besser ignorieren, sonst werde ich ihn am Ende gar nicht mehr los.

»Sind Sie hier for holiday?«

Herr Fliegenbein antwortete nicht, sondern sah stur auf seine Suppe.

»Wir haben im Eis Fische gefangen und sind mit Huskyschlitten gefahren«, verkündete stattdessen Arturo voller Stolz. Herr Fliegenbein warf ihm einen verärgerten Blick zu, den das Kind vollkommen ignorierte, dafür aber den Amerikaner mit seinem ketchupverschmierten Gesicht anstrahlte.

»Hi, little boy! Hast du auch einen Fang gemacht?«

»Ja, ich hab sooo einen Fisch gefangen«, prahlte Arturo und breitete seine Arme aus, so weit er nur konnte.

Dabei stieß er sein Glas um, dessen Inhalt sofort quer über die Theke lief. Herr Fliegenbein blieb wie versteinert sitzen und starrte stocksteif auf die Flüssigkeit, die sich nun anschickte, über die Kante des Tresens auf seine Hose herabzufließen.

Sein Sitznachbar sprang hingegen sofort auf, zog ein Stofftaschentuch aus seiner Hosentasche und begann, das Getränk damit aufzuwischen, bevor es Herrn Fliegenbeins helle Hose verunreinigen konnte.

»Vielen Dank, das ist sehr freundlich«, brachte Herr Fliegenbein hervor, dem zugleich peinvoll bewusst wurde, dass er damit die Eintrittskarte für ein längeres Gespräch ausgegeben hatte. Er nahm seufzend seine Ohrenschützer ab und legte sie auf eine trockene Stelle der Bar.

»No problem«, sagte der Mann, brachte seine Wischarbeit zu Ende, warf das feuchte, mit Cola getränkte Tuch in den kristallenen Aschenbecher, der auf der Theke stand, und setzte sich dann wieder auf seinen Barhocker.

»Das ersetzen wir Ihnen natürlich«, sagte Herr Fliegenbein und zeigte auf das vollgesogene Taschentuch. Der Mann winkte ab.

»Jenkins«, stellte er sich dann vor, »Charles Jenkins. Sagen Sie einfach Chuck zu mir.«

Herr Fliegenbein sah missmutig zu ihm hinüber und sagte: »Fliegenbein. Und das ist Arturo.«

»Freut mich«, antwortete Chuck. »Gefällt es Ihnen in Finnland?«

»Nein«, schoss es, ohne nachzudenken, aus Herrn Fliegenbein heraus. »Es ist mir zu laut.«

Der Amerikaner lachte. »Das habe ich noch nie gehört! Überall ist es doch so ruhig in Finnland, selbst die Finnen sprechen nicht viel!«

»Aber ihm ist immer alles zu laut«, rief Arturo. »Sogar, wenn eine Tannennadel in den Schnee fällt!«

Der Amerikaner hörte auf zu lachen und sah nachdenklich auf die Ohrenschützer und dann in Herrn Fliegenbeins Gesicht.

»Hyperakusis!«

»Was bitte?«, fragte Herr Fliegenbein verdutzt. Er

konnte es nicht ausstehen, wenn Leute Fremdwörter benutzten, um zu zeigen, wie gebildet sie waren.

»Sie leiden an Hyperakusis«, erklärte ihm der Amerikaner. »Ich hatte einen Kollegen in der US-Armee, der konnte nicht das kleinste Geräusch ertragen. Und unser Doktor sagte dann, es wäre eine Hyperakusis.«

Herr Fliegenbein drehte sich um und sah den Mann zum ersten Mal genauer an. Er war groß und athletisch und hatte ein breites, vertrauenswürdiges Lächeln. Kein Hallodri, wie er zunächst vermutet hatte.

»Hyperakusis«, wiederholte er mechanisch und Chuck nickte. Herr Fliegenbein fühlte sich von der Erkenntnis getroffen wie von einem im Wirbelsturm umherfliegenden Baumstamm. Sollte es tatsächlich möglich sein, dass er gar nicht der Einzige war, der so empfindlich auf Geräusche reagierte, und dieses Phänomen sogar einen Namen hatte?

»Und was kann man da machen?«, wollte er sogleich wissen.

»Nichts«, antwortete Chuck bedauernd, »der Mann wurde nach Hause geschickt. Untauglich.«

UNTAUGLICH.

Das Wort wurde Herrn Fliegenbein aufgestempelt wie ein Merkmal des ewigen Misserfolgs. UNTAUGLICH. Er wurde blass, ließ seinen Löffel sinken und starrte betrübt in die Suppe.

Der Amerikaner merkte, was seine Sätze bewirkt hatten, und versuchte schnell, sie wiedergutzumachen. »Aber Sie sind ja nicht in der Armee, im normalen Leben gilt das nicht.«

»Aber ich ertrage diese ganzen Geräusche doch

auch im normalen Leben nicht«, stieß Herr Fliegenbein mit einer ungeahnten Heftigkeit aus. »Und ich hatte so gehofft, dass ich in Finnland endlich meine Stille finde. Aber die Finnen machen ja auch ständig Krach!«

Arturo bekräftigte seine Worte, indem er harte Schlagzeugrhythmen auf den Tisch trommelte. Beruhigend tätschelte Chuck Herrn Fliegenbein den Rücken, was dieser mit leichtem Befremden zur Kenntnis nahm, und lachte dabei. »Ja, die Finnen mögen Heavy Metal!«

Herr Fliegenbein verzog in Erinnerung an die unselige Autofahrt schmerzhaft das Gesicht, was Chuck natürlich bemerkte und dazu veranlasste, nach einer Lösung zu suchen. »Sie brauchen dringend Stille. Hm, was kann man da machen? Lassen Sie mich mal überlegen.«

Der Amerikaner hatte den Zeigefinger an den Mund gelegt und blickte reichlich theatralisch an die holzgetäfelte Decke. Herr Fliegenbein sah sich verstohlen um, ob jemand sie beobachtete, doch die meisten Leute waren in ihr Mobiltelefon vertieft. Als Chuck dann urplötzlich »I got it!« rief, zuckte nicht nur er, sondern auch Arturo vor Schreck zusammen.

»Sorry«, sagte Chuck, »aber ich glaube, ich habe die Lösung für Sie!«

»Wirklich?«, fragte Herr Fliegenbein ungläubig, doch zugleich keimte ein wenig Hoffnung in seinem bekümmerten Gemüt auf.

»Klar! Sie müssen irgendwohin, wo es keine menschlichen Geräusche gibt!«

Enttäuscht sackte Herr Fliegenbein in sich zusammen. Wie hatte er nur auf die Hilfe dieses großtuerischen Amerikaners hoffen können? »Darauf bin ich auch schon gekommen. Aber das gibt es doch gar nicht«, presste er mutlos hervor.

»Doch!«, rief Chuck triumphierend. »Das gibt es.« Er machte eine Pause und sah die beiden bedeutungsvoll an. »Im Olympic-Nationalpark in Washington.«

Der Amerikaner tätschelte der geschrumpften Gestalt neben sich noch einmal aufbauend den Rücken, was Herrn Fliegenbein nun weniger störte, da er auf die erlösenden Worte dieses angeblichen Heilsbringers hoffte.

»Und was ist da, in diesem Park?«, fragte er mit belegter Stimme.

»Tief im Hoh-Regenwald gibt es den One Square Inch of Silence, also, wie sagt man, ein Quadrat der Stille. Und an diesem Ort hört man absolut keine menschlichen Geräusche. Kein Flugzeug, keine Klimaanlage, keine Autos!«

»Das klingt gut«, sagte Herr Fliegenbein mit leise aufkeimender Hoffnung. »Aber wie kommen wir da hin?«

Chuck strahlte und breitete seine Arme aus. »Sie haben Glück! Ich fliege morgen zurück nach Seattle. Von dort können Sie weiter nach Olympia fliegen, und dann sind Sie auch schon fast da.«

Herr Fliegenbein nickte beeindruckt. Sollte es wirklich so einfach sein? Er konnte schließlich nicht wissen, dass »fast da« in amerikanischen Verhältnissen immer noch fünf bis sechs Stunden Autofahrt bedeutete. Aber die Aussicht, auf so einem simplen

Weg zu seinem Ort der Stille zu kommen, erleichterte ihn enorm.

Doch Herr Fliegenbein wäre nicht er selbst, wenn nicht bereits eine neue Sorge seine Freude über diese einfache Lösung verdüstert hätte. »Aber bekommen wir da überhaupt noch Flüge?«

»Ich gehe schnell zum Desk und sehe nach«, bot Chuck an.

»Dann kaufen Sie die beiden Tickets doch gleich!« Herr Fliegenbein war schließlich froh über die Vermeidung jeder entbehrlichen Konversation.

Erleichtert nahm er seine Kreditkarte aus dem Portemonnaie und überreichte sie dem Amerikaner nach kurzem Zögern zusammen mit seiner persönlichen Identifikationsnummer. Dieser Mann war absolut vertrauenswürdig, das spürte er trotz seiner begrenzten Menschenkenntnis im Grunde seines Herzens. Es war undenkbar, dass solch ein aufrichtiger und durch und durch sympathischer Charakter ihn betrügen würde.

Chuck nickte erstaunt und machte sich unter dem Versprechen, bald wieder da zu sein, rasch davon.

Zufrieden nickte Herr Fliegenbein Arturo zu und fuhr fort, seine mittlerweile kalt gewordene Suppe zu löffeln. Mit der Aussicht, bald ein neues Ziel ohne jeglichen Lärm zu erreichen, schmeckte sie ihm dennoch gleich viel besser. Dieser Amerikaner war wie eine Art Engel zu ihnen gekommen und würde ihn aus seiner jahrelangen Pein befreien, das spürte er ganz deutlich.

Er dachte darüber nach, was Chuck über seinen Kollegen bei der US-Armee gesagt hatte. Sollte es wirklich so sein, dass er gar nicht seltsam war, wie er sein ganzes Leben gedacht hatte, sondern an einer Überempfindlichkeit gegenüber Geräuschen litt, die mit Hyperakusis sogar einen Namen hatte und offenbar noch eine ganze Reihe anderer Menschen erdulden mussten?

Seine Gedanken wurden jäh unterbrochen, als Arturo sein Mahl beendete und lautstark nach einer Süßspeise verlangte.

Da sie ohnehin auf Chuck warten mussten und Herr Fliegenbein in der freudigen Aussicht auf akustische Erlösung außerordentlich spendierfreudig war, bestellte er für Arturo ein Eis und für sich einen Nachtisch namens Porkkanakakku, ohne die geringste Ahnung zu haben, was das war, sowie einen Espresso.

Nachdem der Barkeeper die Bestellung aufgenommen hatte, sah Herr Fliegenbein sich entspannt im Restaurant um. Die meisten Leute hatten nun ihr Mahl beendet und starrten satt vor sich hin. Von Chuck war noch nichts zu sehen, obwohl der Schalter gleich nebenan war. Die Zeit tröpfelte dahin wie Wasser aus einem rostigen Hahn. Ein leises Gefühl der Beunruhigung stieg nach und nach in Herrn Fliegenbein auf und ließ sich, als es einmal da war, nicht wieder verscheuchen.

»Die Schlange ist sicher sehr lang«, sagte er ermutigend zu Arturo, ohne dass dieser nach Chucks Rückkehr gefragt hatte.

Der Nachtisch wurde gebracht, und Herrn Fliegenbeins Porkkanakakku entpuppte sich zu seinem Erstaunen als eine Art Schweizer Rüblitorte, schmeckte aber sehr gut. Als er die Speise beendet hatte und der

Espresso bis auf einen kleinen Zuckerrest geleert war, warteten sie noch immer auf Chucks Wiederkehr.

Herr Fliegenbein konnte nicht verhindern, dass er langsam nervös wurde. Um sich davon abzulenken, wies er Arturo an, nicht mit seinem Eis zu kleckern, was ihm aber auch nicht weiterhalf, sondern zudem noch schlechte Stimmung verbreitete.

»Ich bin müde!«, klagte Arturo schließlich.

Das ist seltsam bei Kindern, dachte Herr Fliegenbein, dass sie immer nur müde sind, wenn kein Bett in der Nähe ist, wenn sie aber ins Bett sollen, sind sie plötzlich hellwach.

»Wir müssen noch warten, bis Chuck wieder da ist«, erklärte er besonders geduldig, um seinen Fauxpas von zuvor wiedergutzumachen.

»Und wann kommt er endlich?«, quengelte Arturo. »Der ist doch schon sooo lange weg!«

Herr Fliegenbein drehte sich zum Eingang des Restaurants um, doch es war niemand zu sehen, außer einem jungen Paar, das gerade eng umschlungen das Lokal verließ. Und nun konnte er nicht mehr über die Tatsache hinwegsehen, dass es unmöglich so lange dauern konnte, bis jemand zwei Tickets am Schalter eines Flughafens gekauft hatte.

»Vielleicht hat er noch einen Bekannten getroffen und sie haben sich viel zu erzählen?«, sagte er mehr fragend zu Arturo.

Anstelle einer Antwort sah Arturo ihn mit einem sehr langen Blick an, blies stoisch seine Backen auf und ließ langsam die Luft wieder entweichen.

Herr Fliegenbein musste zugeben, dass das Kind in gewisser Weise recht hatte. Aber was konnte er tun? Die Polizei rufen und ihr erklären, dass er einem Wildfremden seine Kreditkarte mitsamt der Geheimzahl ausgehändigt hatte? Es gab angenehmere Wege, sich komplett der Lächerlichkeit preiszugeben.

Also würde ihm nichts anderes übrig bleiben, als sich selbst auf die Suche nach Chuck zu machen und Arturo allein im Restaurant zurückzulassen, was die immerwährende Liste seiner Sorgen sogleich um einen weiteren Punkt ergänzte.

Ein guter Freund?

Herr Fliegenbein hetzte, angetrieben von der peinvollen Schmach, wie ein flackerndes Irrlicht durch das L-förmig angeordnete, riesige Terminal, hastete von Schalter zu Schalter, sah hinter jeden Aufsteller, jagte von Shop zu Shop, spähte in das Airport Café und den Irish Pub, inspizierte eine Sportsbar, warf einen Blick in eine Kunstgalerie und riss sogar die Türen der Damentoiletten auf, was ihm die Empörung einer Besucherin einbrachte, die ihn in seiner Hatz jedoch kaum erreichte. Schließlich durchpflügte er schweißgetränkt die Business Lounge, in die man ihn einzig unter dem Hinweis hineinließ, dass es eine Frage von Leben und Tod wäre, nur um am Ende jeder seiner Erkundungen festzustellen, dass Chuck sich in keiner der Lokalitäten aufhielt.

Als er schließlich wieder in der Mitte des Terminals angekommen war, sich noch einmal gehetzt in alle Richtungen drehte, ob der Amerikaner nicht doch mit seinem selbstbewussten Grinsen und zwei Tickets in der Hand auftauchen würde, schien mit einem Mal die ganze Halle um ihn herum zu kreisen. Menschen, Aufsteller, Gepäckstücke rasten an ihm vorbei wie in einem Karussell. Ihm wurde schwindelig.

Er setzte sich zitternd auf eine Bank, mit der steigenden Gewissheit, dass Chuck nicht wiederkommen würde und er also hereingelegt worden war, nein, viel schlimmer, es sogar herausgefordert hatte, hereingelegt zu werden, indem er dem Amerikaner seine Kreditkarte regelrecht aufgedrängt hatte.

»Ein Mal im Leben«, jammerte er, »ein einziges Mal habe ich einem anderen Menschen vertraut und werde sofort enttäuscht. Bestimmt hat Chuck längst mein Konto leer geräumt und ist über alle Berge verschwunden! Und Chuck heißt er wahrscheinlich noch nicht einmal.«

Er schnappte nach Luft. Wie sollte er nun bloß wieder zurück in das Restaurant gehen und Arturo erklären, dass er sie durch seine Vertrauensseligkeit und, ja, man konnte es nicht anders nennen, Blödheit um die ganze weitere Reise gebracht hatte?

Denn bei allem Existenziellen, das seiner Suche nach der Stille innewohnte, war es letzten Endes doch auch ein Abenteuer gewesen. Und ein Versprechen an sich selbst und den Jungen, diese Unternehmung zu einem Erfolg zu führen.

Und nun musste er dem armen Kind gestehen, dass sie außer einigen wenigen Scheinen in seinem Portemonnaie vermutlich kein Geld mehr hatten und er noch nicht einmal wusste, wo sie heute Nacht schlafen, geschweige denn, wie sie wieder nach Hause kommen sollten.

Eine Weile blieb er einfach sitzen und drückte sich

darum, Arturo seine Niederlage einzugestehen. Die anderen Reisenden liefen lachend und schwatzend an ihm vorbei. Manche warfen höchstens einmal einen Seitenblick auf den blassen Mann und zogen dann leichthin ihres Weges. Nur er allein schien das Gewicht der Welt zu tragen. Er merkte noch nicht einmal, wie laut es um ihn herum war, da all seine Sinne nun ihren Dienst verweigerten.

Mit tonnenschweren Schultern hievte er sich schließlich von der Bank hoch und ging, jeden Schritt mühsam vor den anderen setzend, auf seinen dürren Beinen in Richtung Restaurant. Dessen Tür flog dennoch viel zu schnell auf ihn zu. Im Grunde wollte er eigentlich überhaupt nicht dort ankommen.

Vor dem Eingang blieb er kurz stehen und legte sich innerlich eine harmlose gesprächseinleitende Floskel zurecht: »Arturo, schau mal, Herr Fliegenbein ist wieder da!« Er wollte das Wort ICH vermeiden, damit Arturo nicht sofort bemerkte, dass außer ihm niemand da war.

Oder sollte er es vielleicht lieber mit einem Lockangebot probieren: »Arturo, möchtest du mal einen echten Polizisten kennenlernen?«

Vielleicht könnte er sich auch einfach neben den Jungen setzen, einen finnischen Wodka bestellen und so tun, als ob nichts wäre?

Die Idee mit dem Polizisten schien ihm die Erfolg versprechendste zu sein. Alle Kinder, vor allem Jungs, mochten Polizisten. Sie versprachen Abenteuer und stellten zugleich eine Autoritätsperson dar. Ja, das würde seinen Anteil an der Misere vielleicht überdecken.

Herr Fliegenbein schöpfte wieder ein wenig Mut. Er hatte Arturo vor seinem Weggang eingeschärft, sich auf keinen Fall von seinem Platz wegzubewegen und sich von keinem fremden Menschen ansprechen zu lassen, geschweige denn mit irgendeiner Person mitzugehen. Aber womöglich waren seine Warnungen für den Jungen überhaupt nicht überzeugend gewesen, schließlich hatte Herr Fliegenbein selbst erlebt, wie leicht Arturo sich einem anderen Menschen anschloss. Doch als er nun die Tür des Restaurants öffnete und sein Blick sogleich zur Bar schweifte, stellte er zu seinem Schrecken fest, dass Arturos Platz leer war.

Panisch beschleunigte er seinen Schritt und bemerkte zugleich, dass nicht nur der Junge verschwunden war, sondern auch die Lampe, die Tüten mit all ihren Habseligkeiten und die Ohrenschützer. Eine eiserne Hand griff nach seinem Herzen. Wie angewurzelt blieb er stehen und starrte auf den Barhocker, auf dem zuvor noch sein kleiner Begleiter gesessen hatte.

Wo war Arturo? Hatte er sich einem anderen Begleiter angeschlossen, weil er selbst nicht fähig war, sich gebührend um ein Kind zu kümmern, und ihn allein zurückgelassen? Der Gedanke fuhr ihm durch Mark und Bein. Er hatte sich so sehr an diesen Jungen gewöhnt, dass er sich nicht mehr vorstellen konnte, ohne ihn durch die Welt zu gehen. Schlagartig verspürte er ein Gefühl der Einsamkeit und inneren Leere, das ihm die Luft abschnürte. Er legte sich die Hand auf die Brust und versuchte, tief ein- und auszuatmen.

Der Barkeeper kam, wollte seine Bestellung aufnehmen, erkannte in ihm dann aber den eigentümlichen Gast von zuvor. Er bemerkte seinen panischen Blick auf den leeren Barhocker und wies mit einer leichten Kopfbewegung in den Raum hinein. Herr Fliegenbein fuhr herum und glaubte sogleich, einer grausamen Sinnestäuschung zu unterliegen.

Denn an einem der Tische saßen Arturo und Chuck ganz entspannt und waren so sehr in ein Spiel vertieft, dass sie seine Anwesenheit nicht einmal bemerkten. Auf dem polierten Holzboden standen seine Stehlampe und auch die Einkaufstüten.

Herr Fliegenbein war, als ob gleich zwei Felsbrocken von seinen Schultern genommen werden würden. Der Brocken des vermeintlichen Betrugs durch Chuck und der noch viel größere von Arturos Verschwinden. Dennoch war er mit seinen Kräften am Ende und einer Ohnmacht nahe. Er musste sich an der Theke festhalten. Chuck und Arturo hatten ihn immer noch nicht bemerkt.

Erst als er sich zu ihrem Tisch schleppte, sah zuerst Chuck, dann auch der Junge erstaunt auf. »Mister Fliegenbein! Endlich! Wo bist du denn gewesen?«, rief Chuck.

Herr Fliegenbein sah sofort, dass auf dem Tisch vor Chuck neben einem Brettspiel für Kinder seine Ohrenschützer, zwei Tickets und die Kreditkarte lagen. Sogleich stiegen erhebliche Schamgefühle in ihm auf, weil er so misstrauisch gewesen war. Er hoffte, dass Chuck ihm dies wenigstens nicht ansah.

Doch wie sollte er seine Abwesenheit erklären, ohne die Gefühle ihres Begleiters zu verletzen? Er konnte ja schlecht zugeben, dass er ihn für einen Betrüger gehalten hatte!

»Ich war …«, stammelte er, »ich wollte mir noch etwas Reiselektüre kaufen.« Herr Fliegenbein atmete erleichtert auf.

Chuck strahlte ihn vertrauensvoll an und nickte. Herr Fliegenbein fragte sich, ob seine Methode nicht einfach darin bestand, immer mit allem einverstanden zu sein, mit dem Leben, mit dessen Widrigkeiten und sogar mit den wenig überzeugenden Ausreden einer eigentümlichen Reisebekanntschaft.

Erschöpft setzte er sich zu den beiden an den Tisch und ignorierte die fragenden Blicke von Arturo.

»Ich habe alles gebucht«, erzählte Chuck stolz, für Herrn Fliegenbeins Geschmack prahlte er sogar ein wenig, was er ihm aber angesichts seines falschen Verdachts nachsah. »Wir fliegen morgen von Helsinki über Reykjavík zusammen nach Seattle. Von dort geht's für euch weiter nach Port Angeles, wo ich schon eine Übernachtung gebucht habe. Dann seid ihr auch schon fast da. Na, ist das was?«

»Danke«, stotterte Herr Fliegenbein, überschlug im Kopf kurz die enorme Summe, die das alles gekostet haben musste, und schluckte. Zugleich schämte er sich noch viel mehr für sein vormaliges Misstrauen. Dennoch konnte er es sich nicht verkneifen, eine Frage in den Raum zu stellen, die ihn trotzdem beschäftigte: »Und das hat so lange gedauert?«

Chuck lachte. »Ich war drüben in Terminal zwei, dem *International Terminal*, der hier ist nur für Inlandsflüge.«

Herr Fliegenbein schluckte. So einfach war die Lösung also. Chuck war für ihre Buchung in einem ganz anderen Gebäude gewesen, während er hier wie ein Irrer durch die Flughalle gehetzt war. Arturo sah ihn mit einem seltsam erwachsenen Blick an, als ob er langsam am geistigen Vermögen seines Begleiters zweifeln würde.

Verschämt nahm Herr Fliegenbein die Kreditkarte und die Tickets an sich und bedankte sich für seine Verhältnisse noch einmal überschwänglich, indem er Chuck einfach einer kurzen und trockenen Umarmung unterzog, die dieser mit einem weltläufigen Grinsen über sich ergehen ließ.

Chuck und Arturo spielten noch eine Weile weiter, dann bestand Herr Fliegenbein darauf, ihre Rechnung zu begleichen, und sie verließen einträchtig das Restaurant.

Außerhalb des Terminals gab es ein Hotel, in welchem Chuck übernachtete und in dem Herr Fliegenbein auch für sich und Arturo ein Doppelzimmer buchte.

Sie verabredeten sich für ein spätes Frühstück und gingen auf ihr jeweiliges Zimmer, wo die beiden sich sofort für die Nacht fertig machten und in die nicht sehr komfortablen Betten legten. Während der Junge wie immer in erstaunlicher Bereitwilligkeit in den Schlaf fand, wälzte Herr Fliegenbein sich einmal mehr umher.

»Heute habe ich eine Lektion in Vertrauen bekommen«, murmelte er. »Eine Lektion, dass man nicht immer alles steuern muss und die Dinge sich trotzdem zum Positiven entwickeln können.«

Der Gedanke entspannte ihn so sehr, dass er gleich darauf in einen erholsamen Dämmerschlaf fiel.

Um die Mittagszeit machten sich die drei nach einem ausgiebigen Frühstück im Hotel auf den Weg zum Terminal zwei für internationale Flüge, bestiegen ein Flugzeug und landeten nach einem kurzen Zwischenstopp in Reykjavík am späten Nachmittag in Seattle.

Der dreizehn Stunden lange Flug war zu Herrn Fliegenbeins Erstaunen sehr erträglich, da sie zusammen in einer Dreierreihe saßen und Chuck ein wunderbarer Erzähler von Anekdoten war, deren Wahrheitsgehalt sich natürlich nicht überprüfen ließ. Chuck konnte damit aber auch Arturos Aufmerksamkeit fesseln. Den Rest der Zeit schliefen sie einfach oder ließen sich durch Spielfilme die Zeit vertreiben.

Es ist gut, dass wir Europa hinter uns lassen, dachte Herr Fliegenbein. Wenn ich meine Stille gefunden habe, könnte ich ein völlig anderer Mensch werden und dort ein ganz neues Leben anfangen. Der Gedanke war zugleich aufregend, aber auch ein wenig beängstigend.

Am Flughafen verabschiedete sich Chuck mit dem Versprechen, sie bei seinem nächsten Besuch in Deutschland zu Hause zu besuchen, wenngleich Herr Fliegenbein nicht wusste, wo sich dieses Zuhause im Moment eigentlich befand. Als er den Amerikaner durch die Tür nach draußen gehen sah, verspürte er jedoch das wehe und sonderbare Gefühl, gerade einen guten Freund zu verlieren.

Chuck hatte sie bereits während ihres Fluges darauf vorbereitet, dass es in Seattle *all day long* regnete, und tatsächlich hingen bei ihrer Ankunft schwere dunkle Wolken über der Stadt.

»Dafür kommt Jimi Hendrix hierher und ein weltweit bekannter Internetversand«, hatte Chuck die Stadt lachend entschuldigt. Da Herr Fliegenbein aber nicht wusste, wer dieser Herr Hendrix war und das Internet bei der Arbeit nur benutzt hatte, wenn es sich gar nicht vermeiden ließ, glichen diese Vorteile die in seinen Augen übertriebene Regenbereitschaft der Stadt nicht aus.

»Immerhin ist es hier nicht so kalt wie in Finnland«, tröstete er Arturo mit fester Stimme, als dieser verdrossen durch die verglasten Scheiben der überaus imposanten Flughafenhalle von Seattle Tacoma nach draußen in den Dauerregen blickte.

Dies bedeutete immerhin, dass sie nicht wieder mehrere Schichten an Kleidung übereinander tragen mussten. Dass sie dennoch vollkommen falsch gekleidet sein würden, konnten sie in diesem Moment natürlich noch nicht ahnen.

Der Flug nach Port Angeles entpuppte sich, obwohl er ungleich kürzer war, als deutlich weniger unterhaltsam, da sie nun wieder auf sich allein gestellt waren. Hinzu kam, dass die Maschine sehr klein war und nur wenige Plätze darin besetzt waren. Arturo fand dies sehr aufregend, da man viel deutlicher den Naturgewalten ausgesetzt wurde. Herrn Fliegenbein hingegen hätte dies normalerweise Anlass zur Entfaltung ausgiebiger Schreckensszenarien geboten.

Doch die Tatsache, dass Chuck irgendwo da unten existierte und einen nicht ganz unwesentlichen Anteil daran hatte, dass sie nun auf dem richtigen Weg waren, machte Herrn Fliegenbein innerlich deutlich widerstandsfähiger.

Ein Freund, dachte er ergriffen, ich habe einen Freund.

Zum allerersten Mal in meinem Leben.

Und dieses Gefühl ermöglichte es ihm auf einmal, die Turbulenzen und den Jetlag und all die anderen Mühen des Reisens mit einer ungeahnten Leichtigkeit zu überstehen. Und so fand er am Flughafen in Port Angeles auch gleich den Taxistand, der sie in ein einfaches, aber sehr angenehmes Hotel am Hafen brachte, welches ihr wunderbarer neuer Freund ebenfalls für sie gebucht hatte.

Sein Freund namens Charles Jenkins, der Chuck genannt wurde und eine dieser unverwüstlich optimistischen und grundpositiven Naturen war, wie Herr Fliegenbein es trotz aller Fortschritte vermutlich niemals sein würde in seinem Leben.

Per Anhalter in den Regenwald

Die Entfernung von Port Angeles bis zum Hoh Rain Forest, die Chuck mit »Dann seid ihr schon fast da« umschrieben hatte, erwies sich am nächsten Tag als eine Fahrt von mehr als zwei Stunden. Dies war für amerikanische Verhältnisse natürlich ein Katzensprung, für Herrn Fliegenbeins Dimensionen jedoch eine halbe Weltreise.

Nach einem einfachen Frühstück mit Pancakes, Kakao und Kaffee im Speisesaal des Hotels, der eine schöne Sicht über die wolkenverhangene Bucht bot, tat sich für Herrn Fliegenbein das Problem auf, wie sie nun zu dem angeblich stillsten Ort der Vereinigten Staaten gelangen sollten.

Er beschloss, sich trotz seiner begrenzten Englischkenntnisse an die Rezeption im Hotel zu wenden, die gerade von einer jungen Frau mit schwarz gefärbten Haaren, Piercings und einer Unmenge von Tattoos auf den Unterarmen besetzt wurde.

Nachdem er sich eine Weile vor der Rezeption herumgedrückt und so getan hatte, als ob er die Auslagen in den Vitrinen begutachten würde, entschloss er sich doch zum direkten Angriff: »How go to the Hoh Rain Forest?«

Die Frau, durch unzählige Touristen leidgeprüft, verstand glücklicherweise sofort, was er wollte, und bot ihm an, einen Mietwagen zu buchen, da es nur ein *day trip* sei. Herr Fliegenbein verwies darauf, dass sein Führerschein bereits mehr als vierzig Jahre alt sei, in dieser Zeit kaum benutzt worden war und er in dieser für ihn fremden Umgebung keinesfalls fahren würde.

Zumindest dachte er genau das, sagte dann aber tatsächlich: »Driving shine not!«

Die Rezeptionistin sah ihn fragend an, da er dies mit einer gewissen Vehemenz hervorgebracht hatte, und lachte, wobei ein Zirkonsteinchen auf ihrem Schneidezahn sichtbar wurde: »No problem, you can go with someone.«

Und als er nicht verstand, fügte sie hinzu: »Hitchhiking!«

Herr Fliegenbein machte beinahe einen Satz zurück, als er verstanden hatte, was die Rezeptionistin damit meinte. Er, der noch nicht einmal in Deutschland jemanden gefragt hätte, ob er ihn mitnehmen könne, sollte sich hier, in einem fremden Land, dessen Sprache er nur andeutungsweise beherrschte, an die Straße stellen und zu wildfremden Leuten ins Auto steigen?

Die Rezeptionistin sah sein entsetztes Gesicht und versuchte ihn damit zu beruhigen, dass er einfach zu einer Tankstelle gehen müsse, um dort Leute anzusprechen, ob sie ihn mitnehmen könnten. Dabei wies sie mit dem Arm in Richtung Nordwesten. »No problem.« Das schien ihr bevorzugter Satz zu sein.

Herr Fliegenbein blickte sie zweifelnd an, buchte aber das Zimmer für eine weitere Nacht, da sie schließlich schon am Abend wieder zurück sein würden. Dann ging er verunsichert mit Arturo zurück in sein Zimmer und setzte sich dort zunächst einmal auf sein Bett, um über die ganze Angelegenheit nachzudenken. In der sicheren Umgebung des Raums kam ihm die Vorstellung, mit irgendeinem Fremden mitzufahren, schon gleich nicht mehr ganz so absurd vor wie unten an der Rezeption.

Was kann schon passieren, wenn ich an der Tankstelle jemanden anspreche, dachte er. Im schlimmsten Fall nehmen sie mich nicht mit. Er beschloss, das Vorhaben gleich anzupacken, bevor ihn der Mut wieder verließ.

»Lass uns gehen«, sagte er also zu Arturo, der ihn erstaunt anblickte, aber sofort aufsprang, da er jederzeit für eine Unternehmung bereit war.

Obwohl Herr Fliegenbein optimistisch gestimmt war, nun ganz sicher seine wundervolle Stille zu finden, setzte er vorsichtshalber seinen Gehörschutz auf. Er wusste ja nicht, welche Ohrenpein ihn auf dem Weg dorthin noch erwarten würde.

Sie verließen das Hotel und gingen am Hafen entlang in die Richtung, die die Rezeptionistin ihm gezeigt hatte. Noch immer überzog ein leichter Nieselregen die Bucht, sodass sie die Kapuzen ihrer für die Temperaturen in diesen Breiten zu warmen Winterjacken aufsetzten. Im Hintergrund der nicht sehr großen Stadt taten sich die schneebedeckten Berge der

Olympic Mountains auf, vor ihnen lag der Hafen, an dem gerade eine große Fähre aus Kanada anlegte.

Bald gelangten sie an die beschriebene Tankstelle eines weltweit agierenden Mineralölunternehmens, dessen Schriftzug in Herrn Fliegenbein sofort leichte Heimatgefühle weckte.

Er platzierte Arturo auf einer Bank und wartete darauf, dass Kunden an die Tankstelle kommen würden. Doch zunächst einmal geschah gar nichts.

Nach etwa zehn Minuten, in denen Herr Fliegenbein mehrmals den Abbruch der ganzen Maßnahme beschlossen und wieder verworfen hatte, näherte sich endlich eine Limousine, hielt an einer Zapfsäule und ein Mann stieg aus.

Herr Fliegenbein sah gleich, dass mit diesem nicht gut Kirschen essen war, denn seine schlechte Laune hatte sich bereits in Form von tiefen Furchen entlang des Mundes in seine Gesichtszüge gegraben.

Daher beschloss er, abzuwarten, bis der Mann im Shop verschwunden war, und es lieber mit der Frau zu versuchen, die auf dem Beifahrersitz saß und sicherlich viel netter war. Als er sich dem Fahrzeug näherte, die Ohrenschützer etwas zur Seite schob und die Frau unwirsch die Scheibe herunterließ und ihn verächtlich musterte, erkannte er jedoch gleich, dass er mit seiner Annahme falschlag.

»Hoh Rain Forest?«, fragte er schüchtern und fügte »Hitchhike« hinzu, falls die Frau nicht verstehen sollte, worum es ihm ging.

»Get a job!«, knurrte die Frau und machte durch ein übereiltes Emporfahren ihrer Scheibe deutlich, dass sie ihn lieber nicht so gern mitnehmen wollte.

Herr Fliegenbein dankte höflich und machte sich schnell davon. Der Mann kam wieder aus dem Shop, drohte ihm mit der Faust, tankte den Wagen voll, stieg ein und fuhr davon.

Herr Fliegenbein wunderte sich über die Tatsache, dass man hier offenbar zuerst bezahlen musste und dann erst tanken konnte, und ging zu der Bank zurück.

»Warum wollte die Frau uns nicht mitnehmen?«, fragte Arturo enttäuscht.

»Nun, ich glaube, sie wollten lieber alleine fahren. Ich versuche es beim nächsten Autofahrer«, tröstete Herr Fliegenbein ihn. »Der nimmt uns ganz bestimmt mit.«

Doch er täuschte sich. In der kommenden halben Stunde fuhren sieben Autos an die Haltestelle und siebenmal erhielt er von jungen, alten oder mittelalten Frauen und Männern eine mehr oder weniger freundliche Abfuhr. Zweimal steckte ihm jemand Geld zu, einmal eine Dose Cola, einmal ein Sandwich. Herr Fliegenbein war jedes Mal zu bestürzt, um es abzulehnen, sodass Arturo in den Genuss von Cola und etwas Essbarem kam, was er sehr gern annahm.

Doch es war inzwischen später Vormittag geworden, und sie kamen einfach nicht vom Fleck.

»Jetzt versuche ich es noch ein Mal, und wenn es dann nicht klappt, hole ich doch einen Mietwagen«, teilte Herr Fliegenbein Arturo mit, der das Sandwich kaute und dabei zweifelnd nickte. Offensichtlich war sein Vertrauen in die fahrerischen Fähigkeiten seines Begleiters eher gering. Bei dem Gedanken, einen Wagen durch den amerikanischen Verkehr zu steuern, wurde allerdings auch Herr Fliegenbein angst und bange.

Nach fünf weiteren zähen Minuten des Wartens bog ein verbeulter Pick-up zur Tankstelle ab und stoppte an einer der Zapfsäulen. Da es die letzte Chance war, nicht selbst fahren zu müssen, sprang Herr Fliegenbein sofort auf und rannte regelrecht auf das Auto zu. Der Pick-up hatte eine vom Regen verwaschene, mattblaue Farbe, durch die an manchen Stellen der Rost hindurchschimmerte, und war daher nicht unbedingt eine Top-Mitfahrgelegenheit.

Ein Mann mit dunklem Teint und langem blauschwarzen Haar, das von grauen Fäden durchsetzt war, entstieg dem Wagen und sah ihn müde an.

»Hitchhike to Hoh Rain Forest?«, stieß Herr Fliegenbein hervor, als ob es um sein Leben ginge.

Der Mann ging wortlos an ihm vorbei zur Zapfsäule und nahm den Schlauch mit der Zapfpistole aus der Halterung. Anscheinend kann man doch auch zuerst tanken und danach zahlen, dachte Herr Fliegenbein verwundert. Dann drehte der Mann sich um und quetschte zwischen geschlossenen Zahnreihen ein kaum hörbares »Yeah« hervor.

Herr Fliegenbein glaubte, sich verhört zu haben. »Really? I mean, do you say yes?«

»Yeah«, wiederholte der Mann sichtlich genervt.

»Child, too?«, fragte Herr Fliegenbein aufgeregt und wies auf Arturo, der auf der Bank fröhlich vor sich hin schmatzte.

Der Mann sah kurz zu Arturo, steckte dann den Tankschlauch wieder zurück in die Halterung, nahm eine Kreditkarte aus seinem zerfledderten Portemonnaie und schob sie in einen Schlitz an der Tanksäule, wobei er seinen Blick in eine Ferne richtete, die an dieser Stelle gar nicht vorhanden war, da hohe Häuser ringsum die Sicht behinderten. Herrn Fliegenbein schien er an dieser Stelle der Unterhaltung bereits wieder vergessen zu haben.

Als der Mann seine Kreditkarte anschließend ohne ein Wort wieder ins Portemonnaie zurückstopfte und sich in Richtung Fahrertür bewegte, bekam Herr Fliegenbein es mit der Angst zu tun.

»What is now? Can we mitfahren?«, forderte er fast unfreundlich.

Der Mann blieb stehen und sah ihn aus sehr dunklen, etwas gelbstichigen Augen überrascht an, und Herr Fliegenbein fragte sich einen kurzen Moment, ob es vielleicht doch keine so gute Idee war, mit ihm mitzufahren, da antwortete der Fahrer mit einem Seitennicken zum Auto hin: »Get in!«

Herr Fliegenbein holte Arturo hastig herbei, half dem Jungen beim Einsteigen und kletterte schließlich selbst in den Pick-up. Der Mann war unterdessen ebenfalls auf seinen Sitz gesprungen, wobei der alte Truck bedenklich ächzte, startete sogleich den Motor und drückte kräftig aufs Gas, sodass der Wagen abrupt aus der Einfahrt schoss. Arturo und Herr Fliegenbein wurden in die zerschlissenen Polster gedrückt. Das Kind lachte vergnügt. Herr Fliegenbein suchte seinerseits panisch nach einem Haltegriff und fand keinen.

Der Mann fädelte sich in den Verkehr von Port Angeles ein und blickte weiter stur nach vorn. Fast schien es ein wenig so, als ob er schlafen würde. Herr Fliegenbein hoffte, dass er wusste, wohin sie wollten.

»Hoh Rain Forest Visitor Center«, vervollkommnete er seine Ortsangabe vorsichtshalber noch einmal.

Ihr Fahrer linste aus schmalen Augenschlitzen zu ihm hinüber und sagte: »Sure, man.«

Der Mann ist ja fast noch wortkarger als die Finnen, dachte Herr Fliegenbein. Einigermaßen erleichtert lehnte er sich zurück und ließ Häuser, Straßen und Autos an sich vorbeiziehen. Eine Feder aus dem Autositz bohrte sich in seinen Rücken. Arturo sah hingegen so gebannt aus dem Fenster, als ob er sich jeden Stein und jeden Grashalm genau einprägen wollte.

Bald ließen sie den Ort hinter sich und gelangten zu einer Küstenstraße, die sie an Felsen, Wäldern und eindrucksvollen Ausblicken auf den Pazifik vorbei in Richtung des Regenwaldes führte. Der Regen war nun etwas stärker geworden und prasselte sachte auf die Scheiben, die im Inneren von ihrem Atem beschlagen wurden. Arturo malte kleine dreibeinige Hunde in den Dunst.

Die Schweigsamkeit des Mannes verleitete Herrn Fliegenbein entgegen seiner Gewohnheit dazu, ihn näher kennenlernen zu wollen.

»Mr. Fliegenbein and Arturo«, stellte er sich vor.

»Theodore«, antwortete der Fahrer gewohnt knapp.

Herr Fliegenbein nickte erfreut und sah sich um. Auf der Ladefläche des Transporters, deren Fracht er bis dahin nicht weiter beachtet hatte, erblickte er ein Holzboot.

»Ein Kanu!«, sagte er überrascht.

Der Mann sah kurz zu ihm, lachte und präsentierte dabei eine Reihe gelblich verfärbter Zähne. »Yeah, canoe!«

»You made it?«, wollte Herr Fliegenbein wissen.

»Of course, man!«, antwortete Theodore, wobei er die Hälfte der Buchstaben verschluckte. Er erklärte, dass sein Großvater, einer der letzten Kanumacher, ihm diese Fertigkeiten beigebracht hatte.

Herr Fliegenbein übersetzte die Worte, die Theodore mit einem gewissen Stolz in der Stimme vorgetragen hatte, für Arturo.

»Bist du ein Indianer? Ein echter Indianer?«, wollte der Junge sogleich wissen.

Das war Herrn Fliegenbein etwas peinlich, denn sicher sagte man heute nicht mehr Indianer, sondern indigene Völker oder etwas anderes politisch Korrektes dieser Art. Prompt legte sich wieder ein undurchdringlicher Ausdruck auf das Gesicht des Mannes.

Und jetzt verstand Herr Fliegenbein: Die blauschwarzen Haare, der dunkle, wettergegerbte Teint, das unerschrockene Gesicht mit den breiten Wangenknochen: Sie hatten es hier ganz offensichtlich mit einem der wenigen Abkömmlinge des Stammes der Hoh zu tun, die hier einmal gelebt hatten und nun in einem Reservat an der Mündung des Hoh River ansässig waren. Dies hatte er einer Infobroschüre auf dem Nachttisch im Hotelzimmer entnommen.

Ehrfürchtig schielte er zur Seite, sah das kühne Profil des Ureinwohners und bedeutete Arturo, still zu sein. Sicherlich ist er nicht sehr gut auf die Weißen zu sprechen, dachte er, schließlich haben sie sein Volk ermordet, vertrieben, zu Alkoholikern gemacht und ihrer Stammesgebiete beraubt. Umso großzügiger war es, dass er sie dennoch in seinem Wagen mitnahm.

»Ihr Kanu ist sehr schön, very beautiful«, sagte er, als ob er mit seinem Lob etwas von der unrühmlichen Vergangenheit wiedergutmachen könnte. Theodore antwortete nicht, blickte aber nicht mehr ganz so undurchdringlich drein.

»I'm looking for the quiet«, ergänzte er daher, um das Vertrauen des Mannes zu gewinnen und zu zeigen, dass er kein roher Eindringling war, sondern einzig und allein hier war, um seine Ruhe zu finden.

Zunächst antwortete der Mann nicht, sondern blickte weiterhin stur auf die Straße. Dann drehte er seinen Kopf ein klein wenig zu ihm hin, öffnete seine Augenschlitze und sagte: »Yeah, silence is good, man. It's like music.«

Herr Fliegenbein hielt den Atem an, denn diese kostbaren Worte kamen fast einer Verbrüderung gleich. Einer Verbrüderung unter zwei menschenscheuen und somit im Geiste verbundenen Artgenossen. Hochzufrieden über ihr, wie er fand, gelungenes Gespräch und seinen Beitrag zur internationalen Völkerverständigung, nickte er ergriffen, lehnte sich erneut zurück in die harten Polster und genoss schweigend den Blick in die fantastische Landschaft.

Nach weiteren anderthalb Stunden zügiger Fahrt, in denen kein einziges Wort mehr gewechselt wurde, was Herr Fliegenbein als gutes Omen für seinen Ort der Stille im Hoh Rain Forest interpretierte, hielt der Mann am Visitor Center an und ließ sie aussteigen.

Dann streckte er den Kopf aus dem Seitenfenster, zeigte nach hinten auf das Kanu und fragte: »You like?«

Herr Fliegenbein, immer noch ganz beseelt von der seelenvollen Verbindung zwischen zwei scheuen Wesen, glaubte, der Angehörige des Hoh-Stammes würde noch einmal nach einem Lob angeln wollen, und nickte daher bekräftigend. »Yes, very good! Wonderful boat!«

Erfreut sprang Theodore aus dem Auto, ging nach hinten zur Ladefläche, löste die Befestigungen des Kanus, drückte sie ihm in die Hand, lud das Kanu ab und stellte es neben Herrn Fliegenbein und Arturo ab.

»Three hundred Dollar«, sagte er. »For you, my friend, two hundred fifty.« Herr Fliegenbein begriff, dass sich hier gerade ein beträchtliches Missverständnis auftat, da Theodore offenbar glaubte, er wolle das Boot kaufen. Doch er wusste nicht, was »Irrtum« auf Englisch hieß und wollte den Mann, der sicher schon viel in seinem Leben hatte durchmachen müssen, nicht noch zusätzlich brüskieren.

Also nahm er umständlichh sein Portemonnaie heraus und übergab ihm alle Dollarnoten, die er vor dem Abflug am Flughafen in Seattle eingetauscht hatte.

»More I don't have«, sagte er entschuldigend.

Der Angehörige der Hoh-Ureinwohner blickte prüfend auf das Geldbündel in seiner Hand, sagte »No problem. Thank you«, tippte an seine Stirn und wollte sich verabschieden.

»Where you go now?«, sagte Herr Fliegenbein schnell, um die Peinlichkeit des Moments vor sich selbst nicht allzu groß werden zu lassen.

»Back«, antwortete Theodore. »Back to the Reservation.«

»Is it quiet there?«, fragte Herr Fliegenbein mit einem leicht aufkeimenden Neidgefühl.

Der Hoh-Ureinwohner schüttelte den Kopf. »Too many ghosts, man.«

Dann warf er einen letzten Blick auf das Kanu, lächelte geheimnisvoll, ging zum Auto, kletterte hinein und fuhr los.

Arturo und Herr Fliegenbein sahen dem klapprigen Wagen hinterher, wie er sich unmissverständlich entfernte. Nur eines der beiden Rücklichter funktionierte.

In diesem Moment wurde Herr Fliegenbein bewusst, dass er gerade ein Kanu erworben hatte und nun damit durch die USA reisen musste.

»Halt!«, rief er Theodore mit wedelnden Armen hinterher. »I can't take it, man.«

Doch der letzte Stammesangehörige der Hoh mit dem blauschwarzen Pferdeschwanz konnte sie schon längst nicht mehr hören.

Verwunschene Welten

Herr Fliegenbein blieb noch eine Weile wie angewurzelt stehen und sah dem Phantom eines Wagens hinterher, das an dieser Stelle einmal zu sehen gewesen war. Er hoffte innerlich noch ein wenig, dass der Mann bloß einen Scherz gemacht hatte und bald zurückkehren würde. Doch als dieser nach einer Viertelstunde immer noch nicht wieder aufgetaucht war, begriff er endlich, dass er nun unfreiwilliger Besitzer eines Kanus geworden war. Das Boot stand unpassenderweise am Straßenrand, und Herr Fliegenbein ärgerte sich, dass er dessen Kauf nicht vehementer abgelehnt hatte.

»So, jetzt haben wir ein Boot!«, versuchte er gegenüber dem Jungen Optimismus zu verbreiten.

»Toll! Aber was machen wir damit?«, stellte der Junge die naheliegendste aller Fragen.

Herr Fliegenbein drehte sich um und sah auf ein einfaches, aber großes Holzhaus, über dessen Eingangstür in ein Schild geschnitzt *Hoh Rain Forest Visitor Center* stand.

»Mitnehmen«, antwortete er und schulterte das nicht gerade leichte Kanu, in dessen Innerem er noch ein befestigtes Paddel entdeckte. »Manchmal muss man die Dinge eben so nehmen, wie sie kommen.« Er war ein wenig stolz, dass er die Sachlage dem Kind gegenüber so gelassen erklären konnte.

Schwer beladen und doch leichten Gemüts bewegte er sich alsdann auf das Besucherzentrum zu. Vor der Eingangstür stellte er das Boot schwer atmend ab, nahm Arturo bei der Hand und sie betraten zusammen das schlichte Holzhaus.

Die erste Enttäuschung war, dass das Hoh Visitor Center voller Touristen aus der ganzen Welt war, die lebhaft in verschiedenen Sprachen durcheinanderschnatterten. Was habe ich geglaubt, dachte Herr Fliegenbein ernüchtert, während er sich betreten die Ohrenschützer halb aufsetzte, etwa, dass wir hier die einzigen Menschen weit und breit sind? Dass es hier außer uns keine anderen Ruhesuchenden gibt?

Aber suchten diese Menschen überhaupt die Stille? Oder jagten sie vielmehr einer Attraktion nach der anderen hinterher, um nach ihrem Urlaub stolz ihre Fotos vorzeigen zu können? Den größten Wasserfall, die gefährlichste Schlucht oder in diesem Fall: den grünsten, tiefsten und stillsten aller Wälder?

Herr Fliegenbein platzierte Arturo auf einer Bank, schärfte ihm ein, unbedingt dort sitzen zu bleiben, und drängelte sich zur Infotheke vor. Dort spulte eine an sich freundliche Dame zunächst mit einer schnarrenden Stimme herunter, was für ein fantastisches Naturschutzprojekt der Hoh Rain Forest sei, und erklärte ihm dann den Weg zum One Square Inch of Silence, das gut drei Kilometer vom Besucherzentrum entfernt am Hoh River Trail gelegen wäre.

Der Weg vom Besucherzentrum bis zum Gelände würde von unzähligen alten Bäumen und Farnen gesäumt werden, der ganze Olympic-Nationalpark sei schließlich eines der ursprünglichsten Ökosysteme in den Vereinigten Staaten mit über tausendzweihundert Pflanzenarten, daher ein ausgewiesenes Biosphärenreservat und Weltkulturerbe noch dazu und …

Herr Fliegenbein verstand aufgrund der Sprachbarriere und seiner halb aufgesetzten Ohrenschützer nur die Hälfte und bereute es, sich nicht ein Buch über den Hoh Rain Forest gekauft zu haben. Denn das war ja das Schöne an Büchern: Sie lärmten nicht.

»Okay, thank you«, stieß er hervor, um den peinigenden Redefluss der Dame zu unterbrechen, und wollte sich schon verabschieden.

»Ten Dollar, please«, forderte die Frau da jedoch lächelnd.

Herr Fliegenbein fuhr der Schreck in die Glieder. Er hatte gerade sein ganzes Geld Theodore gegeben. Sollte sein Traum nun wirklich daran scheitern, dass er den Eintritt zum Nationalpark nicht bezahlen konnte? Er wühlte in seinem Portemonnaie, fand aber nur noch etwa vier Dollar in Münzen. Entsetzt sah er die Frau am Infoschalter an. »I must go there, please!«

»Why?«, fragte die Dame sehr ernsthaft.

Mit dieser Reaktion hatte Herr Fliegenbein nicht gerechnet.

»I'm ill. Hyperakusis«, lieferte er den plausibelsten und zugleich herzerweichendsten aller Gründe. »I need the quiet!«

Die Frau musterte ihn von oben bis unten, beschloss wohl, dass er ein bedauernswerter Charakter war, und reichte seufzend zwei Eintrittskarten hinüber.

»Thank you, thank you very much«, stammelte Herr Fliegenbein beschämt.

Doch die Frau legte schnell einen Finger auf ihren Mund und bedeutete ihm, kein großes Aufheben davon zu machen.

Herr Fliegenbein verstand und entfernte sich unter mehrfachen Verbeugungen rückwärts von der Infotheke. Natürlich fiel er dadurch erst recht auf.

An einem kleinen Automaten kaufte er für sein letztes Geld einen Kaffee, einen Kakao und zwei Schokoriegel und ging damit zu Arturo zurück. Nachdem sich die beiden damit ein wenig gestärkt hatten, machten sie sich auf den Weg zum stillsten Ort der Vereinigten Staaten. Das Kanu ließen sie der Einfachheit halber an der Hütte zurück und versteckten ihre Tüten und die Stehlampe darin. Ein wenig hoffte Herr Fliegenbein dabei auch, dass das Boot inzwischen gestohlen werden würde, natürlich ohne dessen Inhalt mitzunehmen. Die Ohrenschützer nahm er vorsichtshalber mit und legte sie sich um den Hals.

Es regnete jetzt noch mehr, nur die Bäume hielten einen Teil des Wassers von ihren Leibern ab. Doch die Kleidung, die sie in Kuusamo erworben hatten, erwies sich nun für einen Regenwald endgültig als ungeeignet: Sie war viel zu warm und zu schwer und da sie nicht vollkommen wasserdicht war, sog sie sich auch noch voll wie ein Schwamm und wurde dadurch immer noch schwerer.

Doch je weiter sie auf dem Hoh River Trail vorankamen, desto mehr nahm die Magie des Ortes sie gefangen und tröstete sie über diesen Missstand hinweg. Sie betraten eine verwunschene Zauberwelt, in der Moose und Farne von nahezu allem Besitz ergriffen hatten, was in diesem Wald wuchs. Bäume, Wurzeln, Steine und Wege waren überwuchert und mit einem floralen Pelz aus grünen Flechten überzogen, sodass alles in der gleichen Farbe schimmerte. Sogar die Luft schien an manchen Stellen grün zu flirren.

Der üppige Wald bestand aus bis zu hundert Meter hohen, moos- und luftpflanzenbehangenen Lebensbäumen, Hemlock- und Douglastannen, majestätischen Sitka-Fichten und Ahornbäumen mit sehr großen Blättern. Alles schien hier höher, größer und grüner zu sein als anderswo, als ob sie in die monochrome Welt eines Volkes von farbenblinden Riesen eingetaucht wären. Der weich federnde, leicht modrig riechende Waldboden war dicht überwachsen von gewaltigen Farnen, Moosen, Pilzen und zahllosen anderen, kolossalen Pflanzen, sodass sie sich mehrfach mit den Händen den Weg frei bahnen mussten. Die anderen Touristen hatten sich wohl eher für einen der zahlreichen Rundwanderwege entschieden und schienen sich nicht so sehr für den stillsten Ort der Welt zu interessieren, was Herrn Fliegenbein aber nur recht war.

Der eigentümliche Regenwald nahm sie in seiner unwirklichen Schönheit mehr und mehr gefangen.

»Gibt es hier Elfen?«, wisperte Arturo ehrfurchtsvoll.

»Das ist nicht auszuschließen«, antwortete Herr Fliegenbein nicht minder ergriffen. Und ja, niemand wäre verwundert gewesen, wenn ihnen in diesem magischen Paradies eine Fee im grünen Mooskleid begegnet wäre, sie angelächelt und dann selbst in eines dieser farngrünen Wesen verwandelt hätte.

Stattdessen trafen sie auf ein paar Murmeltiere, die sich aber rasch entfernten, als sie sich näherten. Scheue Schneehasen huschten unter die Büsche, und sogar ein wilder Roosevelt-Hirsch ließ sich auf einer kleinen Lichtung blicken und starrte sie wachsam, aber gelassen an.

Je näher sie ihrem eigentlichen Ziel kamen, desto mehr wuchs die Spannung in Herrn Fliegenbein, ob er hier wirklich seine Erfüllung finden würde. Zudem fragte er sich, was danach mit ihm geschehen würde. Müsste sich nicht eine gewaltige Änderung seines Wesens vollziehen, wenn er endlich seine Stille gefunden hatte? Würde es so sein, als ob unvermittelt ein Schalter umgelegt worden war, oder würde die Veränderung allmählich vor sich gehen?

Und wie wäre dieser vollkommen andere Herr Fliegenbein? Zufrieden, in sich ruhend oder gar sorglos? Er wusste es selbst nicht.

Und während sie immer weiter in den Wald hineingingen und ganz in die Magie dieses rätselhaften Nationalparks eintauchten, waren sie bereits angekommen, ohne es gleich zu bemerken. Wie zufällig fiel Herrn Fliegenbeins Blick schließlich auf einen kleinen roten Stein, der neben einem verwachsenen Baumstamm im Moos lag und die genauen Koordinaten des Ortes angab: N 48.12885°, W 123.68234°, genau wie die Frau am Infoschalter es beschrieben hatte.

»Wir sind da«, teilte Herr Fliegenbein Arturo mit belegter Stimme mit und blieb stehen. Just in diesem Moment, wie von einer himmlischen Macht gelenkt, hörte es schlagartig auf zu regnen, ein Sonnenstrahl durchbrach die Baumkronen und leuchtete genau auf diesen übernatürlichen Ort.

Herr Fliegenbein hielt den Atem an. Wenn das kein Zeichen von ganz oben ist, dachte er so ergriffen, dass er sich an einem Baumstamm festhalten musste. Selbst Arturo spürte die Bedeutung dieses Augenblicks und war vollkommen ruhig.

Und dann lauschten die beiden einfach.

Tatsächlich drangen keine Autogeräusche, kein Geschrei und kein Flugzeuglärm in diese Oase der Ruhe. Absolut kein Laut, der von einem Menschen gemacht war, konnte man an diesem Fleckchen Erde hören.

Doch war es nicht still. Nicht im Geringsten. Genau genommen war es sogar ziemlich laut, da das normale Alltagsrauschen wegfiel und man daher die Klänge der Natur umso deutlicher wahrnahm.

Das Regenwasser tropfte lautstark von den Bäumen, ein Waldsänger tirilierte und wurde von einem weit entfernten Artgenossen begrüßt, Wanderfalken flogen über sie hinweg und stießen ein durchdringendes Ziepen aus, ein Zaunkönig sang ein Lied von der aufgehenden Sonne, Frösche und Kröten riefen, quakten und keckerten, und als ob all das nicht schon schlimm genug gewesen wäre, bearbeitete auch noch ein Specht auf der Suche nach wohlschmeckenden

Käfern einen Baumstamm in seinem nervtötenden Trommel-Stakkato.

All das war sicherlich nichts gegen ein voll besetztes Fußballstadion, eine sechsspurige Autobahn, eine belebte Großstadt an einem lauten Montagmorgen. Und doch war es Herrn Fliegenbein, der die vollkommene Stille erhofft hatte, gerade deshalb zu viel und somit unerträglich.

Zunächst fühlte er sich einfach nur betrogen. Doch dann dämmerte ihm, was hier nicht stimmte. Genauer gesagt, was mit ihm nicht stimmte. Er hatte nicht richtig hingehört. Oder nicht hinhören wollen in seinem verzweifelten Wunsch nach einem Ort, der ihm die unvergleichliche Stille schenken würde. Sein Freund Chuck hatte nämlich nicht gesagt, dass es an diesem Ort vollkommen ruhig war. Er hatte gesagt, dass man hier im *One Square Inch of Silence* inmitten des Olympic-Nationalparks keine *menschlichen* Geräusche hören würde. Und das stimmte auch.

Stattdessen hörte man jedoch ein überdimensioniertes animalisches Orchester. Und zwar deutlicher als an jedem anderen Ort der Welt.

»Ist das nicht wunderschön?«, hauchte neben ihm Arturo vollkommen verzückt.

Herr Fliegenbein sah verwundert zu ihm hinab. Arturo gab sich ganz diesem Augenblick hin und tat nichts weiter, als selbstvergessen den Geräuschen zu lauschen.

»Aber es ist doch so unerträglich laut«, stieß Herr Fliegenbein gequält hervor. »Von allen Seiten dieses Gequake und Gesinge und Gehacke!«

Arturo stutzte und sah ihn sehr nachdenklich aus

seinen dunklen Augen an. »Laut schon, aber schön laut.«

Doch genau diese Unterscheidung gab es für Herrn Fliegenbein nicht. Laut war laut, ganz gleich, ob es schön laut war oder nicht.

Enttäuscht wandte er sich ab, rammte sich die Ohrenschützer auf den Kopf und stolperte den Weg mehr zurück, als dass er ihn ging. Arturo folgte ihm nach kurzem Zögern und lief schweigend und betrübt hinter ihm her. Der schmale Pfad, den sie zuvor so leichtfüßig gegangen waren, schien nun tausend Fallstricke zu besitzen, die sich an ihnen festkrallten wie Ertrinkende. Hinzu kam, dass die nasse Kleidung jetzt sehr schwer geworden war und sie zusätzlich nach unten zog. Jeder Schritt in ihren klobigen, feuchten Stiefeln kam einer kolossalen Plackerei gleich. Sie bemerkten nicht mehr, wie außergewöhnlich und schön dieser Ort war, und sahen nicht einmal mehr den Roosevelt-Hirsch, der immer noch auf der gleichen Lichtung aaste und in einem erschrockenen Satz davonstob, als sie sich ihm so ungestüm näherten.

Nach einer halben Ewigkeit, so kam es ihnen vor, erreichten die beiden wieder das Besucherzentrum des *Hoh Rain Forest*, waren nun aber vollkommen erledigt. Dieser akustische Fehlschlag hatte jeglichen Lebensmut aus ihren Leibern gezogen. Herr Fliegenbein war zutiefst enttäuscht von diesem Ort, Arturo hingegen, und das spürte er, ohne dass es ausgesprochen wurde, von ihm.

Doch statt sich ihrer Frustration und Entkräftung hingeben zu können, musste Herr Fliegenbein sich nun darum kümmern, wie sie wieder zum Hotel in Port Angeles zurückkommen würden. Und zwar ohne einen einzigen Cent in der Tasche, dafür aber mit einem Kanu im Gepäck. Entgegen seiner Hoffnung stand dieses nämlich immer noch neben dem Besucherzentrum, und als Herr Fliegenbein es einfach stehen lassen und sich ohne das Boot davonschleichen wollte, wurde er von einem Aufseher an sein Eigentum erinnert und musste auch noch so tun, als ob er dafür unendlich dankbar wäre.

Doch das Schicksal hatte wenigstens das Einsehen, dass die Bürde, die er trug, für diesen Tag schwer genug war, und schickte ihnen als Erlösung unter den zahlreichen Mietwagenbesitzern, die Herr Fliegenbein widerwillig und mit halb aufgesetztem Ohrenschutz ansprach, schließlich ein Ehepaar aus der Schweiz mit einem riesigen Geländewagen, das sie bereitwillig nach Port Angeles mitnahm. Sie erlaubten Herrn Fliegenbein überdies, sein Kanu auf den Dachgepäckträger zu binden, und beglückwünschten ihn sogar zu seinem guten Fang.

Auf der Fahrt versuchte das freundliche Paar mehrfach, mit ihm in ihrem kehligen Schwyzerdütsch ein Gespräch anzufangen, stieß aber nur auf einsilbige Antworten aus Herrn Fliegenbeins Mund. So gaben sie es schließlich auf. Als er auch noch demonstrativ seine Ohrenschützer wieder auf beide Ohren setzte, beschränkten sie sich den Rest der Fahrt über auf gelegentliche Scherze mit dem Kind und missbilligende Blicke zu Herrn Fliegenbein, den sie wohl für einen sehr unhöflichen, wenn nicht gar unzivilisierten Sonderling hielten. Womit sie, zumindest an diesem Tag, nicht ganz unrecht hatten.

Herr Fliegenbein bemerkte davon nur wenig, denn er verbrachte die Fahrt in einer Art Wachkoma, einem Zustand, der jede Wahrnehmung außerhalb seines Körpers ausklammerte, dafür aber die Gedanken in seinem Kopf umso mehr kreisen ließ.

Warum habe ich nicht genauer hingehört, als Chuck mir von diesem Ort erzählt hat, fragte er sich. Stundenlang bin ich über den Ozean geflogen, um meine wundervolle Stille zu finden, und treffe dann auf ein lärmendes, verzerrtes Tierorchester.

Wo soll ich meine Stille bloß finden, wenn dieses Mekka der Misstöne schon als der stillste Ort der Welt angepriesen wird?

Er sah in wilder Verzweiflung aus dem Fenster.

Mittlerweile hatte es draußen wieder kräftig zu regnen begonnen, was ihm sehr recht war, da das Trommeln auf dem Autodach seinen Verdruss perfekt untermalte und auch durch die Ohrenschützer ein erträglicheres Geräusch war als der Lärm in seinem Kopf.

Zurück im Hotel stürmte Herr Fliegenbein nach einem kurz angebundenen Dank an ihre Fahrer und dem Abladen des Kanus im Hof des Hotelgebäudes sofort auf sein Zimmer, legte sich, wie er war, ins Bett und fiel augenblicklich in einen bleiernen Schlaf.

Als er nach geschlagenen fünf Stunden erwachte und für einen Moment überlegte, ob das Ganze nur ein wirrer Albtraum gewesen war, saß Arturo auf einem Sessel im Hotelzimmer und starrte ihn an.

»Was gaffst du mich denn so an?«, schimpfte Herr Fliegenbein.

Das war nicht gerade freundlich, beschrieb den

Sachverhalt aber sehr treffend. Denn Arturo blickte ihn tatsächlich so an, als ob Herr Fliegenbein ihm unheimlich geworden wäre und er in seinen Gesichtszügen verzweifelt nach Anzeichen von Normalität suchte.

Dort aber keine derartigen fand.

Ja, Herr Fliegenbein hatte sich aufgegeben. Und damit auch jegliche Kraft verloren, sich weiter um das Kind zu kümmern, was Arturo in einem Zustand der Einsamkeit und Verstörung zurückließ.

Giganten der Meere

Unruhige Tage und Wochen in Port Angeles zogen ins Land, in denen Herr Fliegenbein sich am Morgen mühsam von seinem Lager erhob, sogleich seine Ohrenschützer aufsetzte, die Stadt mehrfach ohne Sinn und Ziel durchschritt und am Abend wie benommen in die Kissen sank.

Regen und Meer schienen in dieser Stadt, im Spätwinter, zu einem einzigen feuchten Element zu verschmelzen und trugen zur fortschreitenden Trübsinnigkeit einen erheblichen Teil bei. Ihm war, als ob er beständig gegen seinen inneren Untergang ankämpfen musste. Am Ende versuchte er noch nicht einmal mehr das, sondern gab sich kampflos geschlagen.

Arturo machte alles klaglos, aber in banger Erwartung mit, solange sein Begleiter wenigstens kleine Anzeichen von Leben in sich trug. Ängstlich tippelte er neben ihm her und versuchte, bei den blindwütigen Märschen von Herrn Fliegenbein Schritt zu halten.

Abends saßen sie meist im hoteleigenen, lieblos

eingerichteten Restaurant mit abgenutzten Möbeln aus den späten Siebzigern, starrten durch ein regennasses Fenster auf die trübe Bucht und stocherten verdrossen in verkochten Fischgerichten herum.

Mal dachte Herr Fliegenbein, dass es das Beste wäre, zurück nach Deutschland zu fliegen. Doch dann fragte er sich wieder, wohin er dort gehen sollte. Sein Zuhause gab es nicht mehr.

Ein anderes Mal erwog er, seine Suche nach der Stille hier in den USA neu aufzunehmen, tat dies jedoch sogleich als sinnlos ab, da er bereits am angeblich stillsten Ort der Vereinigten Staaten gewesen war. Also verharrte er weiter in seiner Gleichgültigkeit und dachte bald noch nicht einmal mehr über ein mögliches Ziel nach.

Der kaum mehr zu erwartende Umschwung deutete sich an, als Herr Fliegenbein eines Morgens aus dem Fenster seines Zimmers in die Bucht blickte und einen Frachter beobachtete, der gerade in Richtung Kanada aus dem Hafen auslief, wobei er seltsamerweise ein leises Bedauern in sich verspürte.

Es war jedoch kein Fernweh, sondern zu seinem Erstaunen ein Gefühl des Verlusts, dass sie ihre Zeit an diesem Ort vergeudeten. Er sah zu Arturo, der still und blass auf seinem Bett kauerte und mit seinen Zehen spielte. Zum ersten Mal seit Tagen nahm er das Kind überhaupt wieder richtig wahr.

Dabei stieg unversehens ein Gedanke in ihm auf, der sich, einmal in der Welt, nicht mehr aus seinem Kopf verbannen ließ. Ich raube dem Kind all seine Lebensfreude, wenn er immer mit mir in diesem dunklen Zimmer sitzen muss. Er kommt langsam auf die Hunde.

Diese Erkenntnis war ein Schock. Noch nie hatte er darüber nachgedacht, dass seine eigene Verfassung sich derart auf andere Personen auswirken könnte. Wie egoistisch war er gewesen, nur an seine eigenen Probleme zu denken! Ich darf nicht zulassen, dass jemand unter meiner Unfähigkeit, mich dem Lärm der Welt zu stellen, zu leiden hat, dachte er betroffen.

Hyperakusis. Chuck hatte gesagt, es sei eine Krankheit. Doch der Junge konnte nichts dafür, dass etwas mit ihm nicht stimmte. Er wusste auf einmal, dass er etwas tun musste, um zu verhindern, dass dieses Kind unter seinem Einfluss verkümmerte.

»Weißt du was?«, rief er beinahe enthusiastisch, sodass der Junge vor Schreck zusammenzuckte. »Heute machen wir mal was Schönes.«

Der Satz fiel in ein Vakuum des Vertrauens und wurde von Arturo demzufolge als nicht besonders glaubwürdig aufgefasst. »Etwas Schönes? Wir?«

»Genau«, bekräftigte Herr Fliegenbein und versuchte, sich nicht anmerken zu lassen, dass ihn die ungläubige Reaktion des Kindes schockierte.

Arturo wagte noch immer nicht, sich zu freuen, und sah Herrn Fliegenbein mit einem soliden Misstrauen an. »Aber nichts mit Stillsein!« Dies äußerte er in einer derart kindlichen Strenge, dass er Herrn Fliegenbein damit sogar zum Lachen brachte. »Nein, versprochen, wir unternehmen nichts, was auch nur im Entferntesten etwas mit Stille zu tun hat.«

»Und auch nichts mit Bäumen und Wandern!«, forderte Arturo überdies.

Herr Fliegenbein wollte lieber keine falschen Zusagen machen und dachte daher kurz über die vorhandenen Gegebenheiten nach. Was konnte man hier an diesem Ort, der ganz auf den Olympic-Nationalpark ausgelegt war, tun, außer eben in diesen Nationalpark zu gehen?

»Ich habe eine Idee!«, rief er urplötzlich, selbst am meisten froh über seinen Einfall. »Wir könnten eine Whale-Watching-Tour machen. Wale beobachten.«

Bei ihren rastlosen Streifzügen am Hafen hatte Herr Fliegenbein beiläufig die Reklameschilder eines Unternehmens gesehen, das solche Touren anbot, dies aber keinesfalls als Möglichkeit für sich selbst in Betracht gezogen.

Auch Arturo schien dieser Vorschlag sehr weit davon entfernt zu sein, dass Herr Fliegenbein ihn wirklich in die Tat umsetzen würde, denn er musterte ihn argwöhnisch, jedoch mit einem leisen Funken von Hoffnung in den dunklen Augen.

Dies veranlasste Herrn Fliegenbein dazu, einen riesigen Sprung über seinen eigenen Schatten zu machen und ungewohnt aufzutrumpfen. »Doch, das tun wir! Jawohl! Wir sehen uns die Wale an, gleich nach dem Frühstück. Komm!«

Herr Fliegenbein hatte einmal gelesen, dass es schwermütigen Menschen bald besser ging, wenn sie sich jeden Morgen im Spiegel selbst anlächelten, obwohl ihnen gar nicht danach zumute war. Denn selbst ein unechtes Lächeln sendete Signale an das Gehirn, dass man in diesem Moment glücklich war.

Auch er fühlte sich spürbar ermutigt, nachdem er seine aufmunternden, nahezu enthusiastischen Sätze ausgesprochen hatte, und bekam auf einmal mächtig Appetit. Der Junge folgte seinem euphorisierten Begleiter bereitwillig in den Speisesaal des Restaurants, wo beide feststellten, dass das lieblos zubereitete Frühstück gleich viel besser schmeckte, wenn man einen Plan hatte.

Während er pappsüße Pancakes in sich hineinstopfte, malte Arturo sich laut plappernd aus, dass sie auf ihrer Schifffahrt Pinguine, riesige Wale und allerhand andere Meerestiere entdecken würden. Herr Fliegenbein bestätigte dies und hoffte inständig, dass der Junge nicht enttäuscht werden würde.

Nach dem Essen machten sie sich sofort auf in Richtung Hafen. Herr Fliegenbein betete innerlich, dass auf dem Schiff noch Plätze für diesen Morgen frei waren, denn er war sich nicht sicher, ob sein momentaner Übermut noch einen weiteren Tag lang anhalten würde.

Da es jedoch schon wieder etwas nieselte und sie sich außerhalb der eigentlichen Saison in Port Angeles aufhielten, hatten sie Glück und bekamen zwei Plätze auf dem Whale-Watching-Boot, das bald nach ihrem Einstieg den Hafen verließ.

Herr Fliegenbein und Arturo standen auf dem Oberdeck und genossen den Ausblick. Gegen das leise Nieseln hatten sie, wie auch die anderen Passagiere, die Kapuzen ihrer Jacken aufgesetzt. Nun erwies sich die polartaugliche Kleidung aus Finnland als Glücksgriff, da sie zumindest den feuchtkalten Wind abhielt.

Nach einer Weile gelangten sie an ein Felsenriff, auf dem eine Menge Seelöwen herumlungerten, die träge vor sich hin dösten. Der Kapitän erklärte von der Brücke aus, dass die schwarz-weißen Vögel mit den orangefarbenen Schnäbeln und Krallen, die beständig um das Riff herumsegelten und gelegentlich auf den Klippen zwischen den Seelöwen landeten, *puffins* – also Papageientaucher – waren.

Arturo bestaunte alle Tiere ausgiebig, während Herr Fliegenbein ihm mit einer gewissen Rührung dabei zusah und sich freute, dass er das Kind vorerst vor der Verkümmerung durch ihn selbst gerettet hatte.

»Wir fahren jetzt weiter in Richtung San Juan Island, wo wir mit viel Glück ein paar Orcas sehen können«, kündigte der Kapitän an und legte sogleich ein paar Meilen zu.

Jetzt erst, auf der offenen See, bemerkte Herr Fliegenbein, dass das Meer an diesem Tag ziemlich unruhig war. Die Wellen schlugen gegen den Bug des Bootes, wobei die Gischt zuweilen so hochspritzte, dass die Leute auf dem unteren Deck allesamt nass wurden.

Herr Fliegenbein klammerte sich an der Reling fest und versuchte, keine Übelkeit aufkommen zu lassen, was ihm aber nicht richtig gelingen wollte. Das kleine Boot schaukelte bedenklich in der offenen, pazifischen See. Ihren Mitreisenden schien es aber nicht viel besser zu gehen, da auch sie sich angestrengt festhielten und mit der Zeit etwas grün um die Nase herum wurden. Doch alle lächelten sich gegenseitig ermutigend zu, genährt von der Hoffnung, dass ihre augenblicklichen Unannehmlichkeiten schließlich belohnt werden würden.

Und tatsächlich: Plötzlich zeigte der Kapitän auf

eine Stelle im Wasser, an der sich unter der Oberfläche drei Orcas pfeilschnell vorwärtsbewegten. Alle Passagiere liefen auf die entsprechende Seite und beobachteten, wie die Tiere sich aus dem Wasser erhoben und trotz ihrer Masse mit einer ungeahnten Eleganz und Schnelligkeit durch die Luft schraubten, um sogleich wieder in den Ozean einzutauchen.

Herr Fliegenbein und Arturo waren erstaunt, mit welcher Leichtigkeit diese Kolosse sich in ihrem Element bewegten. Der Kapitän erklärte, dass die Tiere überdies sehr intelligent und kommunikativ seien und trotz ihres Gewichtes von zehn Tonnen zu den Delfinen gezählt würden. Außerdem seien sie sehr raffinierte Jäger, die ihre Beute bis zur Erschöpfung verfolgten. Ihr einziger natürlicher Feind wäre der Mensch, der sie vor allem mit der Verschmutzung der Meere bedrohe.

Argwöhnisch musterte Herr Fliegenbein nach diesen neuen Informationen die majestätischen Tiere. Er fragte sich, ob die Orcas das kleine Schiff und seine Mitfahrer womöglich ebenfalls als eine Art Beute ansahen und es deshalb flankierten.

Nach einer Weile wurde es den Walen jedoch offensichtlich zu langweilig mit den Menschen. Sie tauchten ab und verschwanden in den Tiefen des Meeres.

Die Ohrenschützer hatte Herr Fliegenbein an diesem Tag im Hotel gelassen, um Arturo zu beweisen, dass er es wirklich ernst meinte mit seinem Willen, sich zu bessern. Jedoch vergaß er vor lauter Faszination ohnehin, darauf zu achten, ob es gerade laut oder leise war.

Entlang der Juan-de-Fuca-Straße entdeckten die

Passagiere des Walbeobachtungsbootes schließlich noch eine Buckelwalkuh mit ihrem Jungen, das nahe bei seiner Mutter schwamm. Der Kapitän fuhr mit gedrosselter Kraft eine ganze Weile neben den Tieren her, und beide tauchten immer wieder mit fast spielerischer Freude auf und schienen das Boot sogar als ihresgleichen anzusehen und zu begleiten. Herr Fliegenbeins schlechtes Gewissen verstärkte sich deutlich, als er bemerkte, wie hingerissen Arturo diese Szene beobachtete, immer wieder mit dem Finger auf das Waljunge zeigte und dabei einfach glücklich aussah.

Um Mutter und Kind nicht allzu sehr zu stören, drehte der Kapitän nach einer Weile wieder ab und lenkte das Boot in Richtung Hafen. Auf der Rückfahrt gab es auf dem unteren Deck warme Getränke und Sandwiches und der auskunftsfreudige Kapitän hatte das Steuer an den Offizier übergeben und erzählte den Passagieren dort Weiterführendes zur Umgebung und zu den Meeresbewohnern.

Obwohl den meisten Gästen auf See etwas übel geworden war, alle durchgefroren waren und die Leute vom unteren Deck sogar nasse Kleidung am Leib trugen, herrschte angesichts der Begegnung mit den erhabenen Tieren eine andächtige Stimmung, die selbst Herrn Fliegenbein ergriffen hatte.

Welche allerdings abrupt zerstört wurde, als er wie aus dem Nichts einen massiven Schlag zwischen die Schulterblätter erhielt. Er stolperte, und der heiße Kaffee schwappte auf seine Schuhe. Herr Fliegenbein drehte sich erzürnt um und sah in das selbstgefällige Grinsen einer ihm leider recht bekannten Person.

»Fliegenbein! So ein Zufall! Was machen Sie denn hier? Ich dachte, Sie wären beim Eisfischen in Kuusamo!«

Herr Hemstein war offensichtlich auf dem unteren Deck gewesen, denn seine Hose und der leichte Parka waren vollkommen durchnässt. Wie bei allen unverwüstlichen Naturen konnte diese unangenehme Tatsache aber seine Laune keineswegs trüben.

Verwirrt sah Herr Fliegenbein ihn an. Sein Gehirn brauchte eine Weile, bis er wirklich verstand, dass dieser Mann aus dem Flugzeug tatsächlich hier mit an Bord war.

»Das ist ja ein Zufall«, stammelte er lahm. Sein ganzes schönes Einverständnis mit der Welt und ihren wundervollen Erscheinungen war nun auf einen Schlag dahin.

»Und, haben Sie Ihre Stille gefunden?«, dröhnte Herr Hemstein. »Öde genug ist es doch da oben in Finnland, was? Nicht auszuhalten!«

Herr Fliegenbein bückte sich zu seinen Schuhen hinunter und versuchte, die Kaffeeflecken mit einem Taschentuch zu beseitigen. Er hoffte, dass Herr Hemstein nebenbei bemerken würde, dass er kein Gespräch mit ihm wünschte und sich inzwischen davonmachte.

»Ganz nett hier, aber in Norwegen habe ich viel größere Orcas gesehen«, prahlte Herr Hemstein stattdessen. Das Walbeobachtungsboot war mittlerweile wieder in den Hafen eingelaufen und legte nun mit einem kleinen Stoß am Pier an. Herr Hemsteins massiger Körper geriet in Bewegung und prallte auf Herrn Fliegenbein, der sich noch immer in gebückter

Haltung befand und daher jäh nach vorn katapultiert wurde, wo er mit dem entspannt dastehenden Kapitän kollidierte, der seinerseits auf die Reling prallte.

»Oh, sorry!«, stammelte Herr Fliegenbein und wurde tiefrot.

»No problem«, antwortete der Kapitän, musterte ihn aber seltsam prüfend und erkundigte sich, ob mit ihm alles in Ordnung sei. Es klang nicht danach, als ob er damit nur den Zusammenprall meinte. Herr Fliegenbein nickte, entschuldigte sich noch einige Male und machte sich dann eilig davon.

In der ganzen Aufregung hatte er jedoch Arturo aus den Augen verloren. Suchend sah er sich unter den Passagieren um. Die Leute hatten sich mittlerweile vor dem Ausgang eingereiht, um an der Anlegestelle allmählich das Boot zu verlassen. Dort stand inzwischen der Kapitän und verabschiedete sich persönlich von jedem einzelnen Passagier mit einem freundlichen Kopfnicken.

Mit einem Mal entdeckte Herr Fliegenbein, dass Arturo gerade zusammen mit Herrn Hemstein das Schiff verließ. Ein mächtiger Schreck fuhr ihm in die Glieder. Er wollte den beiden sofort nachlaufen, doch es gelang ihm nicht, sich durch die Meute hindurch zum Ausgang zu schlängeln. Was fiel diesem aufgeblasenen Kerl ein, den Jungen einfach mitzunehmen, ohne ihn um Erlaubnis zu fragen?

Eine ungeahnte Wut über diesen Akt der Unverfrorenheit stieg in ihm auf. Er wollte nicht mehr, dass andere Leute über ihn hinweg entschieden! Das hatte er in seinem vorigen Leben lange genug erduldet. Blindwütig kämpfte er sich durch die Menge, schob die Wartenden beiseite, was ihm einigen Unmut einbrachte, der ihm aber ausnahmsweise egal war, schleuste sich am erstaunten Kapitän ohne Gruß vorbei und hetzte über den Steg nach draußen.

Dort stand der hünenhafte Herr Hemstein in aller Seelenruhe, scherzte mit dem Jungen und machte sich keineswegs Gedanken, dass er Arturo gerade suchte. Wütend holte Herr Fliegenbein aus und schlug Herrn Hemstein mit der geballten Faust auf seine massige Brust.

Doch was kümmerte es einen Elefanten, wenn die Maus ihn leicht touchierte? Eine kleine Irritation, nichts weiter. Herr Hemstein sah ihn nur verdutzt an und lachte, als er seine aufgebrachte Miene sah. »Fliegenbein! Sie haben ja richtig Temperament! Das hätte ich Ihnen gar nicht zugetraut.«

Herr Fliegenbein wunderte sich selbst darüber, warum er auf einmal diese Entschlossenheit besaß, woher die Kraft kam, sich gegen Menschen zu wehren, die rücksichtslos über seinen Willen hinweggingen, als ob seine eigene Meinung nichts wert wäre.

Tatsächlich passierte ein Wunder. Herr Hemstein begriff endlich den Ernst der Lage, erkannte, dass er diesen aufgebrachten Mann nicht weiter reizen durfte, hörte sofort auf zu lachen und rief: »Wisst ihr was? Ich lade euch ein. Ich kenne ein Lokal hier in Port Angeles, da gibt es die besten Burger weit und breit!«

Das kam, gemessen an den Möglichkeiten eines derart von sich eingenommenen Wichtigtuers, durchaus einer Entschuldigung gleich. Herr Fliegenbein ließ seine Faust sinken und nickte erleichtert. Der

Schlag hatte etwas Befreiendes gehabt. Sein ganzes Leben lang hatte er seine Wut im Zaum gehalten, unterdrückt, geschluckt und geschwiegen, wenn ihm etwas gegen den Strich gegangen war. Doch nun hatte er sich endlich gewehrt und wurde prompt ernst genommen. Und das war, wie er mit klammheimlicher Freude feststellte, ein richtig gutes Gefühl.

Die Stille des Alls

Herr Hemstein hatte nicht zu viel versprochen: In dem Pub, in den er Herrn Fliegenbein und Arturo geführt hatte, gab es tatsächlich schmackhafte Burger, die so gigantisch waren, dass Arturo seinen kaum mit einem Bissen bewältigen konnte, auch wenn er den Mund aufsperrte wie ein hungriges Vögelchen. Der Pub war eng, voll und laut und demnach überhaupt kein Ort nach Herrn Fliegenbeins Geschmack. Ein wenig bereute er es nun, dass er seine Ohrenschützer bewusst im Hotel zurückgelassen hatte. Dennoch verspürte er eine seltsame Aufgehobenheit, die sicherlich dem kathartischen Effekt durch den Schlag zu verdanken war.

»Also, nun mal raus mit der Sprache: Wie seid ihr hier gelandet?«, forderte Herr Hemstein kauend. Etwas Barbecuesoße lief an seinem rechten Mundwinkel herab, die er mit einem entschiedenen Wischen seines Zeigefingers entfernte. Mit der gleichen energischen Bewegung, da war Herr Fliegenbein sich sicher, räumte er wohl auch jegliche Hindernisse in seinem Leben beiseite.

Herr Fliegenbein berichtete, wie sie mit Chuck in Seattle gelandet, von dort aus nach Port Angeles weitergeflogen und schließlich mit einem echten Abkömmling der Hoh-Ureinwohner mitgefahren waren, um den angeblich stillsten Ort der Vereinigten Staaten im Olympic-Nationalpark zu besuchen. Wie vergeblich diese Reise gewesen war, verschwieg er vorerst lieber, um vor diesem eingebildeten Kerl nicht als kompletter Versager dazustehen.

»Und was hat Sie hierhergeführt?«, wollte Herr Fliegenbein dann wissen.

Herr Hemstein hatte seinen Burger bereits komplett verschlungen und lehnte sich gesättigt zurück.

»Ich arbeite in Deutschland für einen Zulieferer der Raumfahrtindustrie, die in Seattle eine ganz große Nummer ist! Und da bin ich nach dem Skiurlaub in Finnland direkt dorthin gejettet. Jetzt habe ich zwei Tage Pause, bevor es weitergeht zum Konkurrenten nach Cape Canaveral. Big Business!« Herr Hemstein lachte selbstzufrieden, was in Herrn Fliegenbeins klammem Herzen einmal mehr ein Gefühl der Unterlegenheit hervorrief.

»Und da dachte ich: Nutze den Tag und geh noch mal wandern im Olympic-Nationalpark. Aber bei dem Mistwetter bin ich dann doch lieber aufs Boot gestiegen, statt durch die Pampa zu waten. Und wen treffe ich da? Den guten alten Fliegenbein!«, dröhnte Herr Hemstein und holte erneut mit seiner Pranke aus, um Herrn Fliegenbein zwischen die Schulterblätter zu schlagen. Herr Fliegenbein konnte sich gerade noch erfolgreich darunter hinwegducken, sodass der Schlag ins Leere ging.

»Und hat es sich gelohnt?«, erkundigte sich Herr Hemstein.

»Was?«, fragte Herr Fliegenbein verwirrt.

»Na, dieser stille Ort da im Nationalpark. Kann der was?«

Herr Fliegenbein sah zu Arturo, der sein Kauen unterbrochen hatte und ihn aufmerksam ansah. »Zugegeben, es ist auf eine moosig-verwunschene Art schön dort«, antwortete er zögernd, »aber still ist es leider nicht. Frei von menschlichen Geräuschen vielleicht, doch die Natur erzeugt Geräusche, die diese zweifellos übertreffen.«

Herr Hemstein lachte, nahm einen Zahnstocher aus einem Gefäß und pulte sich damit unmissverständlich zwischen den Zähnen herum.

»Und was habt ihr jetzt vor, Jungs? Weitersuchen? Aufgeben ist nicht drin, oder?«

Herr Fliegenbein zuckte mit den Schultern, und Arturo warf einen verletzlichen Blick zu Herrn Hemstein, der begriff, dass es sich um ein äußerst heikles Thema zwischen den beiden handelte.

»Es ist eine Krankheit«, erklärte Herr Fliegenbein. »Hyperakusis. Ich vertrage keine Geräusche.«

»Hm«, überlegte Herr Hemstein. »Da muss man doch was machen können. Es gibt für alles eine Lösung!«

»Es ist überall auf der Welt laut«, sagte Herr Fliegenbein resigniert.

»Im All ist es absolut still«, wandte Herr Hemstein ein.

Eine leichte Empörung kroch in Herrn Fliegenbein hoch, die jedoch allemal besser war als die Resignation. »Sollen wir jetzt also auf den Mond fliegen?«

Arturo formte mit der Hand ein Raumfahrzeug, das er zur Decke aufsteigen ließ. »Oh ja, mit einer Rakete.«

»Das dürfte, wenn Sie mich fragen, Ihre finanziellen Möglichkeiten bei Weitem übersteigen.« Herr Hemstein lachte und kniff die Augen zu listigen Schlitzen zusammen. »Aber es gibt eine andere Möglichkeit.«

Misstrauisch, aber zugleich auch neugierig beugte sich Herr Fliegenbein vor. Sollte es möglich sein, dass ausgerechnet dieser ungehobelte Zeitgenosse ihm zu seinem unvergleichlichen Ort der Stille verhelfen würde?

Doch nun ließ Herr Hemstein sich alle Zeit der Welt. Zunächst einmal bestellte er bei der Bedienung zwei Kaffees, wartete deren Lieferung ab, rührte großzügig Zucker in das Getränk und nahm dann einen so tiefen Schluck, als ob es ein lebenswichtiges Elixier wäre. Herr Fliegenbein hätte lieber einen Tee gehabt, wagte es aber nicht, zu widersprechen, um Herrn Hemstein nicht zu verstimmen, und goss daher die gesamte Milch in seinen Kaffee, damit das bittere Getränk wenigstens verdünnt wurde.

»Ich habe mich mal mit einem Konstrukteur der NASA unterhalten«, begann Herr Hemstein endlich. »Er hat mir von einem Raum erzählt, in dem die Astronauten sich auf ihren Aufenthalt im All vorbereiten.«

»Und was für ein Raum ist das?«, fragte Herr Fliegenbein mit belegter Stimme.

Herr Hemstein nahm noch einmal in aller Ruhe einen großen Schluck seines Kaffees. »Er ist absolut schalltot«, antwortete er dann triumphierend. »Darin hört man wirklich keinerlei Geräusche!«

»Überhaupt keine?«, wiederholte Herr Fliegenbein ungläubig. »Auch nicht von Tieren?«

»Überhaupt keine Geräusche«, bestätigte Herr Hemstein zufrieden. »Zu 99,99 Prozent.«

Herr Fliegenbein atmete sehr tief ein und ließ die Luft dann langsam wieder aus sich herausfließen. Die Entspannungstrainerin bei der Arbeit wäre in diesem Moment sehr stolz auf ihn gewesen. Er konnte kaum glauben, dass er an diesem Ort saß, eine sinnlose Suche im hohen Norden und im Urwald hinter sich gebracht hatte und es im Grunde so einfach gewesen wäre, seinen ehrwürdigen Ort zu finden. Hätte er im Flugzeug einfach ein wenig mehr mit Herrn Hemstein gesprochen, der sich im Nachhinein als gar nicht so übler Charakter herausstellte. Aber es war noch nicht zu spät!

»Wie kann ich schnell zu diesem Raum gelangen?«, fragte er ängstlich, denn er fürchtete, dass Herr Hemstein den Kopf schütteln und antworten würde: Oh, dieser Ort ist ausschließlich für wissenschaftliche Zwecke bestimmt, da kommen Normalsterbliche wie Sie und ich überhaupt nicht rein.

Doch Herr Hemstein sah ihn verschmitzt an, zückte sein Mobiltelefon und sagte: »Lassen Sie mich mal machen.«

Herr Fliegenbein sah ihm dabei zu, wie er eine Nummer wählte und ein für ihn zum großen Teil unverständlicher Redeschwall auf die Person am anderen Ende niederging, der die Worte *urgent* und *emergency* enthielt. Nach dem Gespräch legte Herr Hemstein sein Mobiltelefon wieder auf den Tisch und sagte: »Er ruft zurück!«

Bange Minuten vergingen. Die meisten Gäste hatten in der Zwischenzeit den Pub verlassen und eine angenehme Ruhe war im Lokal eingekehrt. Eine verirrte Fliege landete auf Herrn Fliegenbeins Teller und versuchte, sich an den Resten seines Burgers zu bedienen. Er verscheuchte sie mit der Hand, doch sie ließ sich nicht abwimmeln. Zu köstlich schien ihr wohl der Lohn ihrer Mühen, um allzu schnell aufzugeben. Diese Fliege ist wie ich, dachte Herr Fliegenbein ein wenig stolz und ließ sie endlich gewähren.

Er spürte aber auch, dass er eine erneute Enttäuschung nicht ertragen würde. Zu viel hatte er, gemessen an seinen Möglichkeiten, schon riskiert, um seine so sehr ersehnte Stille zu finden, als dass er eine Absage von Herrn Hemsteins Bekannten nun noch überstehen würde. Zugleich fürchtete er aber auch die Zusage, denn ihm war klar, dass dies seine letzte Chance war, da es bestimmt keinen stilleren Ort auf der Welt gab als dieses Studio.

Mitten in seine sorgenvollen Gedanken hinein platzte das Klingeln von Herrn Hemsteins Mobiltelefon. Herr Hemstein nahm das Gespräch entgegen, hörte mit hochgezogenen Augenbrauen zu und sagte immer wieder »great, great, great«, sodass Herr Fliegenbein schon auf eine positive Nachricht hoffen durfte.

Und tatsächlich: Als Herr Hemstein das Gespräch mit viel Brimborium beendet hatte, verkündete er großspurig, dass Herr Fliegenbein dank seiner erfolgreichen Bemühungen hiermit eine Einladung in das Studio der Firma Orfield Laboratories in Minneapolis habe.

Herr Fliegenbein dachte, dass Herr Hemstein sich sicherlich in seiner Berufswelt niemals mit einem fensterlosen Büro abspeisen lassen würde, und dieser entmutigende Gedanke verhinderte für einen Moment, zu begreifen, was ihr Begleiter gerade gesagt hatte.

»Sie können gleich morgen kommen, wenn Sie wollen«, wiederholte Herr Hemstein daher. Herr Fliegenbein zuckte zusammen und starrte ihn an. Es wäre ihm deutlich lieber gewesen, noch ein paar Tage Zeit zu haben, um sich auf diesen großen Moment seelisch vorbereiten zu können.

»Ich habe ihnen gesagt, dass es um *life and death* geht«, betonte Herr Hemstein und stürzte den Rest seines mittlerweile sicherlich kalten Kaffees hinunter.

Eine Frage von Leben und Tod. Das fand Herr Fliegenbein etwas übertrieben, doch er wollte den Erfolg seines Gegenübers nicht schmälern, indem er Kritik an dessen Vorgehensweise äußerte. Ihm war vollkommen klar, dass Herr Hemstein einer dieser sogenannten Alphamännchen war, deren Leistungen man gar nicht genug würdigen konnte. Also lobte und pries er dessen Fähigkeiten beharrlich, bis sie den Pub verlassen hatten, Herr Hemstein sie den ganzen Weg zurück zum Hotel begleitete und sich dort unter Herrn Fliegenbeins Versprechen verabschiedete, sich nach dem Besuch des Studios sofort bei ihm zu melden.

»Und vielen Dank noch mal! Großartig gemacht!«, rief Herr Fliegenbein dem Mann selbst dann noch nach, als dieser bereits um die Ecke des Hotels gebogen war. Als er sich wieder umdrehte, fiel sein Blick auf das Kanu aus dem Hoh Rain Forest, welches immer noch im Hof des Hotels stand.

Wie soll ich bloß dieses Ding mit ins Flugzeug nehmen, grübelte er. Das klappt doch nie. Er überlegte kurz, ob er das Boot einfach neben dem Hotel stehen lassen sollte, entschied sich dann aber aus vollkommen vernunftwidrigen und nicht erklärbaren Gründen dazu, es doch mitzunehmen.

Also schleppte er sich, entkräftet von so viel Lobhudelei und mit einem neuen Problem im Gepäck, zur Rezeption. Auf einem Zettel hatte Herr Hemstein ihm noch seine Telefonnummer und die Adresse des Studios vermerkt.

Zu seinem Glück war die ihm bekannte Rezeptionistin mit den tätowierten Unterarmen im Einsatz, der er sein Anliegen, mit einem Kanu nach Minneapolis zu fliegen, umständlich schilderte. Seltsamerweise lächelte sie nur und kümmerte sich sofort darum, für den nächsten Tag einen Flug zu bekommen. Nach einem kurzen Telefonat erklärte sie ihm, dass alles *no problem* wäre, er aber hundert Dollar extra für den Transport bezahlen müsse, was Herr Fliegenbein, innerlich murrend, akzeptierte. Der Flug würde am frühen Vormittag vom örtlichen Flughafen abgehen, teilte sie ihm leichthin mit, als ob es sich dabei um eine kleine Spazierfahrt handeln würde.

Am nächsten Morgen verließen Herr Fliegenbein und Arturo nach einem kurzen, wie immer faden Frühstück ohne nennenswerten Abschiedsschmerz das Hotel, banden das Kanu auf den Dachgepäckträger des Taxis, das der am Morgen diensthabende Rezeptionist ihnen bestellt hatte, nahmen die Stehlampe und die Tüten hinten auf ihren Schoß und ließen sich zum Fairchild International Airport bringen. Dort gaben sie unter den missbilligenden Blicken der anderen Fluggäste ihr Sondergepäck auf und bestiegen eine Maschine der Delta Airlines, die sie in kaum mehr als drei Stunden nach Minneapolis im Bundesstaat Minnesota brachte.

Herr Fliegenbein fühlte sich mittlerweile wie ein echter Flugprofi und ließ sich weder durch leichte Turbulenzen noch durch eine Diskussion mit einem Steward darüber, dass er seine Stehlampe mit an Bord genommen hatte und sie dort im Gepäckfach verstauen wollte, aus der Ruhe bringen.

Er war nun ganz sicher, dass er endlich am Ziel seiner Reise angekommen war, und das machte sein Gemüt luftig und zugleich klar, wodurch wiederum auch Arturo zufrieden war. So einfach ist das also, dachte Herr Fliegenbein, während er gerührt das schlummernde Kind betrachtete.

Am Minneapolis-Saint Paul International Airport hielt er sich nicht lange damit auf, einen Bus in die City zu suchen, sondern wählte lieber gleich ein Taxi, das über einen Dachgepäckträger für das Kanu verfügte.

»Jetzt weiß ich wenigstens, wofür ich die ganzen Jahre gearbeitet habe«, sagte er lächelnd, als die Zahl auf dem Taxameter unerbittlich immer höher kletterte.

Er sah aus dem Fenster hinaus in den grauen Winterhimmel. Als Erstes fiel ihm auf, dass es nicht regnete. Dafür hatte er vor dem Einsteigen in den Wagen schon bemerkt, dass es hier wieder deutlich kälter war als in Port Angeles.

Die Stadt im Mittleren Westen der USA war geprägt von modernen Hochhäusern, ausgedehnten Grünflächen und einer Teilung durch den Mississippi River. Alle Straßen verliefen hier seltsam waagrecht oder senkrecht, schienen mit einem riesigen Lineal gezogen worden zu sein. Der aufsteigende Rauch aus den Kaminen wurde von der Kälte nach unten gedrückt und gefror dabei beinahe in der Luft.

Es wäre schön gewesen, wenn ich diese Reise im Mai gemacht hätte, wenn alles blüht, dachte Herr Fliegenbein bedauernd, aber er hatte es sich schließlich nicht aussuchen können, wann die Abrissbirne zuschlagen würde. Hätte diese nicht sein wundervolles Bild zerstört, wäre er wohl niemals auf die Reise gegangen.

Der Taxifahrer versuchte einmal eine Unterhaltung mit ihm anzufangen, indem er ihn darauf hinwies, dass es sich bei Minneapolis eigentlich um eine *Twin City* zusammen mit der Nachbarstadt Saint Paul handelte, doch Herr Fliegenbein war nicht nach Zerstreuung zumute und daher antwortete er nur einsilbig, sodass der Fahrer es schließlich aufgab.

Die Orfield Laboratories lagen in einem überschaubaren Industriegebiet am Rande des Mathew Parks inmitten der Stadt. Herr Fliegenbein entrichtete den nicht unerheblichen Fahrpreis, kletterte mit steifen Beinen aus dem Wagen und lud zusammen mit dem unwilligen Taxifahrer das Boot vom Dach.

Dann standen er und Arturo mit klopfendem Herzen, einer Aktentasche, vier Tüten mit ihren Habseligkeiten, der Stehlampe und einem Kanu vor dem flachen hellgrauen Gebäude, in dem sich der stillste Ort der Welt befinden sollte. Es war kaum zu glauben, dass sich die Lösung all seiner Probleme ausgerechnet in diesem unauffälligen, von Kletterpflanzen überwucherten Bau verbarg.

Und doch waren es oft gerade die unscheinbaren Orte, hinter denen sich die guten Erfahrungen versteckten, nicht die, deren Anblick allein schon vor Selbstbewusstsein strotzte, so viel hatte Herr Fliegenbein bereits gelernt.

Mit zitternden Fingern und einem wehen Gefühl im Herzen betätigte er also die ebenso unauffällige Klingel.

Neunundneunzig Komma neun neun Prozent

Der Mann war offensichtlich darüber informiert, wer sie waren, doch es war ihm anzusehen, dass Herrn Fliegenbeins Auftauchen ihm nicht gerade gelegen kam. Dass dieser zudem noch ein Kind mitbrachte, seine Habseligkeiten in Tüten mit sich führte, er ein Kanu draußen an die Hauswand gelehnt hatte und seine Stehlampe beim Gang durch das dunkle Studio mehrmals gegen dort lagernde Geräte schlug, steigerte seine Willkommensbereitschaft nicht sonderlich.

»Es ist noch jemand in der Kabine«, erklärte der Mitarbeiter des Studios zu Herrn Fliegenbeins Überraschung in amerikanisch gefärbtem Deutsch, dafür aber mit mürrischem Tonfall. »Sie müssen sich eine Weile gedulden.«

Herr Fliegenbein fragte nicht, ob er aus Deutschland kam, doch der Mitarbeiter sah seinen Blick und erklärte ihm knapp, dass er vor mehr als zwanzig Jahren aus Berlin als Tontechniker hierhergekommen und geblieben war.

Er zeigte auf ein altes braunes Ledersofa, das in einem sehr langen und sehr breiten Flur stand. Alle Wände waren dunkel gestrichen, als ob man jegliche akustische Störung, auch durch laute Farben wie Orange oder Lila, ausschließen wollte.

»Thank you very, very much«, dankte Herr Fliegenbein übertrieben freundlich und glaubte mit einem Seitenblick zu sehen, wie der Tontechniker beim Weggehen die Augen verdrehte.

Das macht nichts, sagte er sich, wir sind nicht hier, um Freundschaften zu schließen, sondern um meine unvergleichliche Stille zu finden. Früher hätte er sich durch eine derartige Ablehnung irritieren lassen, doch nach all seinen Erfahrungen auf dem Weg hierher war er diesbezüglich gelassener geworden. Er fand, dass dies eine sehr souveräne Einstellung war, und setzte sich entsprechend zufrieden mit Arturo auf das massive Sofa.

Sie versanken in dem Möbel wie in einem weichen Bett aus Schlick. Jedes Mal, wenn sie versuchten, sich wieder aufzurichten, gingen sie sogleich noch ein wenig mehr unter. Herr Fliegenbein sah nach mehreren vergeblichen Versuchen ein, dass ihre einzige Möglichkeit war, sich dem Versinken einfach ganz hinzugeben und nicht länger dagegen anzukämpfen.

»Ich hab Hunger«, begann Arturo nach einer Weile schon wieder zu quengeln.

»Das geht jetzt nicht«, sagte Herr Fliegenbein barscher, als er es beabsichtigt hatte, was sicherlich seiner steigenden Nervosität zuzuschreiben war. »Wenn wir hier fertig sind, gehen wir richtig schön essen, in Ordnung?«, schickte er daher etwas verträglicher hinterher.

In Wahrheit wusste er nicht, was wirklich passieren würde, nachdem sie in dem Studio gewesen waren. Würde so etwas Unbedeutendes wie Essen überhaupt noch eine Rolle spielen, wenn sein Lebenswunsch erfüllt worden war? Würden nicht vielmehr durch die Einzigartigkeit des Erlebnisses alle weiteren menschlichen Bedürfnisse in den Hintergrund rücken?

Herr Fliegenbein versuchte, sich vorzustellen, wie es in diesem Studio sein würde, ohne all die Geräusche, die ihn immer und überall peinigten. Vermutlich würde ein großer Friede über ihn kommen, der ihn zu einem vollkommen anderen Menschen machte. Womöglich würde seine ständige innere Gereiztheit einer großherzigen Milde weichen, und er träte den Schwächen der Menschen fortan mit Gelassenheit und Nachsicht entgegen? Vielleicht entdeckte er sogar unverhofft, dass eine künstlerische Seele in ihm schlummerte, die jahrzehntelang durch die Last der Geräuschempfindlichkeit in den Schatten gedrängt worden war und nun zarte Blüten austreiben würde? Vielleicht würde er ein Maler oder sogar ein Poet werden. Womöglich wäre er in der Lage, sein geliebtes verlorenes Bild – und das war ein ganz und gar faszinierender Gedanke – selbst wieder zum Leben zu erwecken.

Vielleicht würde er auch überraschend ein geselliger Mensch sein und ein offenes Haus mit vielen Freundschaften pflegen.

So dachte Herr Fliegenbein auf dem nachgiebigen Sofa der Orfield Laboratories und negierte dabei gänzlich, dass er ja nicht den Rest seines Lebens in diesem Studio der Stille bleiben konnte, sondern danach wieder in den Kosmos der lärmenden Laute zurückkehren musste.

Möglicherweise würde die Erfahrung der totalen Stille jedoch tatsächlich dazu führen, dass er künftig immun sein würde gegen den Krach dieser Welt.

Arturo hatte sich seltsamerweise damit zufriedengegeben, erst nach dem Besuch im Studio etwas zu essen zu bekommen, und ließ sich ganz von der Weichheit des Sofas umfangen. Vielleicht spürte er auch, dass etwas Gewaltiges bevorstand, etwas, das selbst seine flüchtigen kindlichen Bedürfnisse verblassen ließ. Jedenfalls gab er keinen Mucks von sich, sondern widmete sich stattdessen der Beschäftigung, mit seinen Fingernägeln das Wildleder der Armlehne gegen den Strich zu bürsten und es dann mit einer sanften Streichbewegung wieder zu glätten.

Nach und nach begann auch die Zeit ihre Konturen zu verlieren. Herr Fliegenbein wusste nicht mehr, ob er eine halbe Stunde, eine ganze Stunde oder gar zwei Stunden in dem Sofa versunken war, als der Mitarbeiter endlich wieder zu ihnen zurückkehrte.

»Bald sind Sie dran«, versprach er mit einem lässigen Augenzwinkern.

Herr Fliegenbein nickte etwas mitgenommen.

»Sie haben eine halbe Stunde gebucht«, sagte der Mitarbeiter noch und Herr Fliegenbein nickte erfreut. Dabei bemerkte er, dass ein ironisches Lächeln den Mund des Mannes umspielte, bevor dieser sich wieder abwandte und in den hinteren Räumen verschwand.

Er verstand nicht, was daran komisch sein sollte.

Eine halbe Stunde erschien ihm sehr kurz angesichts der Tragweite, die diese Erfahrung für ihn bereithalten würde.

Aber vielleicht habe ich mich ja auch getäuscht, dachte er, vielleicht wollte der Mann mich einfach nur aufmuntern.

»Er hat nicht über uns gelacht, er wollte nur nett sein«, beschönigte er es gegenüber Arturo, der das Lächeln überhaupt nicht wahrgenommen hatte und ihn daher nur verwundert ansah.

Ich bin zu misstrauisch Menschen gegenüber, mahnte Herr Fliegenbein sich selbst, das wird sich aber sicher bald ändern. Ja, bestimmt würde sich alles zum Guten hin verwandeln, was ihm in seinem bisherigen Leben schwierig oder gar unmöglich erschienen war. Er würde auch keine verborgenen Zeichen mehr aus fremden Gesichtern herauslesen, sondern anderen Menschen künftig mit Offenheit und Vertrauen begegnen.

Herr Fliegenbein sah an sich hinunter. Er trug wieder den beigen, zu kurzen Anzug, in dem er sich von seiner Wohnung aus auf die Flucht begeben hatte. Zu dem neuen Menschen, das war ihm klar, würde dieser Aufzug nicht mehr passen, er würde der inneren Erneuerung also auch eine äußere folgen lassen müssen. Zu seinem Erstaunen freute er sich darauf.

»Später gehen wir auch noch einkaufen«, sagte er gerade zu dem Jungen, als der Mitarbeiter zurückkam, und sie aufforderte, ihm zu folgen. Herr Fliegenbein wollte sofort freudig aufspringen, doch die Beschaffenheit des Sofas arbeitete dagegen an. Der Tontechniker lächelte erneut – diesmal unmissverständlich über ihn – und reichte ihm seine Hand, um ihn aus dem Sumpf des biegsamen Möbels herauszuziehen.

In diesem Moment kam ein Mann schnellen Schrittes den Gang entlang, ging in sich gekehrt und ohne sie wahrzunehmen an ihnen vorbei und verließ grußlos das Studio. Herr Fliegenbein sah ihm irritiert hinterher. Der Herr, der vermutlich direkt aus der Kammer gekommen war, hatte eher einen verstörten Eindruck gemacht und keineswegs so gewirkt, als ob er eine unvergleichliche Stille angetroffen hätte.

»Er hat es gerade hinter sich«, erklärte der Mitarbeiter tatsächlich und grinste schon wieder.

»Nicht jeder verträgt die Stille«, antwortete Herr Fliegenbein gelassen. Der Tontechniker zuckte gleichmütig mit den Schultern und bedeutete ihnen, mitzukommen.

Herr Fliegenbein reichte Arturo die Hand und zog ihn ebenfalls aus dem Sofa heraus. Dann beeilten sie sich, dem Mann zu folgen, der unerwartet redselig geworden war.

»Eine normale Konversation hat eine Lautstärke von etwa sechzig Dezibel, ein Schlafzimmer so um die dreißig«, erklärte der Mitarbeiter. »In unserer stillsten Kammer der Welt wurde hingegen eine Lautstärke von minus neun Dezibel gemessen.«

Herr Fliegenbein nickte beeindruckt. Es gab also einen Raum, der stiller war als die Stille.

Sie gelangten an eine Tresortür, vor der der Tontechniker stehen blieb.

»Die Wände sind sehr dick«, sagte er. »Spezialkonstruktionen aus Glasfaser, Stahl und dreißig Zentimeter dickem Beton. Es dringt wirklich keinerlei Geräusch von außen in diesen Absorbierraum.«

Er entriegelte die Tür und dahinter kam eine weitere Tresortür zum Vorschein, die er ebenfalls öffnete. Herr Fliegenbein hielt den Atem an und auch Arturo schien zu begreifen, dass nun ein ganz besonderer Moment bevorstand. Schweigend starrten sie in das schwarze Loch, das sich vor ihnen auftat.

»Das heißt aber auch, wenn Sie schreien, hören wir Sie hier draußen nicht.« Der Tontechniker lachte, knipste das Licht an und sie erblickten einen Raum, wie sie ihn noch nie zuvor in ihrem Leben gesehen hatten.

Unzählige beigefarbene Fiberglaskeile säumten die Wände. Jeweils drei waren waagrecht angeordnet und drei wiederum senkrecht. Das setzte sich nach oben und nach unten fort, sodass eine strenge geometrische Formgebung entstanden war. Ähnlich muss es im Inneren einer Bienenwabe aussehen, dachte Herr Fliegenbein, nur sind die Keile hier nicht sechseckig, sondern spitz.

»Anders als bei einer ebenen Oberfläche, die Schallwellen in den Raum zurückwerfen würde, fangen diese Glasfaserkeile die zwischen ihnen hin und her springenden Schallwellen ein, bis sie ihre Energie einbüßen und sich verlieren«, erklärte der Tontechniker. »Bitte schön, treten Sie ein!«

Vorsichtig setzten Herr Fliegenbein und Arturo einen Schritt vor den anderen. Denn auch der Boden war keine gewöhnliche Fläche. Auch hier waren in der Tiefe Fiberglaskeile waagrecht und senkrecht nebeneinander angeordnet. Um überhaupt auf diesem unebenen Untergrund gehen zu können, war darüber ein Bodengitter gespannt worden. Bei jedem Schritt sank man auf diesem Netz weich ein wie auf einem schlecht gefederten Trampolin.

»Durch diesen Boden ist der Raum erst absolut schalltot«, erklärte der Mann. »Die meisten schalltoten Kammern haben einen Betonboden, diese jedoch nicht. Auf normalem Bodenniveau befindet sich ein Netz aus von Hand gespannten Flugzeugkabeln. Unterhalb dieser Kabel sehen Sie einen eingesunkenen Boden. Dadurch wird sichergestellt, dass alle sechs Seiten des Raums gleichermaßen Schallwellen absorbieren.«

Tatsächlich machten die Schritte von drei Menschen in dem Raum keinerlei Geräusche. Beeindruckt ging Herr Fliegenbein in der nicht sehr großen Kammer im Kreis umher, und Arturo hüpfte sogar ein wenig auf und ab. Es war unwirklich still.

»Das ist vielleicht komisch«, rief Arturo und erschrak zugleich über seine Stimme. Sie klang viel dumpfer als sonst, da ihr Schall von keiner Wand zurückgeworfen wurde. Es beschlich einen das beunruhigende Gefühl, absolut von der Welt und allem Leben draußen abgeschnitten zu sein.

»Wir machen sogar das Licht aus, damit können wir auch noch die letzten Geräusche eliminieren.« Der Tontechniker zeigte auf den Schalter. »Sind Sie sicher, dass Sie eine halbe Stunde hier drinnen bleiben wollen?«

»Ist es dann ganz dunkel?« Arturo wurde blass, als der Mitarbeiter ihm dies mit einem zweifelsfreien Nicken bestätigte.

Ich darf nicht vergessen, dass er noch ein Kind ist und daher im Dunkeln naturgemäß Angst hat, dachte Herr Fliegenbein besorgt. Jedes Kind hat im Dunkeln Angst.

Und noch ein weiterer, eher eigennütziger Gedanke machte ihm zu schaffen: Arturo wird es kaum gelingen, vollkommen ruhig zu bleiben, und das verfälscht dann womöglich den Eindruck von absoluter Stille.

»Vielleicht bleibe ich zuerst einmal alleine hier drin und du kannst später mit reinkommen«, schlug er daher vor.

Arturo dachte kurz darüber nach, ob er sich das Erlebnis dieses Raums entgehen lassen sollte, nickte dann aber einigermaßen erleichtert.

»Gut, dann schließen wir Sie jetzt alleine ein«, sagte der Tontechniker. »Wie gesagt, wir hören Sie nicht. Wenn Sie vor der vereinbarten Zeit hinaus wollen, müssen Sie sich selbst befreien. Merken Sie sich also genau, wie die Türen aufgehen.«

Er erklärte Herrn Fliegenbein den Mechanismus der Panzertüren und verließ dann gemeinsam mit Arturo, der seinen Begleiter mit einem verzagten Blick zurückließ, die Kammer.

Herr Fliegenbein knipste den Lichtschalter aus und tastete sich in die Mitte des Raums vor. Das Erste, was er wahrnahm, war die totale Dunkelheit in der Kammer. Es war so schwarz, dass er nicht einmal die Hand vor seinen Augen sah, als er mit ihr vor seinem Gesicht hin und her wischte. Waren seine Augen überhaupt geöffnet? Er blinzelte. Es war tatsächlich vollkommen finster. Diese Dunkelheit lenkte ihn aber von seiner eigentlichen Mission ab.

Ich suche doch nicht die absolute Finsternis, sondern die absolute Stille, dachte er leicht verärgert. Er schloss also die Augen und konnte sich nun endlich auf die Geräusche konzentrieren. Nichts. Er hörte tatsächlich keinen Laut. Absolut gar nichts.

Ein Triumphgefühl stieg in ihm auf und vernebelte für einen Moment seine Wahrnehmungsfähigkeit.

»Hallo«, sprach er in dieses Nichts hinein. Das Wort klang seltsam hohl, da es von keiner der Wände zurückgeworfen wurde. Es war die reine Stimme ohne jegliche Resonanz im Raum.

Er atmete tief durch und versuchte, sich zu entspannen. Die Minuten vergingen und Herr Fliegenbein verlor allmählich das Gefühl für die Grenzen zwischen dem Raum und seinem Körper. Nach und nach begann er sich vollkommen schwerelos und losgelöst zu fühlen, als würde sein Bewusstsein sich vom lästigen Ballast seines Körpers lösen und frei im Raum umherfliegen. Sein Kopf wurde zu einem schwebenden Ballon, der mit nichts anderem als Helium gefüllt war.

In jeder Zelle seines Körpers fühlte er die vollkommene Ruhe und Gelassenheit dieser Kammer, alle weiteren Wahrnehmungen waren wie ausgeknipst und er, Herr Fliegenbein, war in der Lage, dieses Vakuum mit seinem Wesen ganz aufzufüllen und sich in alle Ritzen des Raums hinein zu erstrecken. Er sah sich selbst als Kind in einer duftenden Blumenwiese voller Margeriten sitzen, selbstvergessen, traumschwer, ohne jegliches Zeitgefühl.

Dieses Gefühl hätte ein grenzenloses Glücksempfinden bedeuten können, die totale Vollkommenheit.

Doch eine leise Stimme sagte ihm, dass etwas hier drinnen nicht richtig war. Er versuchte herauszufinden, was ihn störte.

Wie aus heiterem Himmel wusste Herr Fliegenbein, was mit diesem Raum nicht stimmte: Er hatte keine Seele. Die Kammer sog neben den Geräuschen auch jegliches menschliche Empfinden auf und gab nichts davon zurück. Man fühlte sich verlassen wie ein Mensch, der nach einer Naturkatastrophe als Einziger am Leben geblieben war und fortan in einer Welt ohne Austausch leben musste.

Und das war nicht das einzige Problem. Herr Fliegenbein drehte seinen Hals. Und der Hals knirschte. Er hob die Schulter und die Schulter knackte.

Und dann wurde ihm auf einen Schlag klar, dass er sich erneut einer Illusion hingegeben hatte. Denn der Raum an sich war zwar absolut still, aber er selbst rief mit seinem Körper unzählige Geräusche hervor.

Plötzlich hörte er das rastlose Pochen seines Herzens, das Rasseln seines Atems, das unverschämte Grummeln seines Magens und ein überlautes Rauschen des eigenen Blutes in seinen Ohren. Ihm wurde schwindelig davon.

Auf einmal erkannte er, dass es die unvergleichliche Stille, nach der er so dringend suchte, niemals geben würde, weil er selbst nicht still war. Sein Körper arbeitete ununterbrochen. Ich müsste tot sein, um diese Stille zu erreichen, dachte er, aber dann würde ich sie nicht mehr erleben. Mit einem Schlag wurde ihm unmissverständlich klar, dass seine ganze Reise doch vergebens gewesen war.

Mit dieser Erkenntnis wirkte der Raum nicht mehr

freundlich, sondern wurde zu einer stummen Bedrohung. Panik stieg in ihm auf. Das Rauschen in seinen Ohren steigerte sich zu einer reißenden Flut, sein Herz hämmerte wie ein manisches Bergwerk, der Magen knurrte wie eine Meute ausgehungerter Wölfe. Das Bodennetz unter ihm, das er eben noch als angenehm weich empfunden hatte, schwankte mit einem Mal wie ein Schiff, das in eine schwere Wetterlage geraten war.

Er begann zu schreien, doch der Schrei wurde von den gierigen Fiberglaskeilen verschluckt. Er rief um Hilfe, doch natürlich war auch das vergebens. Der Tontechniker hatte schließlich betont, dass ihn draußen niemand hören würde. Herr Fliegenbein trommelte gegen die Tür, doch sie war fest verschlossen und gab keinerlei Geräusche nach außen frei.

Zu seinem übergroßen Schrecken stellte er zudem fest, dass er vergessen hatte, wie der Mechanismus der Panzertüren funktionierte. Dabei wollte er nur noch eines, und zwar so schnell wie möglich aus dieser Kammer des Schreckens zu entkommen und nie wieder dorthin zurückkehren zu müssen.

Ein wahrer Sieger

Herr Fliegenbein hatte sich, einer Ohnmacht nahe, auf den Boden gelegt, um durch die gleichmäßigere Gewichtsverteilung zumindest das Schwanken des Bodens zum Stoppen zu bringen.

Inzwischen hatte er jegliches Zeitgefühl verloren. Er glaubte fast, schon mehrere Tage in diesem Raum vor sich hin zu vegetieren. Ohne Zeit, ohne Raum und auch ohne Körper.

Leider hatten sich die Symptome, die ihm nahezu alle Sinne raubten, durch das Liegen keineswegs gebessert. Das Blut floss nun wie eine Stromschnelle durch seine Ohren, der Magen knurrte mürrisch vor sich hin und sein Herz pochte in einem ungezügelten Stakkato. Außerdem war jetzt auch noch das Rasseln seines angstgetriebenen Atems hinzugekommen. Er fühlte sich einsam, erbärmlich und den Bedingungen in dieser Kammer radikal ausgeliefert.

Herr Fliegenbein versuchte dem Horror entgegenzuwirken, indem er sich vollkommen ruhig verhielt. Doch er konnte auch nicht verhindern, dass seine

Körperfunktionen wie ein verlässliches Uhrwerk in ihm weiterliefen. Beinahe wünschte er sich, tot zu sein, nur damit die Maschinerie in seinem Inneren endlich Ruhe gab. Diese Kammer ist genauso eine Mogelpackung wie der stille Wald, dachte er erbittert. Ihre Stille hat nichts, aber auch gar nichts mit der vollkommenen Stille meines Bildes gemein. Es mag hier drin zwar vollkommen ruhig sein, aber niemand sagt einem vorher, dass man dadurch selbst umso lauter wird.

Ein unbändiger Zorn stieg in ihm hoch. Er war wütend auf Herrn Hemstein, der ihn hierhergelockt hatte. Er war wütend auf den Studiomitarbeiter, dass er es bei einem süffisanten Grinsen belassen hatte, anstatt ihn zu warnen. Und er war wütend auf sich, weil er nicht früher auf die Idee gekommen war, dass dieses Experiment genauso ein sinnloses Unterfangen sein würde wie alle anderen zuvor.

»Es war doch von vornherein klar, dass ich selbst Geräusche mache«, schimpfte er laut vor sich hin. »Hätte ich doch bloß mal ein bisschen nachgedacht!«

Das Schimpfen tat ihm gut, da es in dem schalltoten Raum zwar vollkommen ausdruckslos klang, er aber für diesen Moment die anderen Geräusche kaum wahrnahm und zudem weniger bemerkte, dass er sich inzwischen in einem Zustand vollkommener Panik befand.

Der Nachteil an diesem Gefühlszustand war, dass er ihn bald nicht mehr kontrollieren konnte, die Wut sich verselbstständigte und er kurz davor war, die geräuschdämmenden Fiberglaskeile von der Wand zu reißen, um wenigstens einmal etwas anderes zu hören als sein dumpf hämmerndes Selbst und die quälenden Gedanken in seinem Kopf.

Die Keile begannen vor seinem inneren Auge zu wachsen, schienen regelrecht auf ihn zuzukommen und schlagartig die Wurzel allen Übels zu sein. Immer hatte er sich gewünscht, dass es etwas geben würde, das den Lärm der Welt einfach verschluckte. Doch was nützte ihm das, wenn er selbst dadurch unerträglich laut wurde?

Bevor er aufstehen und seinen zerstörerischen Plan in die Tat umsetzen konnte, wurde glücklicherweise die Tür von außen geöffnet. Gleich darauf knipste jemand das Licht an. Selbst durch die geschlossenen Augenlider hindurch fühlte Herr Fliegenbein sich grob geblendet.

»Mr. Fliegenbein, ist alles in Ordnung?« Der Tontechniker kniete sich zu ihm hinunter und legte fürsorglich eine Hand auf seine Schulter. Herr Fliegenbein ließ seine Augen geschlossen und stellte sich schlafend. Es war ihm äußerst unangenehm, in dieser peinlichen Lage aufgefunden zu werden.

Der Studiomitarbeiter rüttelte besorgt an seiner Schulter: »Mr. Fliegenbein, können Sie mich hören? Wachen Sie auf, bitte!«

Die Worte kamen seltsam verzerrt bei ihm an, als ob der Mann aus einer Art Unterwelt zu ihm sprechen würde. Er öffnete nun doch die Augen und blickte wie durch einen dichten Nebel hindurch in das sorgenvolle Gesicht des Studiomitarbeiters.

»Ich muss eingeschlafen sein«, sagte Herr Fliegenbein und gähnte zum Beweis. Er würde sich auf keinen Fall die Blöße geben, hier als Verlierer aus dem Ring zu gehen. Denn wenn er eines von Herrn Hemstein gelernt hatte, dann, dass man immer ein Gewinner sein sollte. Und wenn man schon kein Gewinner war, dann musste man wenigstens so tun, als ob man einer wäre.

Erleichtert lachte der Studiomitarbeiter ihn an. »Thank God! Ich dachte schon, Sie wären in Ohnmacht gefallen.«

»Nein, nein«, wehrte Herr Fliegenbein ab und richtete sich schnell auf. »Ich habe nur diese herrliche Stille genossen. Ganz großartig!«

»Tut mir leid, ich habe mit Arturo gespielt und die Zeit vergessen«, gab der Tontechniker zerknirscht zu. »Ich sehe was, was du nicht siehst«, fügte er in seinem amerikanisch gefärbten Deutsch hinzu, wobei er das ch wie k aussprach.

Herr Fliegenbein erhob sich mühsam und klopfte sich umständlich den imaginären Staub von seiner Hose. Die Devise war, Zeit zu gewinnen, um sich eine passende Legende zurechtlegen zu können. »Wie lange war ich denn hier drin?«, fragte er sicherheitshalber. Womöglich waren es nur zehn Minuten gewesen und er würde sich vollkommen lächerlich machen, wenn er zugab, dass er dies nicht ausgehalten hatte.

»Fast eine Stunde«, gestand ihm der Studiomitarbeiter verlegen. »So lange hat es noch keiner geschafft! Die meisten werden schon vorher verrückt und bekommen Halluzinationen.«

Überrascht richtete Herr Fliegenbein sich auf. »Wirklich? Ich fühle mich großartig und hätte noch ewig hier drinnen bleiben können.«

»Glückwunsch! Nicht einmal unser Boss schafft das.« Der Tontechniker klatschte anerkennend mit ihm ab. »Und der war sogar mal eine Dreiviertelstunde in diesem Raum!«

Herr Fliegenbein lachte befreit auf und erhob sich. Sollte es möglich sein, dass sich diese vermeintliche Niederlage tatsächlich gerade in einen triumphalen Sieg verwandelte?

Sie verließen zusammen den Absorbierraum, vorbei an ein paar anderen Mitarbeitern des Studios, die Herr Fliegenbein mit einer Mischung aus Neugier und Bewunderung musterten.

»Wie haben Sie das gemacht?«, wollte eine ältere Frau wissen. Sie musste eine große Sonnenanbeterin sein, denn ihr Gesicht war von einer Beschaffenheit wie gegerbtes Leder. Dies verlieh ihr aber gleichzeitig den Nimbus der Unverwüstlichkeit. »Niemand von uns hat das bisher geschafft.«

Herr Fliegenbein überlegte. »Ich habe gar nichts gemacht. Ich vertrage nur keinen Lärm.«

Er lächelte milde. All seine Ängste waren auf einen Schlag wie weggewischt. Er hatte zwar nicht seine unvergleichliche Stille gefunden, dafür aber die inoffizielle Meisterschaft des Ausharrens in der Absorbierkammer gewonnen.

Ein ungeahntes Hochgefühl stieg in ihm auf. Er ging durch die Leute hindurch wie ein Gladiator nach einem scheinbar aussichtslosen Kampf und verteilte Huldigungen nach rechts und links. Keiner musste wissen, wie er sich wirklich in der Kammer gefühlt hatte und dass er kurz davor gewesen war, wie ein rasender Derwisch alles kurz und klein zu schlagen.

So einfach ist es also, ein Sieger zu sein, dachte er. Man muss es nur selbst ausstrahlen, dann glauben es auch die anderen.

Arturo sprang freudestrahlend auf ihn zu und umarmte ihn stolz. Er schloss seine Arme um das Kind und spürte ein Gefühl von echter Zuneigung. Ja, er hätte in diesem triumphalen Moment sogar gesagt, dass er den Jungen inzwischen aufrichtig liebte.

»Jetzt gehen wir in die Stadt und essen einen Burger«, sagte er entschlossen. »Und dazu trinken wir eine eiskalte, ungesunde Cola.«

Wie zu erwarten war, rief diese Ankündigung große Begeisterung bei Arturo hervor. Er hüpfte von einem Bein auf das andere und rief: »Eiskalte Cola, eiskalte Cola!«

Alle Mitarbeiter lachten amüsiert. Jeder wollte nun noch ein Selfie mit dem Rekordhalter der Kammer machen. Herr Fliegenbein und Arturo wurden zusammen mit ihrer Stehlampe auf einem Foto verewigt, das, wie ihnen der Tontechniker erklärte, *for the wall* sei. Der Gedanke, dass die Erinnerung an sie für immer in diesem Studio präsent sein würde, machte Herr Fliegenbein mehr als stolz.

Er verabschiedete sich per Handschlag von jeder Mitarbeiterin und jedem Mitarbeiter, ließ sich noch einmal ausgiebig für seine Heldentat bewundern und schwebte dann getragen von der Großartigkeit seines Erfolges mit Arturo, vier Einkaufstüten und der Stehlampe aus dem Studio. In der kurzen Zeit, die er in den Orfield Laboratories verbracht hatte, war er ein anderer Mensch geworden, da war er sich ganz sicher.

Draußen schlug ihnen wieder die eisige Kälte

des unbarmherzigen Winters entgegen. Das Kanu lehnte unverändert an der Wand wie ein Fremdkörper. Ihr Taxi, das die Mitarbeiterin mit dem gegerbten Gesicht freundlicherweise für sie bestellt hatte, war noch nicht da. Herr Fliegenbein sah auf seine zu kurze Hose, die, wenn er saß, sogar den Blick auf die streichholzdünnen weißen Beine freigab.

»Nach dem Essen gehen wir in eine Mall shoppen«, verkündete er Arturo, der sein Glück über die außergewöhnlichen Bekanntmachungen dieses Tages kaum fassen konnte.

Als das Taxi kam und ihr Kanu glücklich darauf befestigt worden war, wies Herr Fliegenbein den Fahrer an, sie zu einem guten, nein, dem besten Burgerrestaurant in Minneapolis zu bringen, was dieser mit einem verständnisvollen Nicken bestätigte. Dann lehnte er sich zufrieden in die weichen Polster zurück und ließ sich von der Wärme im Wageninneren umhüllen.

Das Taxi fuhr rasch in Richtung Zentrum und hielt schließlich vor einem Schnellrestaurant, das passenderweise *UrBurger* hieß. Herr Fliegenbein entrichtete den Fahrpreis, lud das Kanu ab, versteckte es hinter dem Lokal und betrat gemeinsam mit Arturo das sehr volle Restaurant. Ein Geruch von frittiertem Essen schlug ihnen entgegen.

Der Burgerladen war sehr modern und bunt eingerichtet, und hinter einer Edelstahltheke liefen einige Angestellte geschäftig hin und her, um die Wünsche der hungrigen Kunden möglichst rasch zu erfüllen.

Herr Fliegenbein und Arturo ergatterten einen frei gewordenen Platz und bestellten bei einer schlecht gelaunten Kellnerin zwei *Double Burger* mit *Fries* und zwei Cola.

»Das ist ja mal was ganz anderes«, schimpfte die Kellnerin und rauschte ab.

Wenn sie keine Burgerbestellungen aufnehmen will, soll sie eben in einem Steakrestaurant arbeiten, dachte Herr Fliegenbein verärgert. Doch er konnte es nicht verhindern, dass er sich dennoch ein wenig schuldig fühlte. Aber wofür eigentlich?

Herr Fliegenbein beobachtete, dass die Kellnerin am Nebentisch genauso unfreundlich die Bestellungen entgegennahm. Er atmete erleichtert auf. Man ist also nicht immer verantwortlich für die Stimmung anderer Menschen, erkannte er beruhigt.

Es war sehr laut in dem Lokal. Herr Fliegenbeins Fassade begann bereits leicht zu bröckeln, als am Nachbartisch das laute Giggeln zweier Teenager zu ihnen hinüberschwappte. Arturo deutete diese ersten Anzeichen des Umbruchs richtig und sah ihn argwöhnisch an. Vermutlich fürchtete er, dass Herr Fliegenbein bald aufspringen und er um seine Belohnung gebracht werden würde.

Ich habe nun die absolute Stille ausgehalten, sagte sich Herr Fliegenbein jedoch, da werde ich wohl auch mal diesen Lärmpegel ohne Ohrenschützer ertragen. Und tatsächlich gelang es ihm, die Geräuschkulisse zumindest so weit auszuschalten, dass sie für ihn erträglich war.

Das Essen wurde von der mürrischen Kellnerin ohne weitere Kommentierung serviert und sah so fantastisch aus, dass beiden bei dessen Anblick ein »Wow« entfuhr. Neben einem locker-duftigen Brötchen, das mit Fleisch, Salat, einer Soße und zerschmolzenem Käse gefüllt war, lagen gelbgold frittierte Pommes in einer Papiertüte auf den Tabletts. In Deutschland müssen wir dann mal wieder etwas Gesundes essen, dachte Herr Fliegenbein, während er dennoch begeistert seine Zähne in die Köstlichkeit schlug.

Etwas irritierte ihn an diesem Gedanken, aber er kam für einen Moment nicht darauf, was es war. Nachdem er einige Bissen gegessen, mit der Cola seinen Zuckerhaushalt aufgefüllt hatte und der erste Hunger gestillt war, sezierte er noch einmal den Gedanken Wort für Wort, bis er schließlich wusste, was die Irritation ausgelöst hatte.

»Wir fliegen zurück nach Deutschland«, verkündete er dann zu seiner eigenen Überraschung. Denn was sollten sie hier noch, wenn sie in diesem Land bereits den stillsten Ort der Welt gefunden hatten und sich dieser, zumindest in akustischer Hinsicht, als untauglich erwiesen hatte?

Arturo tauchte nach diesen Worten kurz hinter seinem Burger auf und nickte gelassen. Er schien sich inzwischen über keine Seltsamkeit mehr zu wundern, die seinem Begleiter in den Sinn kam. Vermutlich hatte er bemerkt, dass Herr Fliegenbein an normalen Maßstäben gemessen ein etwas eigenwilliger Charakter war und es daher am besten war, einfach in seinem Gedankenstrom mitzuschwimmen.

Nach Deutschland zurück? Okay!

In die sibirische Steppe? Kein Problem.

Auf den Mond? Warum nicht?

»Zuerst suchen wir natürlich noch nach einem

Hotel, in dem wir die Nacht über bleiben können«, fügte Herr Fliegenbein hinzu, was Arturo ebenso stoisch zur Kenntnis nahm.

Als die Kellnerin kam, um den Tisch abzuräumen und die Rechnung auszustellen, ließ Herr Fliegenbein sich ein gutes Hotel in der Nähe empfehlen und bat um die Bestellung eines Taxis.

Vor dem Restaurant erblickte er eine Telefonzelle und beschloss, sein Versprechen einzulösen. Er wählte die Nummer auf dem Zettel und landete auf einer Mobilbox. »Ja, Fliegenbein hier«, sagte er lässig, nachdem die Automatenstimme geendet hatte, »ich wollte Ihnen nur sagen, dass es ganz großartig war in der Absorbierkammer. Ich habe sogar alle Zeitrekorde gebrochen, Herr Hemstein.«

Dann hängte er den Hörer ein und bestieg mit Arturo und einem ungewohnten Triumphgefühl das bereits wartende Taxi.

Auf dem Weg ins Hotel stellte sich allerdings sogleich die Frage, wohin in Deutschland sie überhaupt fliegen sollten. In seine Heimatstadt zurückzukehren, ohne die Stille seines Bildes gefunden zu haben, schien ihm undenkbar. Das wäre, trotz meines Triumphes in der Absorbierkammer, das Eingeständnis einer totalen Niederlage, dachte er. Zwar gibt es dort niemanden, dem ich diese Niederlage gestehen müsste, doch auch vor mir selbst könnte ich es nicht rechtfertigen.

Und er selbst schien sich nach seinen jüngsten Erfahrungen mindestens genauso wichtig zu sein wie jede andere Person auf der Welt.

Daheim in der Fremde

Zu Herrn Fliegenbeins Überraschung brachte die Taxifahrerin sie mitsamt ihren Habseligkeiten in ein Quartier, das Hotel Bavaria hieß und dem Namen entsprechend folkloristisch anmutete.

Anscheinend hatte die genervte Kellnerin aus dem Burgerrestaurant sie gleich als Deutsche identifiziert und ohne großes Nachfragen beschlossen, dass sie sicherlich den Wunsch verspürten, in einer vertrauten Umgebung untergebracht zu werden. Tatsächlich hatte das Hotel überhaupt nichts Heimatliches für Herrn Fliegenbein. Die Amerikaner schienen Deutsch und Bayerisch einfach in einen Topf zu werfen. Und der zuweilen sehr präsenten bierseligen Körperlichkeit, gepaart mit dem, seiner Meinung nach, unerträglichen Mia-san-mia-Gehabe, bis hin zu einer oft erschreckenden Grantigkeit, konnte er nun wirklich nichts abgewinnen. Wenn er ehrlich war, waren dies jedoch ebenfalls nur Klischeevorstellungen aus dem Fernsehen, denn er hatte noch niemals bayerischen Boden betreten.

Die Einrichtung des Hauses war entsprechend rustikal gestaltet und alles Stoffliche war in Blauweiß gehalten. An den Wänden hingen Jagdtrophäen wie Hirschgeweihe und Tierpräparate von Gämsen, Steinböcken und ausgestopften Murmeltieren sowie kitschig gemalte Alpenlandschaften, welche seinem Bild der unvergleichlichen Sille jedoch nicht im Geringsten das Wasser reichen konnten. Das Ganze war ein Abbild des Bayerischen, das es vermutlich selbst im hintersten Winkel Niederbayerns nur noch dort gab, wo Touristen deutsche Lebensart nahegebracht werden sollte.

Herr Fliegenbein hatte wenig übrig für derartige Folklore, doch es war ihm letztlich egal, solange er ein Bett bekam und sich irgendjemandem verständlich machen konnte. Doch Arturo betrachtete die ausgestopften Tiere mit ehrfürchtigen Blicken und legte unbehaglich den Kopf in den Nacken.

»Sind die alle tot?«, fragte er mit besorgter Stimme.

Herr Fliegenbein zögerte. Den Tod so klar beim Namen zu benennen, schien ihm für ein kleines Kind eine zu rohe Mitteilung zu sein.

»Sie schlafen nur«, antwortete er daher ausweichend.

»An der Wand?«, wunderte Arturo sich und starrte nun erst recht zu den eigentümlichen Tieren, die zum größten Teil nur aus ihrer vorderen Hälfte bestanden und geradewegs aus der Mauer herauszukommen schienen.

Zum Glück tauchte in diesem Moment hinter dem Empfangstresen eine Rezeptionistin auf, die natürlich in ein Dirndl gekleidet war und sie mit einem beschwingten »Grüß Gott!« begrüßte.

»Guten Tag«, antwortete Herr Fliegenbei betont neutral. »Wir haben vor einer halben Stunde ein Zimmer bestellt.«

Die Rezeptionistin nickte und schob ihm ein Formular und den Schlüssel für ein Doppelzimmer über die Theke. »Kann ich sonst noch etwas für Sie tun?«

»Ja«, sagte Herr Fliegenbein, »wir brauchen einen Flug für morgen nach Deutschland.«

»Gern«, antwortete die Rezeptionistin. »Wohin möchten Sie denn fliegen?«

Herr Fliegenbein sah auf den Zimmerschlüssel und zögerte. Er wusste nicht, wie weit er die Dame in seine Problematik einweihen sollte, entschied sich dann aber doch für eine gewisse Offenheit. »Das ist gerade das Problem. Nach Hause wollen wir noch nicht. Oder vielleicht auch nie mehr.«

Der letzte Satz war einfach aus seinem Mund geschlüpft, ohne dass er es hatte verhindern können. Nie mehr. Das hatte so etwas Endgültiges, Entschiedenes, als ob er mit seiner Vergangenheit abgeschlossen hätte. Er sah auf, um zu prüfen, wie seine Worte bei der Rezeptionistin angekommen waren. Doch sie blickte ihn unverändert mit einem Ausdruck professioneller Dienstbarkeit an. Vermutlich hatte sie in ihrem Berufsleben schon ganz andere Dinge gehört, als dass ein Mensch einmal nicht nach Hause wollte.

»Let's see. Wonach suchen Sie?«

»Nach der Stille«, wollte Herr Fliegenbein reflexartig antworten, doch er hatte in den letzten Wochen zu oft erlebt, dass die Menschen ihn missverstanden und daher in die Irre führten.

»Ich suche einen Ort mit einer seelenvollen Ruhe«, sagte er daher genauer.

»Das haben Sie schön gesagt«, schwärmte die Rezeptionistin. »Kennen Sie Rilke? Den wunderbaren Dichter? Ich habe deutsche Literatur studiert.«

»Nein«, antwortete Herr Fliegenbein irritiert. Er hatte nicht vor, mit der Dame ein Fachgespräch über Poesie zu führen. Zumal dies nicht gerade ein Gebiet war, in dem er sich auskannte.

»Rilke schreibt in einem seiner Gedichte über die *seidene Stille*. Das trifft es doch ganz wunderbar, finden Sie nicht? Die meisten Menschen haben Angst vor der Stille, dabei kann sie doch etwas so herrlich Erfülltes sein! *Seiden* eben!«

Die Rezeptionistin sah ihn beglückt an. Ihr Gesicht leuchtete vor lauter Ergriffenheit. Herr Fliegenbein wollte die Frau nicht verletzen und nickte.

Vielleicht hätte diese Person sogar so etwas wie eine Seelenverwandte sein können, doch das Problem war, dass er jetzt niemanden kennenlernen wollte, noch nicht einmal Gleichgesinnte. Was er wirklich wollte, war ein Ziel. Für sich allein und natürlich auch für Arturo.

»Ich lese immer Gedichte, wenn ich Nachtdienst habe«, erklärte die Rezeptionistin, ungerührt von seinem Schweigen.

»Schön«, sagte Herr Fliegenbein tonlos und wechselte das Standbein.

»Morgenstern mag ich auch sehr gerne«, fügte die Frau hinzu.

Herr Fliegenbein atmete aus. Er kannte keine Gedichte. In der Schule hatte er einmal Goethes »Erlkönig« auswendig lernen müssen, doch schon damals Schwierigkeiten gehabt, sich den Text zu merken. Aber er erinnerte sich an die Erschütterung, die das Gedicht in ihm ausgelöst hatte, als der Vater am Ende trotz aller Mühen ein totes Kind in seinem Arm gehalten hatte. Tagelang hatte er sich nicht davon erholt, war mit der Angst umhergegangen, dass auch ihm, der damals selbst noch ein Kind gewesen war, etwas widerfahren könnte. Fortan galt die Poesie ihm als etwas gefährlich Aufwühlendes, dem er besser aus dem Weg ging.

Eine derartige Aufregung konnte er sich im Moment keineswegs zumuten. Er überlegte, wie er die Frau wieder auf die richtige Spur bringen konnte.

»Ich mag keine Worte, ich mag lieber Zahlen«, stieß er hervor. »Sie drängen sich wenigstens nicht auf.«

Das Glühen im Gesicht der Rezeptionistin erlosch auf einen Schlag. Sie hatte wohl endlich erkannt, dass Herr Fliegenbein nicht der geeignete Ansprechpartner für Leidenschaften lyrischer Art war, und wandte sich daher wieder dem Prosaischen zu.

»Das Zimmer kostet hundertneunundvierzig Dollar die Nacht«, sagte sie.

Das war ganz eindeutig eine Zahl.

Herr Fliegenbein entrichtete den nicht unerheblichen Betrag, ohne mit der Wimper zu zucken, und beschloss, das Flugthema auf den nächsten Tag zu verschieben, in der Hoffnung, dass dann die Rezeption anderweitig besetzt war. Er nickte der Dame knapp zu und ging mit Arturo zum Lift hinüber. Sie fuhren ins zweite Stockwerk, liefen über einen dunkelblauen, dicken Teppich und öffneten die Tür zu einem Zimmer, das genauso altbayerisch eingerichtet war wie das ganze Hotel.

An der Wand über dem Bett hing sogar ein ebenholzschwarzes Kruzifix. Herr Fliegenbein seufzte. Er hatte nie verstanden, wie die Kirche eine derart bedauerliche Gestalt als Erlöserfigur ausgeben konnte. Wodurch sollte man sich bei solch einem Anblick ermuntert fühlen, dass man von seinem eigenen Leiden befreit werden würde, wenn dieser angebliche Heiland es noch nicht einmal selbst geschafft hatte?

Bei solch einer katastrophalen Schadensbilanz hätte ich dem Herrn niemals eine Versicherung verkauft, dachte er und sagte laut: »Zum Glück haben wir heute Nacht die Augen geschlossen.«

»Gar nicht, du schläfst manchmal mit offenen Augen«, kicherte Arturo.

»Wirklich?« Herr Fliegenbein schmunzelte. Dieses Kind überraschte ihn immer wieder. Es hielt sich in den meisten Situationen einfach zurück, schien aber dafür ein sehr guter Beobachter zu sein.

Nach einer wohltuend heißen Dusche verkrochen sich beide in ihren Betten, und Arturo schlief wie immer sofort ein. Herr Fliegenbein lag noch lange wach, hörte andere Hotelgäste zurückkommen, die offenbar reichlich angeheitert waren, sah auf das Kruzifix über seinem Kopf und dachte daran, wie elend es ihm in der Absorbierkammer ergangen war, die Leute ihn aber wie einen Popstar gefeiert hatten, als er dort herausgestolpert gekommen war.

So liegen eigenes Erleben und äußerer Erfolg eben oft weit auseinander, dachte er. Wie letzten Endes auch bei Jesus, der erst nach seinem Tod als Messias weltberühmt wurde. Nach diesen Gedanken fiel er in einen oberflächlichen Schlaf. Vermutlich wieder einmal mit offenen Augen.

Am nächsten Morgen erfüllte sich Herrn Fliegenbeins Hoffnung zu seinem Leidwesen nicht: An der Rezeption saß immer noch die Lyrik liebende Dame. Nach einem aus seiner Sicht sehr fragwürdigen Frühstück mit Weißwurst, süßem Senf und trockenen Brezeln ließ er Arturo unter dem Versprechen, ihn bald wieder zu holen, im Frühstücksraum zurück und ging recht mutlos in Richtung Rezeption, um seine Frage nach einem Rückflug zu klären.

Hätte ich doch bloß nicht so abweisend auf ihre poetischen Schwärmereien reagiert, schalt er sich selbst. Ich hätte ja sogar den Anfang des »Erlkönigs« noch auswendig aufsagen können.

Doch zu seiner Verwunderung schien die Rezeptionistin keineswegs eingeschnappt zu sein, sondern wedelte aufgeregt mit den Armen, als sie ihn entdeckte.

»Ich habe etwas für Sie«, rief sie beinahe euphorisch.

Herr Fliegenbein kam misstrauisch näher.

»Mir ist heute Nacht, als es hier endlich ruhig war, etwas eingefallen«, sagte die Frau triumphierend, als er schließlich vor ihr stand. »Dass ich nicht schon gestern darauf gekommen bin!«

Was Herr Fliegenbein wirklich nicht ausstehen

konnte, war, wenn man ihn auf die Folter spannte. Doch er wollte es sich nicht schon wieder mit der Hotelangestellten verscherzen, zumal er diesen Flug dringend brauchte. Daher sah er sie mit seiner freundlichsten Miene an und wartete einfach ab.

»Wir hatten vor zwei Jahren, nein, es ist sicher schon drei Jahre her, einen ganz besonderen Gast hier. Einen Mönch aus einem bayerischen Kloster in Oberschwaben.«

Das Wort »Mönch« sprach sie wie »Monk« aus, sodass ihren Worten eine unfreiwillige Komik innewohnte. Doch Herr Fliegenbein unterstand sich, darüber zu schmunzeln. Die Rezeptionistin war jedoch ohnehin zu sehr von ihrer eigenen Idee eingenommen, als dass sie seine Erheiterung überhaupt bemerkt hätte.

»Let me think. Benediktinerkloster Ottobeuren. Ja, das war es!«

Herr Fliegenbein dachte an den ebenholzschwarzen Jesus in seinem Zimmer, und es schauderte ihn. »Ich habe es nicht so sehr mit der Religion«, sagte er auf die Gefahr hin, dass er die Frau erneut verprellte. »Sie ist mir zu deprimierend.«

»Nein, nicht Religion«, widersprach sie jedoch. »Innere Einkehr! Er hat gesagt, sie nehmen Gäste jeder Art auf!«

Herr Fliegenbein verstand immer noch nicht ganz, worauf sie hinauswollte, und sah sie vermutlich auch genauso an, denn sie ergänzte rasch: »Dort finden Sie ganz sicher endlich Ihre seelenvolle Ruhe.«

Eine karg eingerichtete Kammer mit einer schlichten Holzpritsche tauchte vor Herr Fliegenbeins geistigem Auge auf. Er sah eine Klostergemeinschaft mit Mönchen, die in lange braune Kutten gehüllt und mit schweren goldenen Kreuzen um den Hals durch die alten Gänge huschten. Oder man traf sich im Refektorium an einer langen Holztafel, um dort ein dürftiges, schweigsames Mahl einzunehmen.

»Ich weiß nicht«, sagte Herr Fliegenbein zögernd.

»Heute Abend geht ein Flug via Reykjavík nach München, von dort kommen Sie mit dem Zug in zweieinhalb Stunden nach Ottobeuren«, lockte ihn die Frau.

»Da muss man doch andauernd beten, ich weiß gar nicht, wie das geht«, murrte Herr Fliegenbein.

»Es sind nur noch wenige Sitzplätze frei, und das ist der letzte Flug nach München für diese Woche«, malte die Rezeptionistin ein Drohgemälde von ihm und Arturo als Dauergast dieses bayerischen Hotels an die Foyersdecke.

Herr Fliegenbein seufzte ergeben. »Na gut, buchen Sie meinetwegen zwei Plätze.«

Die Frau an der Rezeption strahlte ihn an, als ob er gerade seiner posthumen Seligsprechung zugestimmt hätte. »Sie werden es nicht bereuen!«, versprach sie. »Das ist ein sehr weiser und gescheiter Mann. Ich habe seine Aura in der ganzen Halle gespürt.«

Herr Fliegenbein fragte sich, wie sich in diesem mit Jagdtrophäen vollgestopften Raum so etwas wie eine Aura entfalten konnte, aber er unterließ es, die Frage auch an die Rezeptionistin zu richten.

Diese buchte ihm selig lächelnd zwei Plätze im abendlichen Flieger, dazu noch eine Transportmöglichkeit für sein Kanu, deren Existenz sie, ohne mit der Wimper zu zucken, zur Kenntnis nahm, druckte die Bestätigung aus und schob sie ihm über den Tresen zu.

»Ich beneide Sie, dass Sie dorthin gehen können«, sagte sie. »Sie sind ein Gluckspilz.«

Herr Fliegenbein nickte, nahm die Tickets entgegen und ging zurück in den Speisesaal, um Arturo zu holen. Ein Gluckspilz bin ich also, dachte er glucksend.

Wie er ihr nächstes Reiseziel allerdings dem Jungen schmackhaft machen sollte, wusste er in diesem Moment noch nicht. Er entschloss sich, die genaueren Umstände seines Plans zunächst einmal zu unterschlagen, und teilte dem sich gelangweilt am Tisch fläzenden Jungen daher lediglich mit, dass sie am Abend nach Deutschland zurückfliegen würden.

Arturo sprang sofort freudig auf und umarmte ihn stürmisch. Bis auf die schmackhaften Burger hatte er wohl dem Land der unbegrenzten Möglichkeiten nicht allzu viel abgewinnen können.

Lachend wehrte Herr Fliegenbein seine Umarmung ab und teilte dem Kind mit, dass sie jetzt schon mal zum Packen nach oben gehen würden.

Und genau das taten sie dann auch.

Einmal um die Welt

Da der Flug nach München erst am Abend erfolgen würde, sie aber bereits um zwölf Uhr das Zimmer verlassen mussten, stand Herr Fliegenbein vor dem Problem, wie sie die Zeit bis dahin verbringen sollten.

Im Sommer hätten sie sich einfach in einen der zahlreichen Parks setzen können, um Enten zu füttern, im Skulpturengarten die eindrucksvollen Objekte zu bestaunen, die Sonne zu genießen oder den Menschen beim Flanieren zuzusehen. Doch nun, im eiskalten Spätwinter, war es schwierig, sich so lange draußen aufzuhalten. Herrn Fliegenbeins Vorschlag, die Zeit in dem interessanten Kunstmuseum zu verbringen, dessen ungewöhnliche Fassade aus collagenhaft angeordnetem Stahl ihn schon beim Vorbeifahren angesprochen hatte, stieß bei Arturo auf äußerst wenig Gegenliebe.

Also teilte er dem Taxifahrer, der sie um die Mittagszeit im Hotel abholte, lediglich mit, sie wollten an einen warmen Ort gebracht werden, wo man auch etwas einkaufen konnte, woraufhin dieser den Wagen nach kurzem Nachdenken durch den nicht unerheblichen Verkehr in Richtung Stadtmitte lenkte.

Der Fahrer ließ sie schließlich vor einem imposanten, hellbeigen Backsteingebäude an der Lake Street aus dem Taxi steigen, wo sie mit ihren Tüten, der Aktentasche, dem Kanu und ihrer Stehlampe zunächst einmal nur verharrten und auf den Schriftzug blickten, der über dem Eingang angebracht war: *Global Market*.

»Globaler Markt. Das klingt doch interessant«, hörte Herr Fliegenbein sich selbst sagen, als ob er einem Fremden zuhören würde. War es möglich, dass diese Reise, die bisher so sehr gescheitert war in ihrer ursprünglichen Bestimmung, ihn dennoch zu einem anderen, nämlich experimentierfreudigen und aufgeschlossenen Menschen gemacht hatte, der sich noch nicht einmal von der in diesem Gebäude zu erwartenden Geräuschkulisse abschrecken ließ?

Vorsichtshalber nahm er jedoch seine Ohrenschützer aus der Tasche und legte sie sich um den Hals, um sie jederzeit aufsetzen zu können. Zunächst versteckte er noch das Kanu an der Seitenwand des Gebäudes hinter einem Mauervorsprung und dann betraten sie gespannt die Markthalle, schlenderten durch die vollen Gänge und Gassen und reisten an einem Nachmittag kulinarisch, akustisch und thematisch einmal um die halbe Welt. Zum ersten Mal fühlten sie sich auf ihrer Reise nur wie ganz normale Touristen, die kein besonderes Ziel hatten, sondern einfach im Strom der anderen Reisenden mitschwammen.

Im Inneren der Halle gab es eine Menge Stände, an denen man indisch, mediterran, chinesisch, thailändisch, japanisch, italienisch, mexikanisch und amerikanisch essen konnte. Außerdem entdeckten sie Läden mit marokkanischem Geschirr, Kunsthandwerk aus der Region, mexikanischen Geschenken und folkloristischer Kleidung, außerdem ein Geschäft mit Indianerschmuck, eine Craft-Beer-Brauerei, üppige Gemüse- und Obststände, unzählige Käsesorten, eine italienische Kaffeebar mit kunstvollem Gebäck, allerhand Gewürze, Kräuter und Oliven in allen Farbschattierungen und einen schwedischen Laden, der unter anderem nordisches Lakritz verkaufte, was in Herrn Fliegenbein eine bittersüße Geschmackserinnerung an Finnland hervorrief.

Sie fühlten sich wie in einem Rausch aus Gerüchen, Farben und Geräuschen (die Herrn Fliegenbein seltsamerweise noch nicht einmal als unangenehm auffielen, sodass er seine Ohrenschützer zunächst vollkommen vergaß) und ließen sich einfach von einer Attraktion zur nächsten treiben. So wie sie als ungewöhnliches Paar mit einer Stehlampe und ihren Siebensachen gelegentlich angestarrt wurden, so sehr staunten auch sie selbst über alles, was ihnen hier offenbart wurde.

»Heute essen wir aber nicht nur Burger mit Pommes«, verfügte Herr Fliegenbein angesichts der internationalen Köstlichkeiten tollkühn. »Heute probieren wir mal alles aus!«

Arturo verzog sein Gesicht, seine Unterlippe zitterte verräterisch und er war kurz davor, in einen seiner früheren Heulbojengesänge auszubrechen.

»Ich will aber Burger«, protestierte er mit quengelnder Stimme.

Herr Fliegenbein kniete sich zu ihm hinunter und sagte: »Pass auf, ich mache dir einen Vorschlag: Wir probieren alles Mögliche aus, und wenn du dann am Schluss noch Appetit auf einen Burger hast, bekommst du ihn auch.«

»Versprochen?«, wollte Arturo wissen.

»Versprochen!«, bestätigte Herr Fliegenbein zufrieden und zog ihn mit sich.

Sie gingen von Imbiss zu Imbiss und kosteten verschiedene Sushi mit rohem und geräuchertem Fisch, Meeresfrüchten, Gemüse, getrocknetem Seetang, Tofu und Ei. Sie verspeisten an einem anderen Stand mexikanische Tacos mit Koriander und Limetten, teilten sich ein scharfes, für Arturo allerdings zu scharfes indisches Hühnchencurry, versuchten einen marokkanischen Lammkichererbsentopf, ließen sich einen frischen Mangosaft auspressen und nahmen schließlich in der italienischen Kaffeebar einen Espresso, eine heiße Milch und zwei mit Vanillecreme gefüllte Profiteroles zum Nachtisch.

»Und, wie sieht es aus? Willst du noch deinen Burger?«, wollte Herr Fliegenbein wissen, als er den letzten zuckersüßen Schluck seines Espressos ausgetrunken hatte. Er sah den Jungen augenzwinkernd an. Arturo hatte seinen Wunsch ganz offensichtlich vergessen, tat nun aber so, als ob er ihn nur aufgeschoben hätte.

»Später«, presste er mit übervollem Bauch hervor. Herr Fliegenbein grinste in sich hinein. Denn es war völlig ausgeschlossen, dass nach dieser Schlemmerei noch irgendetwas in den kleinen Magen passen würde.

Da sie noch ein wenig Zeit hatten, knipsten sie in einem Fotoautomaten eine alberne Bilderserie von sich, hörten eine Weile lang einer Band zu, die auf Banjos spielte, flanierten ziellos umher, verweilten bei einem Paar, das kongolesische Musik mit verschiedenen Instrumenten modern interpretierte, und beobachteten anderswo, wie Gäste zum Salsatanzen animiert wurden. Als Herr Fliegenbein von der kubanischen Vortänzerin zum Mitmachen aufgefordert wurde, lehnte er jedoch vehement ab.

»Steif hips«, erklärte er und zeigte auf seine Körpermitte.

»All people have stiff hips. Except cubans and kids«, antwortete die Tänzerin lachend, nahm daraufhin Arturo bei der Hand und tanzte mit dem Jungen, angefeuert von einigen rhythmisch klatschenden Gästen, eine lockere Runde über den gebohnerten Hallenfliesenboden. Der Junge warf Herrn Fliegenbein bei jeder Drehung Hilfe suchende Blicke zu, die er durch ein beruhigendes Augenzwinkern zu beschwichtigen versuchte.

»Hauptsache, ich muss nicht tanzen«, sagte er zu einer fülligen Amerikanerin, die neben ihm stand und frenetisch mitklatschte. Die Frau sah dies offenbar genauso, denn sie zeigte bestätigend mit dem Zeigefinger auf ihn.

Nachdem die Kubanerin Arturo wieder freigegeben hatte, kauften die beiden als Souvenirs eine handgenähte Ledertasche aus Minneapolis, eine getöpferte und bemalte Schale aus Marokko und einen großen, von Ureinwohnern gefertigten indianischen Poncho mit Vogelmotiven.

Inzwischen hatten sie vollkommen das Gefühl für Raum, Ort und Zeit verloren.

Nur zufällig streifte Herrn Fliegenbeins Blick eine große Uhr an der Hallenwand, die ihm mahnend anzeigte, dass es allerhöchste Zeit war, sich zum Flughafen zu begeben.

»Schnell!« Er umklammerte mit der einen Hand die Stehlampe und die nun noch volleren Tüten, packte Arturo mit der anderen am Handgelenk und rannte los. Doch wo war in all dem Gewirr bloß der Ausgang? Sie mussten unbedingt diesen Flug erreichen. Hatte die Rezeptionistin nicht gesagt, es wäre der letzte für diese Woche nach München?

Sie hasteten zunehmend panisch durch die Gänge und mit einem Mal empfand Herr Fliegenbein das eben so herrliche Treiben in der Markthalle nur noch als nervtötend und laut. Rasch setzte er sich seine Ohrenschützer auf den Kopf. Die schmalen Gassen zwischen den Ständen erschienen ihm jetzt wie ein wirres Labyrinth, in dem Menschen derart sinnlos herumstanden, dass sie mehrmals von ihm und Arturo angerempelt wurden und sich lauthals darüber beschwerten.

Doch plötzlich, wie durch ein Wunder, standen sie tatsächlich wieder vor dem Ausgang. Herr Fliegenbein hatte keine Ahnung, wie sie dorthin gekommen waren, schlüpfte aber erleichtert mit Arturo ins Freie hinaus. Ein eiskalter Wind empfing sie, als sie an den Straßenrand traten, um nach einem Taxi Ausschau zu halten.

Nach einer Weile gelang es ihnen, einen Wagen mit einem Dachgepäckträger anzuhalten, banden unter den verwunderten Blicken der Fahrerin das Kanu aufs Dach, verstauten ihre Souvenirs, die Stehlampe und die Tüten mit ihrer Kleidung darin und ließen sich erschöpft in die weichen Polster sinken.

»Minneapolis-Saint Paul International Airport«, sagte Herr Fliegenbein weitschweifig, was der Fahrerin, einer Frau mittleren Alters mit Dreadlocks, ein nachsichtiges Lächeln entlockte. »Very fast!«

»Here we go!«, antwortete sie und trat beherzt aufs Gas. Herr Fliegenbein und Arturo wurden regelrecht in die Sitze gepresst.

Die unerschrockene Frau brachte sie, ohne Rücksicht auf jegliche Verkehrsregeln und unter dem lautstarken Zorn der anderen Verkehrsteilnehmer, in Rekordgeschwindigkeit zum Flughafen. Herr Fliegenbein klammerte sich unterdessen wachsbleich mit beiden Händen am Haltegriff fest und hoffte, dass das Kanu bei den Vollbremsungen an den Ampeln nicht über die Windschutzscheibe rutschen würde. Selbst Arturo, der ansonsten jedem Abenteuer gegenüber aufgeschlossen war, schien die Raserei unangenehm zu sein. Beschweren konnten sie sich nicht, da sie durch ihre Bummelei selbst schuld an ihrer Zeitknappheit waren und daher eigentlich dankbar sein mussten, dass diese Frau ihnen den Rückflug rettete.

Am Flughafen gab Herr Fliegenbein vor lauter Erleichterung, die Fahrt überlebt zu haben, ein viel zu hohes Trinkgeld, das die Fahrerin mit einem wissenden Lächeln einsteckte. In ihm stieg sogleich der Verdacht auf, dass dem Fahrstil der Frau eine gewisse Taktik innewohnte. Doch sein Englisch war nicht gut genug, um diesen Sachverhalt anzusprechen, daher beließ er es bei einem ermahnenden Hochziehen der Augenbrauen.

Sie kamen gerade noch rechtzeitig zum Check-in, gaben unter dem befremdeten Blick der Flughafenangestellten das Kanu und ihre Tüten auf, behielten erneut die Stehlampe als Handgepäck, passierten ohne Beanstandung die Sicherheitsschleuse und setzten sich dann in die Warte-Lounge, wo sie zunächst einmal tief durchatmeten.

»Jetzt geht's zurück nach Europa«, sagte Herr Fliegenbein zufrieden. Zugleich wunderte er sich über sein Wohlgefühl, denn er hatte doch sehr wenig von dem erreicht, was er sich zu Beginn seiner Reise vorgenommen hatte.

»Kann ich dann nie wieder Burger essen?«, war wiederum Arturos schlimmste Befürchtung.

»Doch«, lachte Herr Fliegenbein und machte dann einen Fehler. »Die gibt es bei uns auch. Aber im Kloster vermutlich nicht.«

»Was für ein Kloster?«, wollte der Junge sofort wissen.

»Das ist kein normales Kloster, sondern eher ein Hotel«, stotterte Herr Fliegenbein und ärgerte sich, dass er ihr Ziel so leichtfertig verraten hatte.

»Was gibt es dort zu essen?«, fragte Arturo mit argwöhnischer Miene.

»Keine Ahnung, vielleicht Tee und Hafergrütze«, überlegte Herr Fliegenbein, erneut ohne darüber nachzudenken, wie dies bei einem Sechsjährigen ankommen würde.

»Iiiih! Hafergrütze!«, rief Arturo prompt und sprang auf. »Dann komme ich nicht mit!«

Zum Glück wurde in diesem Moment ihr Flug aufgerufen und sie mussten ihre Sachen zusammenpacken, um sich in die Warteschlange einzureihen. Im Gegensatz zu den meisten Menschen, die die Untätigkeit des Wartens als Zeitverschwendung ansahen, liebte Herr Fliegenbein es, sich irgendwo anzustellen. Es erschien ihm als herrlicher Übergangszustand, in welchem er nicht darüber nachdenken musste, ob er lieber nach vorn oder zurückwollte. An diesem Tag jedoch wollte er eindeutig nach vorn und sah daher mit der gleichen Ungeduld wie alle anderen dabei zu, wie die Schlange nur langsam kleiner wurde.

Eine halbe Stunde später saßen sie schließlich auf ihren Plätzen, und der Flieger hob nach den obligatorischen Sicherheitshinweisen, die Herr Fliegenbein im Gegensatz zu seinen Mitreisenden jedes Mal sehr genau beobachtete, um im Notfall gut vorbereitet zu sein, endlich ab.

Sollte das Flugzeug abstürzen, werde ich der Einzige sein, der weiß, wie man die Sauerstoffmaske benutzt und wo der Notausgang ist, dachte er und fühlte sich prompt ein wenig überlegen.

Der Flug verlief größtenteils angenehm ruhig. Daher hatte Herr Fliegenbein viel Zeit, nachzudenken. Zu viel Zeit. Er versuchte, die neu aufkeimende Sorge zu verdrängen, ob Arturo in Deutschland bei ihm bleiben oder eventuell genauso plötzlich wieder verschwinden würde, wie er zu ihm gekommen war.

Da es bereits Abend war, schliefen sie beide jedoch nach dem kleinen Imbiss erschöpft ein und erwachten erst wieder, als das Flugzeug am frühen Morgen in Reykjavík zwischenlandete. Mit müden Augen tapsten sie aus dem Flugzeug, warteten, bis sie wieder ins Flugzeug gelassen wurden, und kamen nach weiteren viereinhalb Stunden Flug um die Mittagszeit in München an.

Herr Fliegenbein beschloss, keine Zeit mehr zu verlieren und sich gleich auf den Weg in das Kloster zu machen. Sie ließen sich daher mit einem Taxi zum Bahnhof bringen, zumal ihr sehr spezielles Gepäck schlecht in einen Bus passte.

Verwundert bemerkte Herr Fliegenbein auf der Fahrt dorthin, dass in Deutschland keinerlei Schnee mehr lag und bereits einige vorwitzige Krokusse und Schneeglöckchen ihre Nase aus der Erde streckten. Die Sonne tauchte alles in ein freundliches Licht und ein Gefühl von Heimat stieg in ihm auf. Er hätte jedoch nicht sagen können, wodurch dies ausgelöst wurde, denn München war weder sein Zuhause noch war er jemals zuvor in dieser Stadt gewesen. Vielleicht war es die Sprache, wenngleich der arabischstämmige Taxifahrer nur gebrochen Deutsch sprach. Am Bahnhof kaufte er zwei Fahrkarten nach Ottobeuren und ließ sich nach einem unmissverständlichen Quengeln von dem ewig hungrigen Arturo an einen Kiosk zerren, um zwei Hotdogs zu bestellen.

Während sie auf deren Fertigstellung warteten, fiel sein Blick wie zufällig auf eine Tageszeitung. Gleichgültig glitten seine Augen über die aktuelle Berichterstattung auf der Titelseite hinweg. Wie immer wurden Klimawandel, Staatsverschuldung und Konflikte zwischen den immer gleichen Ländern angeprangert und die verschiedenen Parteien warfen sich gegenseitig Unfähigkeit vor, anstatt gemeinsam etwas gegen diese Probleme zu unternehmen.

Es ändert sich nie etwas, dachte Herr Fliegenbein. Man könnte zehn Jahre auf dem Mond verbringen und nach seiner Rückkehr würde die Titelseite genauso aussehen. Das nennt sich dann Politik. Nur ich habe mich in der Zwischenzeit verändert.

Er wusste zwar noch nicht genau, wie, fühlte aber eine größere Gelassenheit gegenüber der allgemeinen Weltlage.

Unvermittelt fiel sein Blick dann aber auf eine kleine Meldung unten auf dem Titelblatt und die ganze schöne Gelassenheit war auf einen Schlag dahin. Unter der fett gedruckten Überschrift VERMISST war ein Foto abgedruckt, das ihm überaus bekannt vorkam. Er hatte damals noch mehr Haare auf dem Kopf gehabt, aber das Bild hatte einige Ähnlichkeit mit ihm, da er sich niemals in seinem Leben irgendwelchen modischen Kapriolen hingegeben hatte.

»Ich werde gesucht«, erkannte er bestürzt.

Arturo beachtete ihn nicht, da er ganz auf den Vorgang der Hotdog-Herstellung konzentriert war. Der Kioskverkäufer hatte gerade die Würstchen ins heiße Wasser gelegt und war nun dabei, die Brötchen aufzuschneiden und auf den Toaster zu legen.

Natürlich wurde er vermisst. Er hatte sich bei seiner überstürzten Abreise weder von der Arbeit abgemeldet noch seine Wohnung gekündigt. Irgendwann musste jemand auf die Idee kommen, dass ihm etwas passiert war.

Das Seltsame war, dass der Junge nirgends erwähnt

wurde. Es wäre doch viel logischer, dass Arturo gesucht wurde und nicht er. Gehetzt sah Herr Fliegenbein sich um. Er wollte nicht gefunden werden, nicht in sein altes Leben zurück, keine Fragen beantworten und Erklärungen abgeben müssen, die er selbst nicht hatte.

Die Leute gingen mit raschen Schritten durch die Bahnhofshalle, um rechtzeitig zu ihren Anschlusszügen oder zum Ausgang zu gelangen. Niemand schien ihn zu beachten.

Ich muss mich irgendwie tarnen, dachte er.

Sein Blick fiel auf einen Laden mit Accessoires auf der anderen Seite der Bahnsteighalle. Er zog Arturo von der Verkaufstheke weg und lief mit ihm los.

»He, Ihre Hotdogs!«, protestierte der Verkäufer.

»Komme gleich zurück«, rief er über die Schulter. »Ich lasse die Lampe und das Kanu als Pfand da.«

Der Verkäufer sah misstrauisch auf ihren Besitz, schätzte sie offensichtlich als wertvoll genug ein, um ihre Schulden auszugleichen, und ließ sie ziehen.

»Ich hab aber Hunger«, quengelte Arturo prompt.

»Gleich«, vertröstete ihn Herr Fliegenbein und enterte mit ihm den Accessoire-Laden.

Eine Verkäuferin blickte erstaunt hinter einem Ständer mit Handschuhen hervor und sah ihn fragend an.

»Ich bin auf der Suche nach einer Kopfbedeckung«, sagte Herr Fliegenbein.

»Wir sind ein Geschäft für Damenartikel«, antwortete die Verkäuferin bedauernd.

Herr Fliegenbein drehte sich um und sah, dass der Verkäufer des Kiosks ihnen skeptisch hinterherblickte. »Sie werden doch irgendeinen Hut haben. Es ist ganz egal, wie er aussieht.«

Die Verkäuferin zögerte. »Wir haben noch Strohhüte aus der Sommerkollektion.«

Vermutlich sah sie ihre Chance gekommen, die Ladenhüter aus der letzten Saison doch noch loszuwerden.

»Hervorragend!«, stimmte Herr Fliegenbein zu.

Die Frau ging eilig in den hinteren Ladenbereich und tauchte gleich darauf mit zwei Hüten wieder auf, die nach Strandleben, Urlaub und unbekümmerter Jugend aussahen.

Einer davon war pink und am Rand ausgefranst, der andere hatte wenigstens den Schnitt eines Herrenhutes, war jedoch mit farbigen Bändern verziert.

»Diese Pompon-Details waren letzten Sommer total trendig«, meinte die Verkäuferin und zeigte auf die bunten Bommel, die an einem der Bänder befestigt waren.

»Mein Hotdog!«, klagte Arturo erneut.

»Ich nehme den«, sagte Herr Fliegenbein rasch, nahm sein Portemonnaie aus der Jackentasche und legte einen Schein auf den Verkaufstresen. Ohne das Rückgeld abzuwarten, setzte er sich den Strohhut auf den Kopf und verließ mit Arturo den Laden, um schleunigst zum Kiosk zurückzugehen.

»Es zieht so«, erklärte er dem Mann und zeigte auf seinen lachhaften Hut. Der Kioskverkäufer nickte und dachte wohl, dass damit eher sein Verstand gemeint war, sagte aber nichts. Unter den skeptischen Blicken des Mannes verzehrten sie ihre Hotdogs und gingen dann zu ihrem Gleis.

»Du siehst vielleicht bescheuert aus«, kicherte Arturo.

Herrn Fliegenbein war jedoch nicht zum Lachen zumute. Er blickte sich ständig um, vermutete hinter jedem etwas länger auf seinem Gesicht verweilenden Blick eine Enttarnung und beobachtete argwöhnisch, ob die Leute zu ihrem Telefon greifen würden.

Keinesfalls wollte er so kurz vor dem Ziel aufgeben und in sein altes Leben zurückkehren. Diese Reise war zwar sehr anstrengend und herausfordernd gewesen, aber tausendmal besser als das, was ihm jemals zuvor widerfahren war. Niemand konnte ihn zwingen, seine Suche aufzugeben.

Dass er mit dem albernen Sommerhut, ein Kanu hinter sich herziehend, in dem eine Stehlampe und Tüten verstaut waren, und einem kleinen Jungen an der anderen Hand erst recht auffallen würde, war ihm jedoch keineswegs bewusst. Vielmehr war er hochzufrieden mit seiner Tarnung. Und nachdem er bald feststellte, dass die Leute ihn nicht zu erkennen schienen, beruhigte er sich langsam wieder.

Als der Regionalzug in den Bahnhof einfuhr, sie das Kanu gegen einen stattlichen Aufpreis im Fahrradwaggon verstaut, das richtige Abteil gefunden und ihre Plätze eingenommen hatten, war sein Pulsschlag schon fast wieder normal.

Tage der Stille

Herr Fliegenbein und Arturo standen ehrfürchtig vor dem weitläufigen Gebäudekomplex des Klosters und fragten sich, wohin sie sich nun wenden sollten. Eine imposante, spätbarocke Basilika war einem Geviert vorgelagert, in welchem sich laut Lageplan die Residenz, der Konvent sowie ein Gästehaus befanden.

»Wir sind Gäste, also gehen wir zum Gästehaus«, legte Herr Fliegenbein sich endlich fest.

Sie nahmen ihre Habseligkeiten, die sie kurz auf dem Schotterweg abgestellt hatten, wieder auf und bewegten sich zaghaft auf das Portal des Gästehauses zu. Eine ehrwürdige, jahrhundertealte Erhabenheit, die sie klein und, ja, man konnte es nicht anders sagen, auch demütig werden ließ, umwehte die prachtvollen Gebäude.

Herr Fliegenbein stellte das Kanu neben dem Portal ab, ging die Treppe hoch, öffnete mühsam die schwere Holzeingangstür und ließ zuerst Arturo hindurchschlüpfen, bevor er selbst umständlich mit der Stehlampe und den Tüten in den Händen eintrat. Vor ihnen tat sich ein langer Gang mit hohen Decken und einem kunstvoll in Rautenform gekachelten, über die Jahrhunderte ausgetretenen Boden auf. Von allen Seiten gingen aufwendig gefertigte Holztüren zu verschiedenen Zimmern ab. Ein Schild wies sie zum Besucherbüro, wo sie einer etwas gestreng dreinblickenden Dame ihr Anliegen erklärten: »Wir suchen die Stille.«

»Da sind Sie bei uns genau richtig«, bestätigte die Frau, blickte dabei aber etwas angespannt drein. Anscheinend tut die Stille nicht allen Menschen gut, dachte Herr Fliegenbein, beschloss aber, sich davon nicht entmutigen zu lassen.

»Sind Sie denn angemeldet?«, wollte die Frau nun wissen.

»Angemeldet?«, fragte Herr Fliegenbein verwundert. »Nein, ich dachte, man sei jederzeit willkommen.«

»Man muss sich schon anmelden, um willkommen zu sein.«

Herr Fliegenbein erschrak. Drohte sein Anliegen nun an solch einer kleinen Formalität zu scheitern?

Die Frau bemerkte seinen verzagten Blick und wurde dadurch wohl etwas milder gestimmt. »Na gut, nehmen Sie im Nebenzimmer Platz, ich rufe den Abt, der die Aufnahmegespräche mit unseren Gästen führt. Mal sehen, was er dazu sagt.«

Das Nebenzimmer war eine Bibliothek, in deren Mitte eine Reihe bequemer roter Polstersessel und Tischchen standen, die allesamt aus Wirtschaftswunderzeiten stammten. Herr Fliegenbein und Arturo setzten sich mit einem Gefühl der Beklommenheit und stellten die Stehlampe neben sich auf den Boden. Die Erfüllung ihres Plans hing jetzt also vom Wohlwollen einer einzelnen Person ab, die sie nicht einmal kannten.

Herr Fliegenbein zwinkerte Arturo zuversichtlich zu, zumindest glaubte er, dass es so wirken würde. In Wahrheit bemerkte Arturo sehr wohl, dass er sich nur verstellte, und streichelte ihm beruhigend über die Hand. Diese Geste rührte Herrn Fliegenbein zutiefst, sodass er zunächst gar nicht bemerkte, wie unvermutet jemand hinter ihn trat. Erst als Arturo ehrfurchtsvoll nach oben blickte, drehte er sich um. Ein beleibter Mann in einem langen dunklen Gewand und mit grauem Haarkranz sah sie mit offenkundiger Begeisterung an. Herr Fliegenbein dachte ganz nebenbei, dass es hier im Kloster wohl nicht nur Haferbrei zu essen gab, wunderte sich aber über die übertriebene Freude des Mönchs, da sie gar nicht erwartet worden waren.

Um den Hals trug der Abt eine schwere Kette mit einem goldenen Kreuz als Anhänger, ganz so, wie Herr Fliegenbein es vorausgesehen hatte. Doch dieser Mönch schwieg nicht, sondern sprach wie verzaubert: »Eine echte Tütenlampe aus den Fünfzigern!«

Dabei zeigte er auf seine Stehlampe, die, und das bemerkte Herr Fliegenbein erst jetzt, hervorragend zu den Möbeln in der Bibliothek passte, da deren Einrichtung aus der gleichen Zeit stammte.

»Ja«, bestätigte er ein wenig stolz, »die habe ich von meiner Mutter geerbt.«

Der Geistliche konnte kaum seinen Blick von der Lampe abwenden. »Die bekommt man kaum noch zu sehen. Eine Rarität! Ich sammle Möbel aus den Fünfzigern, wie man sieht.« Er zeigte auf die Möblierung des Besucherraums. »Aber entschuldigen Sie bitte: Ich bin Abt Burkhard, herzlich willkommen.«

Herr Fliegenbein sprang auf, streckte ihm unbeholfen die Hand entgegen und stellte sich und Arturo vor. Obwohl er nicht gläubig war, ging von diesem Mann eine Ehrfurcht gebietende Würde aus, die seinen Körper sofort ungelenk werden ließ.

»Bleiben Sie ruhig sitzen«, beruhigte ihn der Abt und ließ sich seinerseits wenig pastoral auf einen der roten Polstersessel fallen. »Was kann ich für Sie tun?«

»Wir suchen ... die Stille«, formulierte Herr Fliegenbein zum wiederholten Mal.

»Die suchen viele und finden sie nicht«, lachte der Abt, was Herrn Fliegenbein angesichts seines ernsthaften Anliegens etwas ungebührlich vorkam. »Daher bieten wir hier eine Woche der Stille in unserer Gemeinschaft an«, fuhr der Mönch dann aber fort.

»Das klingt doch gut«, schöpfte Herr Fliegenbein neue Hoffnung und sah Beifall heischend zu Arturo, der jedoch wenig begeistert zurückblickte und kläglich das Gesicht verzog.

»Die Sache ist jedoch«, begann der Mönch zögernd, »wir nehmen leider keine Kinder auf. Ansonsten können wir den anderen Gästen keine Stille gewährleisten.«

Herrn Fliegenbeins Zuversicht zerstob wie Blütenstaub aus einer aufgeplatzten Magnolienknospe.

»Ohne Arturo kann ich nicht bleiben«, sagte er zu seiner eigenen Überraschung. »Das Kind gehört zu mir.«

Der Junge strahlte ihn nach diesen Worten derart vertrauensvoll an, dass sein Herz vor lauter Ergriffenheit ins Stolpern geriet.

»Wie heißen Sie?«, wollte der Abt nun seltsamerweise wissen.

Herr Fliegenbein wunderte sich über dessen kurzlebiges Gedächtnis, wiederholte aber klaglos seinen Namen.

»Ich meinte Ihren Vornamen«, sagte der Abt geduldig. »Sie haben doch sicher auch einen Vornamen?«

Herr Fliegenbein überlegte. Sein Vorname? Wann hatte zuletzt jemand nach seinem Vornamen gefragt? Er war die meiste Zeit seines Lebens nur mit »Herr Fliegenbein« angesprochen worden, sodass er selbst schon fast vergessen hatte, dass dies nicht sein alleiniger Name war.

Sein Vorname kletterte so umständlich aus seinem Mund, wie man langsam eine Leiter hinuntersteigt, wenn man verbotenerweise beim Kirschenklauen erwischt worden ist.

»Ja, sicher«, antwortete er mit belegter Stimme, »ich heiße Arthur. Arthur Fliegenbein.«

»Arthur«, sagte der Mönch und sah ihn vielsagend an. Danach wanderte sein Blick zu dem Jungen. »Arthur und Arturo.«

Herr Fliegenbein war wie vom Blitz getroffen. Die Erkenntnis, dass er nahezu den gleichen Namen wie das Kind hatte, traf ihn wie ein Fausthieb. Wie hatte ihm diese Gleichartigkeit nur die ganze Reise über entgehen können?

Ich muss vollkommen blind gewesen sein, dachte er. Innerlich blind.

Der Mönch bemerkte seine Verwirrung: »Die Dinge, die uns am nächsten sind, sehen wir oft nicht.«

Herr Fliegenbein nickte, ohne wirklich zu verstehen, was der Abt ihm sagen wollte. Dass der Ordensmann ihn die ganze Zeit über nur ansah und gar nicht mehr aufhörte, salbungsvoll zu lächeln, regte ihn jedoch ein wenig auf.

»Was bedeutet das nun?«, fragte er verwundert.

Der Mönch sah ihn an wie ein Arzt, der seinem Patienten die unangenehme Wahrheit nahebringen muss, dass er nicht mehr sehr lange zu leben hat. »Ich glaube nicht, dass Sie die Stille, die Sie suchen, bei uns finden werden. Auch nicht ohne den Jungen.«

Herr Fliegenbein fühlte sich wie durchsichtig. Wie hatte dieser Mann so schnell auf den tiefsten Grund seiner Seele hinabblicken können?

»Ach ja, und wo werde ich meine Stille Ihrer Meinung nach dann finden?«, fragte er etwas gereizt. Der Mann sollte nicht glauben, dass er eine harmlose Fliege war, die ihm sofort auf den Leim gehen würde, nur weil er vorgab, zu wissen, was für ihn richtig war!

Der Mönch schien jedoch widerstandserprobt zu sein und ließ sich nicht so leicht aus der Ruhe bringen. »Wo haben Sie sie denn zuletzt gefunden, Ihre Stille?«

»In meinem Bild, in meinem unwiederbringlich verlorenen Bild«, brach es aus Herrn Fliegenbein hervor, ohne dass er es verhindern konnte. Und dann berichtete er atemlos, wie der Kranfahrer ihm mit seiner Abrissbirne das Bild und damit seine wundervolle Stille geraubt und er Hals über Kopf sein altes Leben verlassen hatte.

Der Abt hörte die ganze Zeit über schweigend zu und fragte schließlich: »Warum suchen Sie dann immer an anderen Orten? In Wahrheit suchen Sie doch Ihr Bild. Gehen Sie und suchen Sie die Stille Ihres Bildes.«

Herr Fliegenbein starrte den Geistlichen an und war wie vor den Kopf gestoßen. Natürlich! Die Stille seines Bildes! Es war ihm unbegreiflich, warum er nicht von selbst auf diese Lösung gekommen war. Da war er durch die ganze Welt gereist, hatte Schnee, Kälte, Regen und manch andere Unbill erduldet und hätte doch einfach nur den Ort finden müssen, an dem das Bild gemalt wurde. Denn nur dort, und das erschien ihm auf einmal ganz und gar einleuchtend, konnte sein ureigener Ort der Stille sein.

»Aber wie soll ich bloß diesen Platz finden?«, fragte er mutlos. »Ich habe keine Ahnung, wo es gemalt wurde.«

Der Abt beugte sich mit teilnahmsvoller Miene vor. »Was war denn darauf abgebildet?«

Herr Fliegenbein beschrieb ihm in einer schier enervierenden Genauigkeit das Gebirge mit dem Bergsee davor, an dessen Ufer die steinerne Kapelle stand und in dem sich die Berge spiegelten. Das Bild hatte sich so sehr in sein Gedächtnis gegraben, dass er sogar die Kuh mit den zu kurz gemalten Beinen exakt beschreiben konnte, auch wenn diese für das Auffinden des Ortes keinerlei Bedeutung hatte. Als er damit fertig war und der Ort vor seinem Auge wieder aufgestiegen war wie eine Fata Morgana, stand der Abt auf und ging wortlos aus dem Zimmer.

Herr Fliegenbein sah ihm verwirrt hinterher und

dachte schon, der Ordensmann würde nicht wiederkommen. Doch da kehrte dieser mit einem Stück Papier in der Hand zurück, das er ihm mit den Worten überreichte: »Unsere Frau Brandl nebenan geht häufig auf Wallfahrten. Sie sagt, es könnte ein Hochtal am Vierwaldstättersee sein. Ja, sie ist sich fast sicher, dass das der Ort ist, den Sie suchen!«

Nach diesen für Herrn Fliegenbein faszinierenden Worten streckte der Abt ihm und Arturo beide Arme entgegen, drückte ihre Hände wie ein Schraubstock und sagte: »Ich muss weiter. Gott sei mit euch.«

Herr Fliegenbein wollte spontan antworten, dass er noch niemals in seinem Leben den Eindruck gehabt hatte, dass Gott ihn begleite, und wenn, dass er sich dann bei seinem eintönigen Dasein entsetzlich gelangweilt haben musste. Doch er wollte nicht undankbar sein und nickte daher nur wortlos.

Der Mönch lächelte sie noch einmal voller Zuversicht an, warf einen letzten sehnsuchtsvollen Blick auf die Stehlampe und wandte sich schon zur Tür, da überlegte er es sich noch einmal anders, drehte sich um und fragte: »Waren Sie schon als Kind so lärmempfindlich?« Er zeigte auf die gelben Ohrenschützer, die noch immer um Herrn Fliegenbeins Hals lagen.

Herr Fliegenbein sah ihn verdutzt an. War er als Kind empfindlich gegenüber Lärm gewesen? Er dachte nach und sah sich selbst auf einer Wiese hinter dem Haus seiner Großeltern, bei denen er viel Zeit verbracht hatte, weil seine Mutter oft arbeiten musste. Der Nachbar hatte das Feld nebenan häufig mit einem lärmenden Traktor bestellt, doch er hatte stets seelenruhig weitergespielt.

»Nein«, antwortete er daher.

Der Abt schien mit der Antwort noch nicht zufrieden zu sein. »Und, sind Sie heute ein glücklicher Mensch?«

Auch diese Frage hatte Herr Fliegenbein sich noch nie gestellt. Diesen sonderbaren Anspruch auf Glück hatte er immer nur für eine Modeerscheinung gehalten. Früher hatte niemand danach gefragt, ob man glücklich war, man war eben einfach an irgendeinen Platz gestellt worden und erfüllte dort seine Pflicht. Das war alles.

Also sah er den Abt an und zuckte nur ratlos mit den Schultern.

Der Mönch nickte wissend, hob grüßend die Hand und verschwand angesichts seiner Körperfülle erstaunlich geräuschlos aus dem Zimmer.

Herr Fliegenbein saß noch eine Weile wie betäubt da und sann den Worten des Abtes nach, die so sehr ins Schwarze getroffen hatten. Als er sich schließlich erhob und schon seine Stehlampe ergreifen wollte, zuckte er zurück und sagte: »Jetzt weiß ich endlich, wofür ich sie mitgenommen habe.«

Er prägte sich seine Leuchte mit ihren dreifarbigen Lampenschirmen und dem Ständer aus Messing noch einmal genau ein, rückte sie ein wenig im Zimmer hin und her, bis er den passenden Standort neben einem der Sessel gefunden hatte, und verabschiedete sich ohne große Wehmut von ihr. Dann nickte er entschlossen, nahm Arturo bei der Hand und verließ mit leichtem Gepäck das Besucherzimmer.

Ein unvergleichliches Bild

Die nächsten Stunden verbrachte Arthur Fliegenbein wie in Trance. Er ärgerte sich, dass er nicht selbst auf die Idee gekommen war, den Ort seines wunderbaren Bildes zu suchen. Zugleich war er froh, dass der Abt ihn doch noch darauf gebracht hatte.

Nach dem Verschwinden des Mönchs hatte er das Gebäude verlassen, sein Kanu umgedreht und geschultert und es wie auf einem Kreuzweg über das Klostergelände zur Straße geschleppt. Arturo war unbeschwert neben ihm hergesprungen und hatte ihm immerhin seine Aktentasche abgenommen, während er zusätzlich die Einkaufstüten schleppte.

Im Ort war er direkt zum Bahnhof gegangen, hatte am Schalter einem Bahnmitarbeiter den Zettel mit der Adresse vorgelegt und eine detaillierte Reiseplanung für den nächsten Tag erbeten.

Die Begegnung mit dem Abt hatte in ihm eine Gewissheit ausgelöst, die er in seinem bisherigen Leben nicht gekannt hatte. Eine Gewissheit, dass alles richtig sein würde, was nun folgte.

Nach einer Nacht in einer günstig gelegenen Pension stiegen sie in den angegebenen Zug und erreichten alsbald die Schweizer Grenze. Es war ihm nun auch völlig gleichgültig, ob er gesucht wurde oder nicht. Ohnehin hätte ihn jetzt niemand mehr aufhalten können.

Am Bahnhof hatte Herr Fliegenbein einige Comics für Arturo gekauft, sodass dieser den größten Teil der Fahrt seine Nase in eines der Hefte versenkt hatte und darüber die Zeit vergaß. Herr Fliegenbein erinnerte sich daran, wie er selbst als Kind heimlich vor dem Schlafen Comics gelesen hatte, die damals als Schundliteratur mit jugendgefährdender Wirkung angesehen wurden und daher von seiner Mutter auf die Verbotsliste gesetzt worden waren, was die Hefte natürlich umso interessanter gemacht hatte. Arturo sollte es besser haben bei ihm.

Als er bei diesen Gedanken aus dem Fenster blickte, fiel ihm einmal mehr auf, dass der Frühling hier bereits rasant Einzug gehalten hatte: Überall blühten Krokusse und Osterglocken, Zierkirschen tupften die Landschaft zartrosa und die Wiesen waren hellgrün und saftig. Herr Fliegenbein konnte sich nach dem ganzen eintönigen Schneeweiß und Regengrau kaum daran sattsehen.

Im Gegensatz zu den vorherigen Zielen war er sich sicher, diesmal den richtigen Ort anzusteuern. Denn die Worte des Abtes hatten solch eine zwingende Gesetzmäßigkeit gehabt, dass es keinen Raum mehr für Zweifel gab.

Arthur und Arturo, dachte er und sah zu dem Jungen hinüber. Was für ein aberwitziger Zufall, dass dieser Junge mit ihm gekommen war!

Seltsam nur, dass keiner ihn vermisste. Eigentlich müssten doch für ihn überall Vermisstenanzeigen aushängen, dachte er verwundert. Aber er beschloss, sich nicht weiter den Kopf darüber zu zerbrechen, sondern sich lieber auf das nächste Ziel zu konzentrieren.

Nach weiteren zwei Stunden Fahrt kamen sie in den Ort, an dem ihre Bahnreise vorerst endete. Sie wechselten auf ein gelbes Postauto, das in verschlungenen Serpentinen den Berg zur Talstation Stöckalp auf über tausend Meter Höhe emporkletterte. Das Kanu hatte Herr Fliegenbein gegen den Widerstand des Fahrers und auch einiger Mitfahrer liegend im Mittelgang untergebracht. Um das Murren der Fahrgäste zu überhören, hatte er wieder seine Ohrenschützer aufgesetzt und starrte stur aus dem Fenster.

Draußen waren nun schneebedeckte Wipfel von beeindruckenden Höhen zu sehen, die in sanfte Almwiesen übergingen. Der Frühling war in diesem Jahr auch hier oben schon mit Macht angekommen und hatte den Schnee bis auf vereinzelte weiße Kuhflecken im Grün bereits weggeschmolzen.

»Gleich steigen wir in eine Gondelbahn um«, versprach Herr Fliegenbein Arturo, nahm die Ohrenschützer ab und legte sie sich um den Hals.

»Ich hab aber Huuunger!«, verkündete Arturo erneut in einem Ton, der keinerlei Widerspruch zuließ und die an sich verlockende Perspektive einer Gondelfahrt in den Hintergrund drängte. Herr Fliegenbein seufzte ergeben.

Unweit der Talstation, wo sie das Kanu zurückließen, fanden sie einen urigen, holzgetäfelten Gasthof mit roten Fensterläden, in den sie einkehren konnten. Bei einer älteren Wirtin, die in eine Art Tracht gekleidet war und sie mit kehligen Ch-Lauten begrüßte, bestellten sie Pouletflügeli mit Pommes frites (Arturo) sowie eine Kalbsbratwurst mit Rösti (Herr Fliegenbein).

Als sie ihr Mahl beendet hatten, verspürte er plötzlich eine Nervosität, wie man sie wohl vor jedem besonderen Ereignis seines Lebens empfindet. Er bestellte daher bei der Wirtin, als sie die Teller abräumte, schnell noch einen Espresso und einen Enzianschnaps, um die Begegnung mit seinem Bild ein wenig hinauszuzögern.

Die Zweifel kletterten auf einmal wieder in ihm hoch wie Schlingpflanzen und wischten die Gewissheit, die er zuvor verspürt hatte, auf einen Schlag beiseite. Was war, wenn die Frau im Kloster sich getäuscht hatte und sie doch nicht am richtigen Ort waren? Oder sein Traum von der Stille sich in einen quälenden Albtraum verwandeln würde? War es nicht besser, einfach umzukehren und es bei dem Wunschbild zu belassen?

Nun, mit vollem Magen, erschien ihm sein Ziel auf einmal nicht mehr so erstrebenswert. Am liebsten wäre er aufgestanden, in den Postbus, der wieder talwärts fuhr, gestiegen und hätte seine Suche aufgegeben.

Doch Arturo ließ keinen Zweifel daran, dass er sich das versprochene Erlebnis nicht entgehen lassen würde. »Wann fahren wir jetzt endlich mit der Gondel?«, plagte er ihn zappelnd.

Herr Fliegenbein wollte antworten, dass das nicht

logisch war, denn schließlich hatte Arturo es verhindert, dass sie gleich in die Gondelbahn gestiegen waren. Doch er hatte jetzt keine Kraft für Auseinandersetzungen, seufzte also nur, ließ sich von der Wirtin die Rechnung geben und verließ in einem angespannten Zustand mit Arturo das Gasthaus.

Die Gondel sah aus wie ein Bierfass, dem man den Boden abgeschnitten hatte. Herr Fliegenbein mochte den Gedanken nicht, mit vielen Leuten auf engstem Raum zu stehen und dazu auch noch in der Luft zu schweben. Doch ersteres Problem erledigte sich von alleine, da sie mit ihrem Kanu, das sich nur mit Mühe in der Gondel verstauen ließ und nun aus einem der Fenster hinausragte, und ihrem weiteren Ballast ohnehin die Kabine alleine füllten.

Arturo hingegen stieß begeisterte Jauchzer aus, als die Kabine unter den strafenden Blicken der Zurückgebliebenen abhob und es sogleich steil bergauf ging. Er bewunderte die Ausblicke auf die schneebedeckten Berggipfel, während Herr Fliegenbein gegen eine aufsteigende Übelkeit kämpfte und es schon bald heftig bereute, dass er vor der Fahrt eine Bratwurst gegessen hatte.

Auf einem Hochplateau in fast zweitausend Metern Höhe landete die Gondel etwas unsanft. Er verließ die Bahn mit zitternden Knien und zerrte das Kanu ins Freie, während Arturo seinerseits voller Vorfreude hinaushüpfte. Der Junge spürt, dass etwas Großes bevorsteht, dachte Herr Fliegenbein und gab sich alle Mühe, ein wenig von Arturos Heiterkeit angesteckt zu werden.

Da dieser darauf bestand, auch noch die Abfahrt

der Gondel zu beobachten, sah Herr Fliegenbein sich unterdessen ein wenig im Gebäude der Bergstation um. An einem Ständer entdeckte er einen Flyer, der die touristischen Attraktionen der Region bewarb. Er blätterte lustlos im Prospekt herum. *Eisfischen im Bergsee.*

»Schau mal, da hätten wir gar nicht so weit fliegen müssen«, sagte er zu Arturo.

Doch der Junge hörte nicht zu, da die Gondel gerade vom Boden abgehoben hatte und sich daranmachte, wieder talwärts zu schweben.

Herr Fliegenbein steckte den Flyer seufzend zurück in den Ständer, drückte Arturo die Einkaufstaschen aus Kuusamo in die Hand, nahm das Kanu umgedreht auf seine Schultern und beide verließen schwer schnaufend das Gebäude.

Dass sie mit diesem Gepäck im alpinen Bereich gelinde gesagt für Erstaunen sorgten, wunderte Herrn Fliegenbein nicht, schließlich wusste er selbst nicht, warum er all diese Dinge mit sich schleppte.

Normalerweise wäre das Hochplateau um diese Zeit noch meterhoch mit Schnee bedeckt gewesen, doch in diesem Jahr war dieser wohl zum Leidwesen der Skiliftbetreiber sehr dünn ausgefallen und das wenige mit dem raschen Frühlingsbeginn bis auf ein paar Flecken bereits weggeschmolzen.

Dennoch war es deutlich kälter als an der Talstation. Herr Fliegenbein fröstelte und bewegte sich zögerlich und schwankend auf den Melchsee zu, der gelassen, ruhig und dunkel vor ihnen lag, als ob er durch nichts zu erschüttern wäre. Am Ufer angekommen, stellte er das Boot ächzend ab, nahm Arturo die Tüten aus der Hand und sah sich um.

Ungläubig riss Herr Fliegenbein die Augen auf. Da er durch das Kanu nur eine sehr eingeschränkte Sicht gehabt hatte, war ihm zuvor nicht aufgefallen, wo sie eigentlich genau waren. Wie durch ein Wunder stand er just an der Stelle, von der aus sein Bild gemalt worden sein musste. Er erkannte alles genauso wieder, als ob er zu Hause in seinem Sessel sitzen wurde. Direkt gegenüber ruhte gelassen die steinerne Kapelle, die schneebedeckten Berge spiegelten sich ehrwürdig im dunklen See, nur weideten noch keine Kühe auf der Wiese, da das Gras nach der Schneeschmelze vermutlich noch nicht hoch genug war, um die Tiere auf die Alm zu treiben.

Und es war still. Sehr still sogar.

Keine Maschine behelligte diese magische Ruhe, kein von Menschen gemachter Lärm durchbrach die Harmonie dieser Landschaft, kein Schreien, Rufen, Kreischen, Klopfen oder Rattern drangen hinauf in diese einzigartige Idylle. Selbst eine quakende, jaulende, knurrende und zwitschernde Tierwelt war in diesen Höhen kaum vorhanden. Sogar sein eigener Körper war erstaunlich ruhig. Und da die Kühe fehlten, vernahm man noch nicht einmal ein Muhen oder Glockenbimmeln, was ihn aber gar nicht gestört hätte.

Dennoch war es keine seelenlose Stille wie im Absorbierraum in Minneapolis, vielmehr war sie angefüllt mit der Lautlosigkeit einer erhabenen Bergwelt.

Herr Fliegenbein wagte kaum zu atmen. Da war es also: sein Bild, die unvergleichliche Stille, sein Seelenbalsam, der Ort all seiner Sehnsucht, den er so lange vergeblich gesucht hatte. Er stand am Ufer dieses kleinen Sees und vor ihm lag alles, was er sich jemals erträumt hatte.

»Siehst du, Arturo, das ist es, mein Bild«, flüsterte Herr Fliegenbein ergriffen.

Das Kind gab keine Antwort.

Sicherlich war Arturo genauso überwältigt wie er selbst. Doch er wollte Bestätigung, wollte hören, wie wunderbar dieser Ort war, wie ein Meister, der etwas geschaffen hat und nun zum ersten Mal stolz sein Werk präsentiert. Er hatte diese Landschaft zwar nicht erbaut, aber in gewisser Weise mit seiner Vorstellungskraft die ganze Zeit über am Leben gehalten.

»Ist es nicht wunderschön hier?«, fragte er also laut und wandte seinen Kopf zur Seite.

Doch an der Stelle, wo er das Kind vermutete, war niemand.

»Arturo?«, rief Herr Fliegenbein und drehte sich irritiert um.

Der Junge war nirgends zu sehen, am gesamten Ufer nicht und auch nicht auf den Hängen und Wiesen zwischen den schroffen Felsbrocken. Der See lag glatt und regungslos da wie eh und je. So schnell konnte sich hier oben niemand aus seinem Blickfeld entfernen. Arturo war dennoch wie vom Erdboden verschluckt.

Herr Fliegenbein verspürte trotz der Tragweite dieser Erkenntnis seltsamerweise keine Panik. Etwas in seinem Inneren sagte ihm, dass es sinnlos war, nach dem Kind zu suchen. Zugleich kam ihm ein absonderlicher Verdacht. Er öffnete behutsam die Tüten mit den Einkäufen, drehte sie um, schüttete den ganzen Inhalt auf die Wiese und wühlte in den Pullovern und Hosen umher. Doch in keiner der Tüten fand sich auch nur ein einziges Stück Kinderkleidung. Auf dem Boden vor ihm entdeckte er zwar den Rentierpullover, aber in seiner eigenen Größe. Geschwind holte Herr Fliegenbein sein Portemonnaie aus der Jackentasche und zog die Fotos aus dem Markt in Minneapolis hervor. Auf allen Bildern war einzig und allein er selbst in verschiedenen Grimassen zu sehen.

Herr Fliegenbein ließ das Foto sinken, blickte auf die Bergwipfel, atmete tief ein und wieder aus. Die unanfechtbare Tatsache war, dass es dieses Kind, das die ganze Zeit über bei ihm gewesen war, nie gegeben hatte.

Er wunderte sich, dass keine Trauer über diesen doch so gewaltigen Verlust in ihm aufstieg. Arthur und Arturo, verstand er plötzlich, ich bin beides. Er ist immer bei mir, weil ich selbst Arturo bin.

Herr Fliegenbein sah ergriffen zurück auf den See, der weiter glatt und ungerührt dalag, als ob sich nicht gerade eine folgenschwere Erkenntnis an seinem Ufer vollzogen hätte. Eine ungeahnte Größe tat sich in ihm auf. Meine Stille, dachte er bewegt, ich habe endlich meine Stille gefunden. Er atmete noch einmal tief ein und ließ den überwältigenden Anblick auf sich wirken.

Doch was war das? Wie aus dem Nichts ertönte hinter ihm ein ungeheuerliches Geräusch. Aufdringlich grelle Radiomusik dudelte dreist über das ganze Plateau hinweg. Herr Fliegenbein drehte sich erbost um und bemerkte erst jetzt, dass auf einer Anhöhe über dem See ein grässlicher Hotelkomplex mit drei

Klötzen die Landschaft roh zerschnitt. Ein Mann hatte das Fenster seines Hotelzimmers geöffnet und lehnte sich, eine Zigarre schmauchend, gelassen hinaus.

Herrn Fliegenbeins erster Reflex war, sich die Ohrenschützer, die immer noch um seinen Hals herum lagen, aufzusetzen. Doch dann verstand er auf einmal, dass dies keine Lösung war. Er schüttelte den Kopf, nahm die Ohrenschützer ab, legte sie sorgsam auf einen Felsen, streifte seine Jacke und den zu kurzen Anzug ab wie eine falsche Haut, wühlte im Kleiderstapel auf dem Boden, fischte den von Nachfahren der amerikanischen Ureinwohner gefertigten Poncho mit Vogelmotiven heraus, zog ihn sich über den Kopf und ging dann gemessenen Schrittes zum Ufer.

Mühelos schleppte er das Kanu ins seichte Wasser, kletterte hinein, löste das Paddel aus seiner Verankerung und lenkte das Boot gemächlich in die Mitte des Bergsees. Das Radio dudelte unerbittlich weiter in die unvergleichliche Stille seines Bildes hinein.

Arthur Fliegenbein legte sich in das Boot, sah in den enzianblauen Himmel, an dem nun leichte Regenwolken aufgezogen waren, schüttelte seinen Kopf und lachte. Seine Gedanken flogen in die Weite der Schweizer Bergwelt hinein und verfingen sich in einem Wolkenschloss. Ein Regentropfen traf ihn auf der Nase und rann gemächlich herab in Richtung Wange.

Sein Lachen hallte von Berggipfel zu Berggipfel und kam hundertfach wieder zu ihm zurück.

Es war laut und zugleich wundervoll.

Öffne dein Herz und höre auf die Stimme der Natur

Sergio Bambaren

Die Stimme des Meeres

Ein Buch für Sanftmütige

Aus dem Englischen
von Gaby Wurster
Pendo, 96 Seiten
€ 12,00 [D], € 12,40 [A]*
ISBN 978-3-86612-390-8

In Florida lernt Sergio Bambaren die geheimnisvolle Welt der Manatis, der Rundschwanzseekühe, kennen. Die behäbigen Tiere sind, ähnlich wie Delfine, menschenfreundlich und friedlich. Aber ihr Leben ist durch die Rücksichtslosigkeit der Menschen bedroht. Bambaren schwimmt mit den Manatis und sieht die Welt durch ihre Augen. Er trifft auf das Jungtier Swami, das von Narben übersät ist und seine Mutter durch eine Schiffsschraube verloren hat. Doch gerade Swami ist es, der Bambaren das Wasser nahebringt und ihn Sanftmut und Vergebung lehrt.

PENDO

Leseproben, E-Books und mehr unter www.pendo.de